有爱的青春陪伴者

一步一喜欢

小布爱吃蛋挞 / 著

江苏凤凰文艺出版社
JIANGSU PHOENIX LITERATURE AND ART PUBLISHING

图书在版编目（CIP）数据

一岁一喜欢 / 小布爱吃蛋挞著. -- 南京：江苏凤凰文艺出版社, 2024.8. -- ISBN 978-7-5594-8771-1
Ⅰ. I247.5
中国国家版本馆CIP数据核字第2024CN4073号

一岁一喜欢
小布爱吃蛋挞 著

责任编辑	王昕宁
特约编辑	狐小九
出版发行	江苏凤凰文艺出版社
	南京市中央路165号，邮编：210009
网　　址	http://www.jswenyi.com
印　　刷	天津睿和印艺科技有限公司
开　　本	880mm×1230mm 1/32
印　　张	9.5
字　　数	283千字
版　　次	2024年8月第1版
印　　次	2024年8月第1次印刷
书　　号	ISBN 978-7-5594-8771-1
定　　价	42.80元

江苏凤凰文艺版图书凡印刷、装订错误，可向出版社调换，联系电话025-83280257

目录

Contents

第一章
/ 我的青梅竹"狗" /001

第二章
/ 住在隔壁屋的显眼包 /027

第三章
/ 谁都看破他的暗恋 /056

第四章
/ 伴郎伴娘，地久天长 /082

第五章
/ 你总在错过我的关键帧 /107

第六章
/ 榆木脑袋开窍了 /136

目录 Contents

第七章
/ 地下恋爱谈得无人不知 /167

第八章
/ 我对你的喜欢没有条件 /199

第九章
/ 他的喜欢从很早就开始 /228

第十章
/ 我的喜欢,岁岁年年 /255

番外一
/ 盛夏热恋 /277

番外二
/ 奕安的潘多拉 /282

番外三
/ 春风十里 /290

第一章
我的青梅竹"狗"

华灯溢彩的慈善晚宴,衣香鬓影,觥筹交错。

程诺躲在角落里跟她的经纪人乔安娜发消息,吐槽宴会的葡萄酒像工业假酒,涩得她舌头发麻。

她边看手机,边用余光打量周围,以防有人跟她打招呼她没注意,更是为了捕捉梁云昇的动向。

今夜赴宴的都是名流贵客,她一个小演员也是沾了最近获奖新戏的光才收到邀请函。

原本不打算来的,可是听说梁云昇也在,她那少女怀春的心思便蠢蠢欲动,想着能多跟他待一刻钟也好。

乔安娜是知道程诺的小心思的,却也睁一只眼闭一只眼,只叫她小心行事,别在人前丢了面子。

程诺的视线终于锁定梁云昇,他难得地落了单,站在露台上,看背影似乎是在抽烟。

程诺端起那杯被她吐槽不好喝的红酒,看似平稳淡定,实则喝了口酒壮胆就起身奔向露台。

"哒"的一声,露台的门被程诺在身后关上。

梁云昇听到声响,回头看,手垂下去掩着指间的烟,看清是程诺后对她露出个微笑:"小浪花啊。"

"小浪花"是程诺的乳名,也是她小时候的艺名。她童星出道,出演的第一部电影就让她成了家喻户晓的"国民闺女",可那之后她没继续走演艺道路,读书上学考了舞蹈附中,直到大学毕业后成了舞蹈演员。

程诺向梁云昇走近，露台并不大，她能闻到烟草的味道从他手边传过来。

梁云昇把烟灭了。

程诺向他举杯："祝贺你啊，梁生！"

贺的是他刚得了影帝。

梁云昇抬手拍拍她的脑袋："叫叔叔！"

两人差十二岁，小时候让她叫他"哥哥"，她偏要叫他"叔叔"，他都听习惯了，现在她却又"梁生梁生"地叫他。

程诺狡黠地笑："卢导比你大那么多还让我喊他'哥'，你这不是占他便宜嘛！"

他俩没什么重点地聊着，夏夜繁星满天，洋房花园里喷泉在光带的映照下变幻着色彩，小酒微醺的程诺觉得时机恰好，想要告白的话脱口而出："其实我今天来……"

"哟，我说你怎么不见了！跑这儿躲清闲呢？"

程诺的告白才开了个头，就被不长眼色的人闯入打断。

来者是个制片人，跟程诺点点头算是打过招呼后，揽着梁云昇的肩膀往外走，说要给他介绍一个导演。

告白对象有正事要忙，程诺只好把未说完的话憋了回去，心情郁郁地坐回自己的座位。

她看了一眼时间，感觉今天出师未捷，再留下来也未必有告白的机会和气氛了，便想着提早离开。

还没动身，忽然听到不远处小范围骚动，她打眼看过去，这种众人寒暄的场面多半是宴会的主人在向其他宾客介绍谁。

程诺低头给乔安娜发消息，让乔安娜安排司机来接她，她打算走了。

再抬头，她惊讶地发现刚才聚在一起的人群散开，从中间走出来一个穿着灰色西装的年轻男人，看步来的方向，正是走向她这桌。

这人的西装颜色简约里又透着低调的奢华，灯光打在身上的时候折射着银色暗丝的质感。短发打理得利落，额头光洁，眉眼生动，挺拔的鼻梁让整张脸更显立体。

是很容易让小姑娘春心萌动的帅气模样,但程诺对这张脸已经免疫——这人是她那两小无猜二十年,本以为应该在国外的青梅竹马:陈长风。

程诺挑眉,男人也挑眉。

她更改手机里正发送的信息内容,跟乔安娜说自己先不走了。

"我都站在你面前了,你还玩手机?"陈长风拉开程诺身边的椅子,一屁股坐下,解开衬衣最顶上的扣子,姿态放松但语气不满地质问。

程诺没理会他的问题,看了看周围隐约望过来的路人,低声反问:"你怎么来了?你什么时候回来的?"

陈长风冷哼一声,手腕一抖,本应戴着手表的地方抖搂出来一大串佛珠,看着跟他这一身气质格格不入。

他单手捏着珠子转,神色淡淡。

程诺觉得这样子的他有些陌生,过年的时候还见过一面,怎么半年没见,他像是被人夺舍了一样。

这是接管家业必须要经历的磨炼吗?

那串佛珠又是什么鬼?

陈长风见她盯着自己手腕上的佛珠看,主动解释:"小叶紫檀的,不贵,贵的是这颗,看到没,天珠,有价无市。"

程诺凑过去看了一眼那珠子,嗅到了陈长风身上淡淡的檀木香,似是为了配佛珠特意挑的香。

她怎么看这串佛珠都觉得跟陈长风不搭,多瞧了一会儿,瞧得正捏珠子的陈长风也犯起迷糊,忘了该怎么转动。

程诺小声问:"你什么时候信这个了啊?"

陈长风清了清嗓子,也不演了:"我这不是听说国内'太子爷'的圈子都流行盘串嘛,我要回来接手陈氏,总得面上先拿出来接班人的气势吧。"

程诺无语。

餐桌上摆了点心,核桃酥的食盒里有两颗真核桃做摆饰。程诺顺手就拿过来,递给陈长风。

陈长风将核桃接到手里，下意识地单手转起来，说："怎么，盘串过时了？现在流行盘核桃？"

程诺："不是，给你吃的，补补脑子。"

陈长风内心：呃……

陈长风来的时候宴席已过半场。他今天才回到沪市，时差都没倒，完全是因为听程诺说她在这里，才来凑了个热闹送她个惊喜。

眼下他也没什么心情应酬结交，跟主人家聊了几句，就捎着程诺离场——倒像是开着拉风的加长林肯专程来给程诺当司机的。

坐上陈长风的车，程诺的状态立马松弛了许多，小肚子也不必时刻绷着了，她瘫坐在座椅上把高跟鞋给脱了，再度询问陈长风什么时候回来的。

"怎么没告诉我？"

陈长风坐在她对面，看她这慵懒的样子，汇报完行程后，嘴欠地问："你是不是胖了啊？"

程诺抄起自己的水晶高跟鞋，作势威胁他："再胡说嘴给你打烂！"

陈长风对着嘴巴做了个拉拉链的动作，不说了。

送程诺到了家门口，陈长风跟着下车，看了一圈周边的环境和楼层，觉得这小区还行，挥挥手让程诺先走。等她到了家，客厅里亮了灯，他才离开。

他人走了，程诺却没要休息的意思，打着电话跟他又聊了一路，问他最近的打算。

他们俩总是这样的，有时候几周不联系不发消息，但哪方有事要说的时候，另一方立马就能接得住，两人即使说通宵也不会觉得尴尬。

程诺晚上喝的那点酒还没消散完，她一兴奋，就把自己差点跟梁云昇告白的话告诉了陈长风："你说，我是不是应该矜持一点啊？不然上赶着倒贴，人家会不珍惜了。"

陈长风沉默了一瞬。

然后，他说："你完了。"

程诺："我怎么了？"

陈长风说：“你完了，浪花，你完了，我要告诉程叔叔你在倒追个老男人，你等他打断你的狗腿吧。”

程诺一头黑线，躺沙发上对着空气踢脚：“你有意思吗？多大人了还打小报告！”

陈长风不在意她的鄙视，他只是像从前抓住她的把柄那样，得意地笑："说点我爱听的，求求我，我就替你保守秘密。"

程诺：“不求，爱守不守，明天我就昭告天下我要追梁云昇！”

陈长风一阵牙疼：“你来真的呀？”

程诺哪能那么高调，她随便说的。

结果就爱跟她唱反调的陈长风忽然清了清嗓子："那我可就要先下手为强了。"

程诺的心不知道为什么，快跳了两下。

手机听筒里，陈长风的声音不复少年时清朗，带着诱人沉醉的低哑，划破这夜色温柔，嚣张地说："我今晚就联系梁云昇的'站姐'们，让她们冲了你的账号。"

程诺内心：啊？

就像程诺只是随便说说要公开示爱一样，陈长风也是信口开河。

他在被程诺骂了半天有病以后，笑呵呵地说自己到家了，挂了电话。

夜还不深，陈长风想着自己久未归家，一进家门必然是温馨灯光和父慈母爱、兄友弟恭的场面。

他推开陈家的大门，声如洪钟地喊了句："爸！妈！我回来了！"

回应他的只有保姆的笑脸和招呼。

家里如此清冷，陈长风在八月的盛夏感觉心里一阵寒凉。

"哥。"楼上传来陈奕安的声音，他扶着楼梯栏杆向外探头看陈长风，解释着家人的动向，"妈在公司开会，爸出差了明天才回，皓皓去外婆家了。"

陈长风冷哼一声，为家人们的漠然感到气愤。他走上楼梯，走到弟弟身边，在弟弟的肩上拍了一巴掌。

"还是你有良心，知道不乱跑给我接风。"

他才说完，陈奕安的电话响了，接起来，那边的女声传出听筒："快来快来，到你家楼下了！"

陈长风一个大无语。

陈奕安歉意地对他哥笑笑："今天同学过生日，我去吃口蛋糕就回。"

陈长风能说什么，他只能嘱咐陈奕安别玩太晚。

这就是他，陈长风，陈家长子的家庭地位。

没人疼没人爱的可怜蛋后悔刚才送程诺回家的时候，没去她那儿吃点喝点、找个碟片看看。

现在头脑发胀却躺在大床上睡不着的感觉真难受，就像有个小人拿锤子敲他脑壳一样烦躁。

他实在不知道干点什么好，给程诺打电话过去找她聊天，不行就让她再骂自己几句，对此，他的评价是："好听，爱听，喜欢听。"

程诺："想得美，想听我还不骂了呢。"

陈长风吐槽起他爸妈两个工作狂："我爸都一把年纪了，就不能歇歇吗？"

程诺替陈父说话："陈叔大概是怕他赚钱的速度赶不上你花钱的速度吧，想多留点家底。"

陈长风语塞。

这话他爸倒确实说过。

春节的时候他回家过年，那次父子俩在书房里促膝长谈，他爸在培养他做接班人一事上非常犹豫。

陈家三个儿子，最小的李皓行跟着母姓，已经确定要继承外祖家的产业，老二陈奕安有先天性心脏病，身体不宜过于操劳，陈氏这偌大的产业也只能交到老大陈长风手里。

偏偏陈长风是哥仨里面最不靠谱的那个。

他爸语重心长道："你妈总让我给你机会，那我就给你一次机会，今年毕业你来公司试试，能做就做，不能做更好，你不当家咱们家的家底败得还能慢点。"

陈长风不服气，他好歹也读了名牌大学的管理专业，他爸却永远拿他小学时数学考零蛋的眼光看他！

这次，他誓要拿回属于他的一切，让当初看扁他的人都……

他还没想好爽文怎么发展的时候，就先被瞌睡虫控制了脑子，睡着了。

电话那端，程诺听他不说话了，轻轻"喂"了两声，猜他睡着了，也没说什么就挂断了电话。

她去洗澡，嘴里不自觉地哼着欢快的曲调，自己都没发现，对于陈长风的归来自己是这么愉快。

陈长风这一觉睡得不太舒服，早上闹钟响的时候他本想关了再睡一会儿，又想着忍一忍把时差倒过来，大脑启动了三分钟才有响应，坐起来无意识地划拉着手机醒神。

发现自己昨晚是跟程诺聊着天睡着的。

太不礼貌了。

他给她转了个 666 元的红包：早餐记我账上。

程诺没回他，应该是太早了还没醒。

陈长风在国外的时候每天早上会去公园晨跑，今天不舒服，在家外面溜达了一圈就回来洗澡准备吃早餐了。

餐桌前，终于见到他妈李柚柚，正在给他剥鸡蛋，展现不怎么多的母爱。

陈长风坐在自己的座位上，问她昨晚忙什么。

李柚柚："陈总，你爸在家可是从不谈公事的。"

一声"陈总"，叫得人如沐春风、心情舒畅，给迷茫的孩子洒下万丈光芒。

要不说还得是他妈手段高明，不然怎么把他爸拿捏得死死的。

陈长风扬着嘴角吃他妈递过来的水煮蛋，看到陈奕安走下来，想起什么，饭也不顾得吃，跑回房间去拿了个盒子。

细长盒子里装的是佛珠手串，昨天他戴的那条。

他拿给陈奕安，头头是道地讲："昨天在虞城转机，我去灵山寺烧了头香。都说那里求长寿最灵，我给你拜了，还点了长明灯，这个是什么住持的串，你没事戴戴。"

陈奕安接过来看了看，本来还想说什么的，可他哥破绽百出的话里实在让他不知道谢哪一句。

陈奕安摸摸手串上的天珠，问他妈："灵山寺信的是藏传？"

想要照顾兄弟俩感情的老母亲绷不住笑出声。

陈长风愣了几秒才反应过来，气得骂黄牛不靠谱，又怀疑自己高价买的"头香"也是假的。

这下连他妈都好奇了："头香怎么买？"

陈长风："就他说是他凌晨排队第一个进门领的香，卖给我了。我到的时候都八点多了，怎么可能自己排！"

陈奕安听他哥这毫无诚意的拜佛之旅，哭笑不得："你可别长明灯也给我点错了。我前几天还看个帖子，说是给朋友花钱祈福结果花在了超度区，被做了两月的法事。我命不硬，经不起你折腾哈。"

"那不可能，我亲自点的灯上的墙！"陈长风别的事不上心，给弟弟求平安长寿的时候格外虔诚仔细，祈祷陈奕安能平平安安活到九十九，他怕一百岁太满，欠一点最好。

"行了，当个祝福就好。"他们妈妈不想在这种事情上让他们过多纠结，权当听乐子，说过就算过去了，不要在心里念叨，"长风一会儿跟我去找你爸，让他带你熟悉熟悉公司环境。"

陈长风点头应是。他妈才是最了解他爸的人，怕他爸时间一长又后悔了不想放权给他。

果然，在公司见到陈长风的老陈总丝毫没有表达对儿子的思念之情，反而是一副不耐烦的样子："你来这儿干吗？"

陈长风站在老板桌前，耿直地答："来上班。"

他爸越过陈长风的身侧看向后方，黑着脸问："李柚柚，你又给他出什么馊主意了？"

被直呼其名的陈长风他妈也不甘示弱："陈世羽，你如果这么舍不得把你公司给长风的话，我就把我的给他练手。"

他爸："胡闹。"

他妈："呵呵。"

陈长风不是第一次见他爸他妈为他的事吵架了,上一次还是六年前他爸要把他扔去国外读书,他妈想要陪着的时候。

他知道这时候就需要他这个真男人站出来表态,才能吹散父母之间的硝烟,就像六年前那样。

所以他打断二人的谈话,跟他爸说:"我看这个办公室就不错。"

陈世羽皱着眉头,听他这不孝子要说出什么"篡位夺权"、大逆不道的话。

陈长风:"要不我就坐你办公室外面那个小桌子上?"

就这样,陈长风成功留在了总裁办的秘书岗上。

虽然和幻想中接管陈氏、呼风唤雨的场景不太一样。

但他依旧是陈总——总接线员。

陈长风心态很好,在这个岗位能学到东西,不然他一个空降太子爷什么都不懂,瞎指挥,手下的人能服管才怪呢。

他给程诺发他工位上的绿萝照片时,程诺正坐在经纪人的车上去试镜。

大学毕业后这两年,程诺作为一名舞蹈演员,待过舞团,待过剧场,也演了电影。她没给自己"框"死,有合适的工作都愿意尝试一下。

上一部电影她演的女二号,是梁云昇在一众模卡里点名定的她。当年她还是个小孩,梁云昇也只是个初出茅庐的小生,他俩就合作过影帝的一部民国片。如今梁云昇靠这电影也拿了个影帝,就有人吹捧程诺"旺"男主。

影视圈对这类事迷信得很,好多制片人向程诺抛出橄榄枝,程诺便也就挑感兴趣的去试镜。

手机振动,她点开,是陈长风发来的消息,一张图片上是一盆张牙舞爪看起来很是嚣张的绿萝,还有它主人的工牌,还有一句话:今起叫我陈总。

程诺看到工牌上所属部门写着"总裁办",最后那个"办"字被陈长风用手机自带画笔给叉掉了。

她笑,给面子地回了句:陈总,幸会。

陈长风嘚瑟得不行，又约她：晚上一起喝酒，喊上我的狐朋狗友们。

程诺已经到了片场，无暇再跟他聊天，只答应说：行。

陈长风所谓的狐朋狗友，都是程诺认识的，一些陈家亲朋的孩子，多是世交，关系不深不浅也就那样。

他当年真正自己交的那些"坏"朋友，在他出国的这些年里早就断了联系，也难再有什么来往。

说是要给陈长风接风庆祝，一群人在唱歌的包厢里吃饭，全封闭的房间根本不散味，程诺刚推门进去就闻到了海鲜的腥味，她嗅觉一向敏感。

空位有几个，陈长风拍拍自己身边那个，程诺便坐过去。她坐下第一件事便是拿了一瓶水，想喝一口压压胸口的恶心感。

她拧了一下瓶盖，没拧开，手心磨红。

陈长风见了，顺手就拿过水瓶拧开，又把瓶盖拧回去，把水瓶放回她面前。

动作如此自然，他俩都没觉得有什么不妥，就像她掉个什么东西在他脚边，他随手捡起来一样平常。

坐在对面的一个女生却不乐意了，跟程诺吐槽刚才她让陈长风帮忙开瓶盖，陈长风又是说她"装柔弱"又是说她"茶里茶气"的。女生说："怎么到你这儿，他就没那么多废话了？"

陈长风不等程诺开口，先怼了回去："你跟她能一样吗？"

女生抱着手臂："我怎么了？"

陈长风："这句话重点是'她'好不好？"

在座的听见这话都"哦"的一声起哄，但也都知道程诺跟陈家的半个女儿一样，没多玩笑，很快就岔开话题去聊别的了。

连当事人程诺都没对陈长风的话过度解读。他们太熟了，她在他那儿的地位和别人不一样那不是理所当然的嘛。

程诺对女生劝慰："别跟他置气，他其实是挺好的一个人。"

陈长风听到夸自己，暗暗点头。

程诺："可惜就是长了张嘴。"

陈长风当没听见。

包厢里，众人吃饱喝足后开始魔音穿耳。

陈长风坐在点歌机前饶有兴致地挑选曲目，程诺走到他身边。环境太吵了，她低头在他耳边说："头疼，我先撤，你们玩吧。"

"啊？那我送你。"

陈长风要站起来，被程诺按着坐回去，今天他的主场，她不想扫他的兴。

程诺："不用，我打车，很近。"

他们之间不需要客套，她表现得这么坚决，他也就不挽留她了，依旧站起来，送她到门口就被她推回包厢里。

陈长风站门口，透过门上玻璃往外看，直到她蓝色的连衣裙摆消失在拐角才坐回去。

有人拿着麦克风问谁点的歌，陈长风看一眼屏幕，是他点的程诺喜欢的歌，原本想要跟她合唱的，可她走了，他唱歌的欲望便也没了。

赵宗岐坐过来，胳膊搭在他的肩上，很亲热地说："哥们，正好跟你商量个事儿，我婚礼你给我当伴郎呗？"

陈长风跟赵宗岐算是一起长大的，不过关系不算亲厚，主要因为他俩都是小霸王，小时候总掐架，大了以后才因家里的生意熟络起来。

这一屋子的人里都是未婚，冷不丁冒出来个要结婚的，大家的注意力都被赵宗岐吸引，询问他"英年早婚"的感受。

赵宗岐没什么感受，就是家里撮合的，那姑娘比他大三岁，他说："姐姐好呀，姐姐会疼人。"

陈长风听到这句话的时候笑了，心想：放屁。

程诺比他大半岁，高一个年级，小时候他也像只跟屁虫似的在她屁股后面"姐姐姐姐"地叫，可从来没记得这个姐姐如何疼过他。

抬手看看时间，他给程诺发消息：到家没？

程诺秒回：刚进门。

陈长风又问：头还疼吗？

程诺：好一些了，今天试镜的棚里有点闷，可能中暑了。

011

陈长风：藿香正气水？

程诺：饶了我，喝那个比中暑还难受。

他们有一句没一句地聊着，陈长风在喧嚣的背景音乐里旁若无人地玩手机，明明是他攒的局，他却好像变成了一个旁观者。

程诺说要去洗澡，祝他玩得开心，就把手机撂下了。

一个人独处的时候会回忆起很多被忽视的细节，她泡在浴缸里，撩着玫瑰花瓣，想起的却是陈长风那句"你跟她能一样吗"。

当时被起哄了都没脸红，现在想想却觉得有丝暧昧。

可是光阴在他们成长路上烙下的印记，早就抚平掩盖了偶然的心动。就像夫妻共处几十年都会失去激情，他们如左手右手一样熟悉，少了那份走进对方的新奇契机。

有多熟呢？

是那种抛却性别的信任。

程诺记得自己读高一的时候，身体发育得比同龄人更成熟。她们跳芭蕾的，一个个瘦得像纸壳板一样，唯有她是个异类。

老师让她"减肥"，她周末回陈家住的时候就吃很少饭，她吃得慢，陈家人又多，没谁注意到。

只有陈长风大晚上跑去敲她的房门，拿着栗子蛋糕和甜牛奶，表情臭屁地说："烦，今天又有人给我送信了，还硬往我包里塞吃的，我不爱吃，给你吧。"

程诺把着门站门口，直接拒绝："那你扔了吧。我怕你得罪了人，人家蛋糕里给你下毒。"

陈长风瞪她，直接把东西塞她手里："你想象力真丰富，东西给你就是你的了，要扔你自己扔。"

程诺摸到牛奶的纸盒还是热的，明显是刚用热水烫过，给他塞吃的的人还挺"贴心"啊。

她"扑哧"一笑，接受他的"好意"，顺便把门打开让他进屋。

她告诉他自己在减肥的事，还告诉他班里同学给她起外号，她很烦。

陈长风坐在地上，听了她的话不自觉地扫视了一眼她的身材，然后红着耳朵偏转了头。

他给她出主意："要不你以后经常带点零食给你同学，把大家都喂胖了，你就不显眼了。"

好歹毒的计谋。

程诺从床上摸了个抱枕扔他脸上。

其实程诺的同学缘一直不怎么好，她小学毕业以后考上了沪市的舞蹈附中，小小年纪背井离乡来这里上学，妈妈托付好友陈叔叔照顾一下孩子。

原本只能算客套，可程诺因为是童星，刚入学就被学姐们"训新"了。新生们好多被训哭的，程诺没哭，可她也有点害怕。

她直接用学校的公用电话打电话给陈叔叔留的家里号码。

接电话的是陈长风，他正处在变声期，不太爱讲话，却心有灵犀一般接起了这个电话："浪花？"

程诺听到熟悉的人的声音，立马放松了很多，她问："你问问你爸，我今天能不能不住校，住你家？"

陈长风没问她发生了什么，直接替他爸做了决定："现在去接你。"

后来，陈世羽给学校设了个奖学金，希望老师多关注一下学生的品德建设，又跟程诺约定好每周五来接她回陈家住，周一再送去学校上学。

寄宿制的学校，她这样算是搞特殊，同学之间的关系就不怎么好。再后来，她也不管同学怎么想她了，反正没触到她霉头她就当看不见，偶尔还当奇葩见闻说给陈长风和陈奕安听，李皓行才两岁，太小了还不能加入他们的"高端会谈局"。

现在因为身材问题倍感苦恼的女生，坐在床边皱着眉头，吐槽完讨厌的同学以后就赶地上坐着的陈长风走："你别管我了，我饿习惯就好了。"

陈长风正是长个子的时候，平时少吃一口饭都觉得饿，看程诺这样觉得她太可怜了，跟着骂了两句她同学，走之前下结论："你这样跳小天鹅肯定好看，我见过天鹅，天鹅飞起来时胸脯都是高高的！"

"哗啦!"

程诺从浴缸里站起来,感觉这澡泡得她更晕了。

她穿上睡衣,吹着头发,"嗡嗡"的吹风机声响里,好像听见门铃声。关了吹风机,还真的是有人在按门铃。

这大晚上的,谁啊?

没等程诺打开可视门铃,陈长风的消息就发了过来:我,开门,送温暖来了。

程诺讶异,开了门。陈长风站在门口,两只手上拎着袋子。

程诺回家也不过一小时,问:"这么早就散了?"

陈长风:"有两个要回家有事的,干脆都散了。"

他没用她邀请,径直进了她家。这房子是她大学毕业后自己租的,他没来过,但这不妨碍他像回了自己家一样自在。他换了鞋洗了手,把带来的东西拿出来。

"看你晚上没吃多少,路过蛋糕店买了栗子蛋糕。"陈长风拆开包装,那个外形做得像栗子一样的蛋糕看起来分外可爱。

只是这么小一点东西的话……

程诺指指另一个大袋子:"那是什么?"

陈长风:"麻辣小龙虾,给我自己买的,我也没吃饱。"

他已经自顾自地在茶几上摆放餐盒并且戴上一次性手套了。

程诺无语:"你为什么要跑我家来吃外卖?你回你家吃去。"

陈长风捏着虾肉"哧溜"吃进嘴里:"我妈不让吃。"

辣油的香味太浓郁,不大的客厅里很快就弥漫着麻小的味道,程诺闻着这味道,干呕了一声。

陈长风摘了手套擦了擦手指,端起桌子上的冰可乐杯送到程诺面前:"喝口可乐。"

程诺确实想要一点冰凉,她不疑有他,就着他的手低头喝了一大口可乐,然后"噗"地一口全喷出来了。

这根本不是可乐!

这是藿香正气水!

已经咽下去的那半口药汁滑过喉咙,带着烧酒一样辛辣的感觉,神奇的是，胸口阻滞的那口气倒是顺了出来，头脑也清醒多了。

陈长风已经"功成身退"地坐回沙发上继续吃小龙虾了，还招惹地问："好了吧？"

程诺走到他旁边对着他踢了两脚，她腿抬得高，直接踢他脑袋，想把他脑子里的水给踢出来点。

陈长风挨揍次数多了去了，很有经验地躲避开，嘀咕她"恩将仇报"。

而程诺根本无暇跟他斗嘴，她一张嘴就一股"神药"的味道，搞得她话都不想说了。

这时候小蛋糕发挥了作用。

原本没有食欲的程诺拿叉子把巧克力做的栗子壳捣碎，挖里面的栗子糕吃。

甜味掩盖了药味。

她是坐在饭厅吧台上吃的，边吃，边看向茶几那里的陈长风，他在剥虾，慢条斯理的，吃得很文雅。

她忽然发现陈长风变好看了。

陈家三兄弟里，公认最好看的是陈奕安，因为不怎么在户外活动，皮肤瓷娃娃一样的白皙，弹钢琴的时候艺术气质拉满，谁见了都要夸一句"是王子啊"。

陈长风也好看，但那种好看就像程诺觉得自己老爸很帅一样，偏主观且稀疏平常。

但在今晚，她看着吊灯底下他的侧脸，竟然找到了惊艳的感觉。

她的视线引来陈长风的回看。

他对她笑笑，她心头一动。

然后她看见陈长风拿了两块龙虾壳套在嘴唇上，学电影里的香肠嘴造型，问她："性不性感？"

她嘴里的蛋糕差点从鼻子里呛出来。

今晚一直没骂人的程诺还是没能忍住，克制地说了句："滚。"

乔安娜给程诺发消息说前几天试镜的电影女主角十拿九稳，又附送她个好消息，梁云昇要拍的新电影，资方有意向找她参演，虽然戏份不多。

"但你不是想跟他多待待吗？"

程诺隔着屏幕露出傻笑："可以。"

她这里才得了经纪人的信，后脚梁云昇就跟她联系说自己看了个本子，有个角色很适合她。

程诺难得跟他这个大忙人说说话，把握机会，当机立断地约他吃饭细聊。

梁云昇："好，我喊导演一起坐坐。"

程诺想，他还挺知道避嫌的。但是无所谓，她相信导演总会有离开的时候。

其实程诺对梁云昇的这点心思也没由来很久，就是前年一起拍戏的时候生出来的。

那时候她大学还没毕业，很多年没拍过戏，在电影里演风情万种的民国夜玫瑰，跟梁云昇演的男主角有一段感情。她不是女主角，也没什么亲密戏份，但梁云昇很耐心地指导她演戏，替她找感觉做示范，一来二去地，程诺就对他产生了仰慕之情。

她想，梁云昇也有在故意释放魅力吧？她只是个普通女人，哪里招架得住影帝的温柔！

她进组的二十天里，时间压得很紧，日夜颠倒地拍戏，虽然有很多新奇的感觉想跟人分享，但都没空聊天。

后来杀青了，她昏睡了几天回神，又没兴致再提起那时候的事了，所以陈长风并没听说过这段"情"。

而程诺其实也是像追星一样，看到梁云昇的新闻会点进去看，看到他的剪辑视频也会看，偶尔他发消息给她，她会非常高兴，但也就是这样了。

直到今年春天电影上映，她跟着剧组跑了几次路演，首站就遇上了大雨，她为了配合人设穿了单薄的长裙，那长裙沾点水汽就紧贴在身上。

而梁云昇就在料峭的春风里把自己的西装外套披在了她的身上。

仰慕变爱慕，程诺的心也跟着春天的花花草草一起萌动了。

要去见梁云昇，程诺打扮了一个多小时才出门。

约见面的饭店是在一座老洋房里,从花园里穿行,拾级而上进入复古的旋转门时,仿佛又穿越回了电影里的民国场景。

程诺握着手包,带着情不自禁的微笑向包厢走。

却在铺着丝绒地毯的走廊里撞见了穿着T恤、牛仔裤的陈长风。

陈长风也一眼看见了她。

她脸上那甜美的表情还没收住。

他见鬼了似的扭脖子抬头看有没有摄像机,走近了问:"你在拍戏吗?"

程诺脸上的笑已经淡了几分,有点窘然地把自己法式方领裙子的领口往上拉了拉,抱着手臂在胸前答他:"没有,来见个朋友。"

陈长风一秒就想到了"朋友"是谁,他"啧"一声:"梁云昇?"

程诺没有否认,反而问他:"你在这儿干吗呢?"

陈长风:"见客户。"

程诺看他这身装扮,过分休闲了:"什么客户啊?"

陈长风:"女的。"

程诺:"谁问你这个了?干吗,强调性别是要暗示这个生意需要你出卖色相?"

陈长风一咧嘴:"我姑妈。"

程诺:"……行吧,祝你业务顺利。我走了。"

她继续向前,因为他挡着路,她还撞了下他的肩。

结果他一个趔趄转身,跟在她身后当影子人。

程诺皱眉,回头问他:"跟着我干吗,你不是往那个方向的吗?"

陈长风:"看看你在哪一间,出事喊我,方便救人。"

程诺:"你少看点悬疑小说吧!我能出什么事!"

陈长风:"哦,我没说你,我说万一梁云昇出事了,方便我救他。"

程诺屈肘对着他肚子一击:"你怎么不去铁道部上班啊,就你这张跑火车的嘴,省他们多少油钱!"

陈长风弯着腰捂着肚子呼疼:"你看,我就说梁云昇跟你一起会有危险。"

程诺作势又举起胳膊来,陈长风立马紧紧贴着墙壁躲开。

017

程诺对他哼了一声，抬手敲敲前面包厢的门，用眼神示意他走。

陈长风也真的只是看一眼包厢门牌，看完了，在她进门之前就转身走了。

程诺进门，房间里梁云昇正坐在沙发上看手机，见到她就站起来，拉开餐桌前的椅子请她落座："导演有别的饭局，我们先吃，吃完他大概就来了。"

程诺心里"哦耶"一声。

只有两人的晚饭，和情侣约会有什么两样！

梁云昇见多识广，掌握着聊天的节奏，从菜品到红酒都有有趣的见解。吃到半饱了，他才跟她聊起剧本内容，女三号都算不上的角色，聊起来也简单。

因为是少数民族的设定，又聊起边陲风土人情，说得程诺真想去那边旅游走走。

不知不觉就聊到了夜幕降临。

导演一直没来，临了打电话来说走不开，约下次再见。

梁云昇跟程诺道歉。

程诺连连摆手："是我约你约得太仓促了。本子我已经了解了，回去跟我经纪人说声，我还挺感兴趣的！"

"好。"梁云昇又问她是怎么来的，"我送你。"

他说的"送"自然不是他开车送，程诺已经听到他让助理把车开来门口了。

既然有外人在场，程诺很懂事地说自己开车来的，避免了跟他坐一辆车被拍到的风险，不给他添麻烦。

程诺让梁云昇先走，自己坐在包厢里发了会儿呆，托腮看着桌上的空盘子笑，一副少女怀春的模样。

手机振动。

陈长风：走了没，搭个顺风车。

程诺：OK！

程诺只是匆匆看了眼，先入为主地以为陈长风是让她搭他的顺风车，没承想他以为她开车来的。

两个都没车的人在大门口碰面傻了眼。

陈长风："你有车不开，打车来？"

程诺："开车抬着手臂会把裙子压上褶。"

陈长风去看哪儿有褶，褶没看到，就看见了路灯下白得反光的大片领口了。

程诺这么穿衣走在路上不觉得难为情，被他看却有种在她老爸面前衣着不得体的紧张，拉着肩带往上提了几分。

她这么避嫌，他自然扭头不看了。

陈长风："走吧，去路口打车，先送你。"

程诺："这么麻烦干吗，又不顺路，你打你的，我坐我的。"

陈长风："合着在你眼里全世界就我一个男的像色狼是吧？大晚上的，我能让你穿这么漂亮自己打车回去？你现在打电话，打电话问问程叔叔我能不能？"

程诺算是知道自己为什么会有在面对她爸的错觉了，陈长风就是老程的耳报神，啥事都要拿她爸来吓唬人，讨厌！

程诺白了他一眼，抱着手臂在前面快走。

陈长风腿长，看着慢慢悠悠的，没几步就走到她旁边。

他插着裤子口袋，跟她编排着梁云昇的坏话："他都那么大年纪了，你确定他单身？"

程诺之前打听过，也旁敲侧击过梁云昇本人，很确定地说："他没结婚。"

陈长风："就算他没老婆，说不定孩子已经能打酱油了呢。"

程诺："他也才三十六岁好吗！"

陈长风："才？我没听错吧浪花？你居然用了'才'这个字？再过两年他都要有老人味了好不好？"

他说得如此不留情面，程诺有些生气，不回话了。

两人已经走到路口，程诺拿手机定位打车。

陈长风还在喋喋不休："你喜欢他什么？你要是缺乏父爱的话，叫一声'爸爸',面前就站着你崭新的爹。"

程诺记得上次听到类似的言论是高中时候,陈长风跟陈奕安打游戏打赢了,得意忘形,大概说了句在学校挂嘴边的口头禅:"还想赢你'爸爸'?做梦!"

然后正好被路过的他真正的爸爸听到了,拿着高尔夫球杆好一顿揍。

程诺手上没有高尔夫球杆,她只有一个皮手包,拿来砸人刚刚好。

来接她的网约车司机看到这位彪悍的美女把个大男人打得抱头鼠窜时,有点想要拒载。

只是程诺动作太快,上车、关门一气呵成,都没坐稳就让司机立马出发。

她说完这句没再出声,司机也不敢招惹她,从后视镜里打量她的神色,又看看后面紧跟着他们的那辆出租车,忍不住问:"美女,跟男朋友吵架了啊?"

程诺:"他不是我男朋友。"

司机:"哦,懂。"

程诺头顶问号。

她觉得司机没懂。

但她也懒得跟一个不认识的人解释什么,因为从小到大她跟太多人解释过太多次她跟陈长风的关系了,后来干脆沉默以对,认识的人也就识趣地不再提了。

车停在小区门口,程诺下车没一分钟,另一辆出租车也停过来。

程诺知道陈长风在身后跟着她,以前他们吵架之后,他也会这样跟着,看她安全到家——当然,也不能这么说,因为那也是他家,他肯定得跟着她。

程诺没回头,没理他,不想再听他诋毁梁云昇,她知道的梁生根本不是那样的人。

陈长风也没叫她,默默跟着她气鼓鼓的背影,站在楼下等她到了家、亮了灯,才又打车回家。

而陈长风回到自己家的时候,罕见地,父母居然都在客厅坐着等他。

陈世羽喊他过去:"跟你妈说,今晚我还有你是不是跟你姑一起吃的饭?"

李柚柚讥笑一声:"你这跟串供有什么两样?你这样问他,他能说不是吗?"

陈长风茫然地看看明显在怄气的父母,点头:"啊,是是是。"

李柚柚:"你看,他表情多勉强。"

陈世羽:"那你给大姐打电话问,问她今晚跟谁吃饭了!"

李柚柚:"算了吧,我可丢不起那人。你这漏洞百出的谎,倒要别人给你来圆,你真是带着长风一起吃饭,怎么不跟他一起回来,把他扔下了呢?"

陈世羽:"谁知道这小子犯什么浑,非要去什么湖边看天鹅,我就先回家找你啊。"

陈长风总算从他们的字里行间概括出了吵架的缘由,他妈在他爸身上闻到了微弱的香水味并在他的外套上发现了女人的长发。

一把年纪了居然还能因为这种事吃醋,他俩感情可真好。

陈长风勇当爱情丘比特,溜回房间之前跟他妈说:"我今晚跟浪花一起吃的饭。"

在他爸心口上狠狠扎了一箭。

程诺坐在浴缸里,身子向下滑,仰躺着把脑袋沉入水面以下,憋着气,大脑放空。

她不是有什么想不开的,只是单纯地想要一片自我的空间。

"呼——"放空结束,她从水里坐起来,倚着浴缸壁深呼吸。

小浪花出生也是在海滨城市,从小就被她爸亲自带着学游泳,熟练掌握水里的逃生技能。

小时候的事其实她印象不深了,但是从大人一次又一次的惊险复述里,她知道四岁的自己曾在陈长风掉进海里的时候跳下去救他了,比他的保镖动作还快。

尽管最后他俩都是被保镖捞起来的,但说陈长风欠她一命也不算夸张。

洗手池上的手机响，程诺猜是陈长风打来的，懒得去接。

他真的很会唱衰别人的感情，这么多年了，每次她情路上有点什么风吹草动，他隔着太平洋都能给她把恋情搞黄。

其实也不能说是他搞黄的，他只是动动嘴皮子给她深入透彻地解析一下她看上的男人有什么致命缺点，再不行替她做点男人的背景调查，貌似客观地把人家做过的事一一列给她看。

总能找出来让她心灰意冷的雷点。

程诺不明白了，她也没做什么伤天害理的事，怎么她看上的就都是大渣男呢？

真是渣男更容易惹人爱？

程诺上大学的时候，有个室友是有哥哥的，哥哥是个保护欲爆棚的妹控，每次室友谈恋爱，哥哥都要参毛。

那时程诺想，陈长风大概也是类似这个哥哥的心态。

后来她又想，陈长风可能就是闲的，于是爱管别人的闲事，要是他自己恋爱忙了，才没空理她呢。

现在，陈长风的话给程诺提了个醒，虽然她不觉得梁云昇是陈长风屁话里的那个样子，但是她确实从没考虑过他会不会已经有孩子了这个问题。

她再喜欢他，也不可能接受"无痛当妈"。

不得不说，陈长风总能找到一些清奇的角度，让她在风花雪月的氛围里清醒片刻。

手机又响。

程诺心烦地扯下浴巾往身上一披，去看手机，果然是陈长风。

她接了，开口就语气不善："我的事轮不着你来管！你算老几呀？"

电话那端沉默了一秒，再开口，是陈奕安的声音："浪花姐，是我，我哥说让我告诉你，他命不久矣，死前想再吃一口你做的油炸糕。"

一听到陈奕安这与他大哥完全不同的清冷嗓音，程诺顿觉羞赧，自己刚才好像个泼妇。

她跟陈奕安虽然也相熟了这么多年，但是因为他身体不好的缘故，她对他的态度一直很和善，而且陈奕安小时候乖巧懂事，长大了温文尔雅，跟他那猴子一样上蹿下跳的大哥一根毛都不像。

这种男的，谁会不喜欢。

她声音放柔："奕安啊，这么晚还没睡。你哥是真发癫还是假断气？手断了吗？电话还要你代打。"

"程浪花！你的良心不会痛吗！都不问问我怎么了，这么咒我！"听筒里又变成了陈长风的咆哮，他刚才就趴在手机边听着呢。

程诺选择挂断电话。

听他中气十足的嗓音，除了脑子，不像有病的样子。

被挂电话的男人倒是很平静地接受了这个结果，没有再打电话追问。

陈奕安坐在他哥的电竞椅上打游戏，头也没抬地问："要用我的手机打吗？"

陈长风已经达到目的了，说："不用，知道她没把自己淹死就行。"

他还记得自己第一次看到她整个人沉进水里时心跳骤停的感觉。

那年夏天他高一升高二，成绩太差，他爸让程诺盯着他写作业，必要时辅导他一下。

可她一个舞蹈附中的学生，纵使比他高一个年级，学习也到不了能辅导他的地步。

那时候青春期的他最会惹人嫌，没脑子似的，笑话她的水平连李皓行都辅导不了。

李皓行当时才上幼儿园。

后来忘了是怎么吵起来的，总之程诺跟陈长风吵了一架，带着气回房间了。

陈长风吵完就后悔，没一会儿跟着过去她房间，进屋没看见人，也没多想，看到屋里浴室没关门就进去了，结果就看见程诺穿着睡裙整个人脸朝下扑在浴缸里，浴缸的水已经没过了她的胳膊。

他一个箭步向前，从水里拦腰抱起程诺，边大声喊着"你别死"边抱着她往外跑。

程诺没被水呛到，但差点被他勒在胃上的胳膊给勒吐了。

人家都是公主抱，只有他把她像个麻袋一样脸朝下抱着腰，她形象全无地挣扎着跳下地，骂他："你在狗叫什么？"

陈长风嘴唇都吓白了，看她好像没有事，才找回来自己的声音："脾气这么大吗？吵一架就要人命，这么牛你杀我啊，杀自己干吗？"

程诺："谁要杀人了，我只是觉得烦躁，泡个澡。"

陈长风："鬼扯，洗澡穿衣服洗？"

他说到这儿，才注意到她全身都湿透了，哽住一瞬，他又说："你先换衣服。"

程诺的气已经消了，她刚才跑回来确实气得不轻，但看到罪魁祸首低头，她那股郁气就随风飘散了。

她重新洗了个澡，陈长风就一直在她房间里坐着，隔着一扇浴室的门，时不时喊她的名字确认她没出意外，她不说话他就一直叫，叫到她烦躁地应一声为止。

这"恶习"，她保留至今，他就也一直有着"叫魂"的习惯。

陈奕安游戏通关，放下手柄，看了陈长风一眼。他大概是亲友里对陈长风态度最好的人了，从不说一句不礼貌的话，这次却难得叹了口气，说："哥，追女生这样是不行的。"

陈长风靠在床上，拿着平板电脑看公司报表，闻言一扭头，不屑地"嗤"一声："你又懂了？"

陈奕安耸肩："反正我是没见谁家'童养夫'是这么个态度的。"

他刻意在"童养夫"三个字上加重了音，说得陈长风老脸一红："可以了，闭嘴吧，回你房间睡觉，以后别想再玩我的游戏机！"

这个称号是他的耻辱柱。

在他年少无知的时候，因为语言学习能力较差，听了个"童养媳"就瞎造词，第一次跟陈奕安介绍程诺的时候，为了表示他们是比好朋友更亲近的关系，说出了"我是她的童养夫"这种没有逻辑且没男子气概的话，在弟弟这里丢人现眼二十年。

陈长风赶走弟弟，又看了会儿报表。他爸虽然不待见他，但毕竟是亲爹，放在手底下还是有认真教的，学成什么样就看他自己了。

睡觉之前，总算收到了回信，有私家侦探接了调查梁云昇的单，允诺一周内给结果。

陈长风这才安心入睡。

第二天早上跑完步回家吃饭，陈长风被他的小弟李皓行拦住了。

李皓行："大哥你闯祸了，昨晚妈跟爸分居了，爸睡的书房。"

陈长风："关我屁事，关你屁事。"

李皓行："大哥你说脏话！我要告诉爸，你等着挨打吧！"

陈长风一把抓着小男孩的胳膊把他抱起来："李皓行，你都十岁了，能不能成熟点？动不动就打小报告你不嫌丢人啊？"

这话听着耳熟，好像是程诺经常用来骂他的话。

李皓行骤然被举高，紧张又兴奋地嘎嘎叫，他现在所有讨人嫌的行为不过是为了引起大哥的注意。

陈长风把他架在自己肩上走回楼里，让他"骑高马"，威胁道："还知道什么内幕，速速报来。"

李皓行哪知道什么内幕，他不过是看了个鬼故事不敢自己睡，跑去找妈妈的时候，恰好遇到了被妈妈赶出房门抱着枕头一脸无奈的爸爸罢了。

他搂着陈长风的脖子低下头来，在陈长风脸上"吧唧"亲了一口。

陈长风却表现得巨嫌弃："朋友，你是十岁不是十个月好吗！"

他的吐槽持续到进了饭厅，看到他爸才消停。

诱发战争的"丘比特"不想挨揍，默默装隐形人。

早饭速战速决，陈长风一口气吃完了就溜，也不提跟他爸一起去上班了，自己开车先走，不在他爸面前找骂。

没想到开到半路就收到了程诺给他发的消息，是几张她家里的照片——地板上一层水，一些杂志漂在水里，还有一些不知道是什么的垃圾。

程诺：我的房子被水淹了！

她是清早被邻居来敲门的声音吵醒的。

025

楼下邻居说家里天花板被淹了,再看她这屋子里一地的水,无语地让她通知房东来解决。

陈长风回复：要我去帮忙吗？

程诺：先不用,我找维修工上门看看。

她其实也是蒙的,棉拖鞋都被水泡湿了,踩在脚下像个海绵,一步一个水印。

忙活了一上午,才理出些头绪。

她出浴缸的时候下水口盖子不知道怎么给堵死了,她昨晚洗澡又是一直放着细水慢流忘了关。

这一晚上,水从浴缸漫到浴室又漫延到全屋。

房东说,所有地板都要换一遍。

赔偿另算。

程诺头大,给陈长风打电话让他来给她搬家,她可能要去陈家住几天,看是等这边地板装好再回来住,还是干脆另外租套新房子。

去陈家住当然没问题。

但是为什么让他陈长风当苦劳力给她搬家呢？

他酷酷地问："这时候想起我来了？怎么不找梁云昇帮忙搬呀？"

程诺："要不是为了接你的电话,我也不至于没检查一遍水龙头。没让你赔钱不错了,你不要没事找事,扯不相干的人。"

一句"不相干的人"让陈长风莫名嘚瑟,他非要找存在感："那电话是陈奕安打的,可赖不着我。"

程诺："哦,那我找奕安帮忙搬。"

她说着就要挂电话,陈长风"哎哎哎"地阻止她："他那个小药罐子能搬什么啊,你一双舞鞋都得把他压岔气。算了算了,谁让我是他大哥呢,我来我来。你想哪天搬？"

程诺已经在收拾了："明天吧。"

她想着别太仓促,可陈长风哪能让她在水里过夜,当天就喊了搬家公司来上门打包,然后亲自开车领路,去把程诺接回家。

第二章
/住在隔壁屋的显眼包/

程诺要来陈家借住几天这事，是跟陈家的女主人李柚柚说的。而男主人陈世羽则是通过他那申请提前下班、要去帮忙搬家的逆子知道的。

陈世羽没有应酬，原本想再加会儿班，反正托逆子的福，他夫人正在跟他闹别扭，正眼都不给他一个，回家也没意思。

但逆子不愧是逆子，每一句话都在忤逆的雷线上"蹦迪"，他问他爸："老陈，你知道吗，康熙活了八十九岁，乾隆也活了八十九岁，你猜雍正活多久？"

陈世羽没作声。

陈长风继续说："雍正天天加班，五十八岁就死了。老陈，你也快五十八了，长点心吧！"

陈世羽开口了："康熙活到六十九岁，乾隆活到八十七岁，雍正活到五十六岁，三个人你是一个都没说对啊，我说你先长点脑子吧。"

陈长风被怼到无言，神色自若地跟他爸摆摆手："总之钱是挣不完的！你领悟一下我的中心思想就行。我下班了，拜拜！"

陈世羽看着儿子潇洒离开的背影，愣了下，禁不住笑一声，摇摇头，合上文件夹，从衣帽架上拿起衣服，也回家了。

孩子们都没在家，老夫老妻对坐着吃饭一言不发。吃完饭，李柚柚主动提出来："浪花要来住几天，暂时休战，给你留点老脸。"

"嗯。"陈世羽把眼镜用中指关节向上一推。他的妻子向来是很会伪装体面的，不管对谁，哪怕只是个小辈。但他仍然不甘心被冤枉，替自己争辩，"浪花来了你可以问问她到底怎么回事，陈长风这臭小子，

027

明明是故意逗你，你却要拿着做筏子和我吵。"

李柚柚没理会他的话，跟阿姨一起去把程诺房间的床品换新，又扫了扫尘。

程诺来陈家的时候已是夜深，李柚柚披着睡袍给她热了一杯牛奶，让她先睡觉，明天安顿好了再给她做好吃的。

程诺亲切地说了声"好的，柚柚姨"，行李还没收拾，先从手推箱里掏出来一副粉色的真丝手套给她："我去演出的时候看到的，感觉很适合您，夏天戴防晒。"

陈长风在一旁倚着门框，抱着手臂："我大热天给你搬箱子，怎么没见你给我防防晒？"

程诺："箱子都是搬家师傅搬的，你少来。"

这两人一见面就吵得叽叽喳喳的，李柚柚觉得脑仁疼，把战场留给他们，自己回房睡觉去了。

下楼梯的时候，看到那两人一边推箱子一边斗嘴的情景，感觉有些可爱。她是看着他俩长大的，对自己儿子的心思看得一清二楚，虽然他俩一直没谈上恋爱，但是她心里也曾经暗暗想象过这两个小家伙如果在一起了会是什么样的。

回了房间，陈世羽已经靠坐在床头了，见到她回来，把眼镜摘下放到床边柜上。

两个人都没说话，最后陈世羽先开口："浪花住下了？"

李柚柚："要关心就自己去关心，既然没事干吗不接她，在这儿摆什么谱。"

陈世羽："不是摆谱。"

他也挺喜欢程诺的，尤其是在小姑娘小的时候。他没有女儿缘，对程诺就很亲近，还想要认她做干女儿，后来因为程诺她爸强烈反对而作罢。

只是在程诺的青春期，她真的住到了陈家后，陈世羽才开始"避嫌"，在长辈合适的范围内给她关爱。

李柚柚知晓丈夫的心思，傲慢地冷哼一声："老男人还挺自恋，以为自己那么大魅力，能迷倒小姑娘呢？"

陈世羽也冷哼一声:"你儿子倒是不老,这么多年了也没见他把人家迷倒啊。"

两人对视一眼,忽然对儿子的单恋窘况感到可怜,然后一起不厚道地笑出了声。

第二天晚上,陈家众人聚齐在餐桌前,一起欢迎程诺的入住。

陈长风这次是真的酸溜溜了:"怎么我回来的时候你们都不欢迎欢迎我?"

陈世羽:"那有没有可能,大家就是不欢迎你呢?"

父子俩针锋相对,其他人只当听不见,该吃饭的吃饭,该敬酒的敬酒。

李柚柚和程诺挨着坐,她们闲话家常,自然而然地说起感情问题。

李柚柚:"浪花这么久不来家里玩,是不是恋爱了呀?"

程诺摇头:"没呢,就是工作忙,之前档期排得满满的,最近才空出来。"

她也不忸怩,随即粲然一笑,告诉柚柚姨:"不过最近有在发展的对象,要是成了我带来给你看。"

这话一出,餐桌上的气氛有一瞬间的停滞。

当爸当妈的还比较有城府,能表情自然地继续聊天,只用余光快速扫量了一眼长子的表情。

陈奕安没忍住直接扭头看他哥了,看完觉得自己有点失态,装模作样地伸手去拿果汁,给自己添了半杯,端起杯子啜饮。

陈长风的表情挺淡定的,毕竟他是知情人,还因为梁云昇跟她闹了点不愉快,她现在这么说他并不吃惊,当然,也不高兴就是了。

只是他脸上风淡云轻的面具被小弟一句话就给整出裂纹。

李皓行童言无忌:"浪花姐要交男朋友了?那我大哥不是要'守寡'了吗?"

"噗——"陈奕安的果汁一口喷了出去,"咳咳,抱歉。"他连抽几张纸巾低着头擦桌子,颤抖的手暴露了他憋笑憋得难受。

连陈世羽这只老狐狸都要来落井下石,顺便"自证清白":"对哦,浪花恋爱了,可就没空搭理长风了,这小子再想拿你当挡箭牌也不能够了。他前两天在外面浪,我们说他,他还说是跟你在一块儿。"

程诺看一眼陈长风,诚恳地跟陈叔叔说:"前天吗?那他是跟我一块儿呢,吃完饭他送我回家来着。"

陈世羽的笑僵在嘴角,看向夫人,但被她无视了。

一顿晚饭,无人"生还"。

吃完饭,小辈们聚在一起玩游戏,四个人刚好凑一桌"大富翁"。

李皓行年纪虽小,脑子却很灵活,玩游戏八百个心眼子,走一步算十步,大杀四方。

程诺眼看着自己的"房产"被小弟一个个吞并,开始打感情牌试图干扰他思路:"皓皓,你是不是长痘了?我那儿有舒缓的安瓶,一会儿你跟我过去,我给你护理一下。"

李皓行对自己上火长痘这事有些不好意思,听程诺这么说猛摇头:"不用了姐,我不挠就不痒。"

程诺:"跟我客气什么啊,你小时候,我还给你换纸尿裤呢。"

李皓行脸红了,佯装生气地踢了踢陈长风的脚:"陈长风,你管管她!"

陈长风把转盘指针一转,拿着跳棋小人走步,走完,扇了李皓行后脑勺一巴掌:"没大没小!你姐不光给你换纸尿裤,还给你涂屁屁膏呢,怎么的,屁股都能给你涂,脸不能涂?"

李皓行更生气了。

但陈长风还没停下来,继续怼他小弟:"你还是让你浪花姐给护理一下吧,本来你就是爸妈感情平淡的时候生的,你知道吧,孩子都是爸妈感情越好生得越好看的,你看我和你二哥……唉,你可别再长痘留疤变麻子!一会儿赶紧跟着你姐去涂涂!"

再聪慧的少年也才是个十岁的小朋友,被陈长风这一顿怼,控制不住情绪跳起来,要回房间去找奥特曼光剑来"暗杀"他大哥。

李皓行一走,陈长风毫无心理负担地就把他的"财产"平分三份,把"钞票"分给陈奕安和程诺后,"房产"充公拍卖。

三个"大人"无耻地继续"大富翁"之旅。

没有小朋友了，话题尺度也能大一些。陈奕安做他哥的马前卒，主动聊起程诺的"对象"："浪花姐在发展的是谁啊？同事吗？"

程诺："算吧。"

陈奕安："那看来是日久生情？"

程诺："拍戏的时候还没，戏外才觉得不错。嗐，你应该知道，就是梁云昇。"

陈奕安不怎么关注影视圈，但程诺的电影他自然是看过的，也知道梁云昇就是电影里那个男主角。

他扔骰子，眼神瞟过大哥，随口赞道："哦，知道，挺有男人味的。"

不知道为什么，这句"男人味"让程诺忽然联想到陈长风说的"老人味"。

狗东西果然对她茶毒不轻，害她都没法好好回忆梁云昇身上用的是什么香水了。

想到这里，程诺猛踩了对面的陈长风一脚。

陈长风满脸不明所以的问号："梁云昇有男人味你踩我干吗？"

程诺："哦，看你点数不错，沾沾好运。"

陈长风蹙眉，把脚缩回去，后面就一个"6"点都没掷出来了。

陈奕安觉得他大哥表现得过于平静了，想帮忙助攻一下，佯装无意地问陈长风："你那个大学同学，叫Lily还是Vivy的，她是不是也很喜欢梁云昇来着，我记得你们还一起去看他电影。"

程诺听这话，扭头看陈长风："哎？这是哪个出场人物，我怎么没听过？"

陈长风看二弟："谁？"

陈奕安背对程诺朝陈长风眨眼。

陈长风："你怎么了，眼里进沙了？我刚才就说把窗关上吧。"

陈奕安无语。

他感觉到程诺正在盯着他后脑勺看，尴尬地起身去窗边关窗，深吸一口气，原谅他愚蠢的大哥。

陈长风才不蠢。

他完全明白陈奕安说那个话是想干吗，让程诺吃醋呗。

031

但他觉得没必要。

李皓行举着奥特曼光剑来闹了一通,"大富翁"还没角逐完毕就匆忙散场。

最后陈长风揪着李皓行去程诺屋里,让程诺给他涂完保湿和舒缓的修复霜,然后把他和他的光剑一起扔回他卧室。

程诺在梳妆台边收拾刚拿出来的瓶瓶罐罐,一转身,看见陈长风还没走,反着跨坐在椅子上,胳膊搭在椅背上看她。

她问:"你还有事?"

他说:"没事。"

陈长风也不知道自己留这儿要说什么,等她都收好了,倚着梳妆台看他,他才想起来要说的话。

"没有Lily。"他的脚不自觉地蹬着地板,身子前压,把椅子变成个摇椅,小幅度摇晃。

"哦。"程诺应了一声,看他的脚,总觉得按他的气质,下一秒就要摔个大马趴。

"也没有Vivy。"他站起来,要说的已经说完了。

居然没摔,程诺对此表示很遗憾。

而陈长风已经走到她身边,距离有点近,她发现自己要仰头看他。

陈长风的一只手插兜,另一只手按在梳妆台的镜子边缘,不算圈着她,但确实有一些压迫的感觉。

程诺觉得有点怪怪的,这姿势,这氛围……

她看向他的眼睛。

他认真地看了她几秒,又有些别扭似的把抬着的那只手收回来,后退一步,脸也侧过去,说:"我就只跟你一起看过电影。"

程诺不知道自己是不是因为白天睡了太久,这会儿躺在床上失眠了。

她脑子里回荡着陈长风的那句话,一遍一遍。

其实不只是陈家的上上下下觉得陈长风喜欢她,连她自己也隐约有些感觉,所以她不那么讨厌他的无理取闹。可他俩的关系始终没能再进一步,还是那个理由,太熟了啊。

她很偶尔的时候也会想想她和陈长风两个人有没有可能,想来想去,发现自己能想起的都是她跟他的过去,他们一起长大的点点滴滴,她习惯了的相处方式。

而她想到梁云昇的时候,会想如果和他在一起了,他们可以去哪里看山海、可以怎样偷偷地下情、他们未来要在哪里生活。

看,这就是区别。

一个在过去,一个在未来。

但程诺又不得不承认,当陈长风"贴"在她身边,说他只跟她一个人看过电影的时候,她心里是舒服的。

又甜又爽,占有欲爆棚。

她就好像那种阻碍男女主角恋爱的恶毒女配,"白月光"一样地在男主角生命里占有一席之地。

他们见识过彼此所有的丢人现眼,共享彼此所有的不为人知,确认彼此永远是无可替代。

程诺好像有点理解陈长风为什么总是要破坏她的恋情了,因为她今天第一次换位思考,如果陈长风真的恋爱了,不管是 Lily 还是 Vivy,她都只想让她们 bye-bye。

好的,她承认了,她是个坏女人。

睡不着的程诺掏出手机,给陈长风发消息:你明天干吗?

陈长风也没睡,回她:上班。

程诺:无趣的打工人。

陈长风:有趣的无业游民。

程诺:拜托,只是最近清闲,我可是靠自己的努力攒钱买了车的上进青年。

陈长风:嗯,很上进,攒那点钱够赔人家房屋翻新的吗?

程诺:[省略号.jpg]

呵,这人,真会聊天,再见了哈。

接班人陈长风和上学时期的纨绔作风真的不一样了,起码不会迟到早退翻墙翘班，还能主动完成作业找领导批阅。

领导就是他爸。

但显然领导今天不太高兴。

陈长风察言观色几番，给他爸泡茶的时候开口为自己狡辩："我没跟浪花串供啊，那天我确实是去送她回家了。而且我觉得你也不能把你跟我妈吵架这事赖我头上，很明显，我最多算导火索，但绝对不是那个真正的雷。"

陈世羽喝口热茶，看文件看得头疼，摘了眼镜按按太阳穴，听听逆子的胡说八道放松一下也挺好的。

他问："嗯，那你说，你妈真正气的是什么？"

陈长风："气你不让权呗，估计怀疑你外面有私生子。"

陈世羽眉头拧在一处："你妈跟你说的？"

陈长风："没，我瞎猜的。对了爸，我午休的时候出去一趟啊，有事的话给我打电话。"

陈世羽还在琢磨他之前的话，不怎么在意地挥挥手，让陈长风自己看着办。

昨晚回房间以后，李柚柚因为程诺的话又没给他好脸色，好像认定了他在外面有女人。

他觉得莫名的同时，怀疑她是不是更年期了。却没想到是当局者迷，今天陈长风的话点醒了他。

他跟夫人是家族联姻，这二十多年来更像是并肩作战的盟友，一起养育三个儿子，一起管理家族产业。

李柚柚是名媛独生女，不仅是家庭的贤妻良母，事业上也能独当一面。

陈世羽想到夫人对他的指摘似乎正是从陈长风回来以后开始的，忽然意识到了问题的根源在哪里。

他自嘲地笑笑。

陈长风说得对，夫人确实不信任他，不过不是因为什么外面有人有孩子了，而是怀疑他不信她。

他以为她不在意那件事的，看来还是他不够心细。

老爸老妈的感情秘辛陈长风不得而知。

他现在正在去程诺之前租住的房子的路上，跟房东还有邻居约了一起见装修公司的人。

程诺还没计划好要不要再回来住，但房东怕程诺跑了，急于让她先把维修的钱付了。所以昨天搬家的时候陈长风留了自己的电话，让房东联系他。

装修公司的人看陈长风年轻好骗还挺有钱的样子，狮子大开口地报价，长长的表单看起来非常唬人。

陈长风很认真地站在楼道里看报价单。

房东大爷催促他："看完了吗？这笔费用你可别赖账啊。"

陈长风点点头："看完了。咱们换家装修公司吧，这家价格虚高，我给你找一家便宜的。"

装修公司的人听说要换人，急了，噼里啪啦说他们的海藻泥如何大牌如何环保，便宜的都是骗人的，签约以后还要升单。

陈长风不想听，抬手示意他别说了："我们家啊，一家都是包工头，得了。"

他态度坚决，不用这家装修公司，房东和邻居也没办法，只是心里都有些忐忑，怕陈长风自己找的施工队粗制滥造，心情沉郁地散了，约下次再相看。

陈长风不准备再来一次了，等装修公司的人走了，他拿出一个文档袋给房东，里面是他刚从银行提的现金："我们家真是做这行的，您别担心，施工队我给您找，除了地板，再送您一套全屋橱柜定制和智能家居铺设。这是一点心意，给您添麻烦了，后面房子有任何问题都可以再找我。"

房东打开文件袋看了眼里面，都没拿出来数就已经咧开了嘴角，阴霾情绪一扫而光。

同样的说辞，他又下楼去邻居家说了一遍，也准备了赔礼的"一点心意"。不只是替程诺向无辜受牵连的人表示歉意，也是在为她的"公众形象"做些挽回，毕竟她好歹也算个演员。

035

陈长风这边在做善后工作，但程诺对此一无所知。

她正跟小姐妹罗可妮一起做美容。

好久没见面，姐妹居然要结婚了。

罗可妮是程诺大学时做志愿者结识的朋友。国际会展活动，罗可妮是志愿者队伍的负责人，参加过很多次相关活动，为人耐心细致，很会照顾人。没什么经验的新人们都很喜欢她，包括程诺。

友谊就像爱情一样，讲究缘分。程诺自己也不知道为什么，一向不怎么会交朋友的她，却很投缘地跟罗可妮成了好朋友。

从会所出来，两人又去吃下午茶。罗可妮问程诺有没有兴趣做她的伴娘："如果时间不允许就算了，你忙你的。"

程诺挺有兴趣的，她还没做过伴娘，只是她确实不知道到时候会不会跟工作撞档期，便让罗可妮给自己在伴娘团先留一个空位："有空我就来。"

罗可妮聊完自己的事，又问程诺最近的情况："事业顺利，情场得意吗？"

程诺的脑海里先后划过两个人的脸，但是哪个她都没跟罗可妮说，一个是不方便说，一个是不高兴说。

罗可妮对程诺的沉默也没在意，朋友也分很多种，交心不代表要交代到每个生活细节，有所隐瞒并不妨碍她们依旧是好朋友。

和罗可妮的约会让程诺心情很好，挥手告别的时候她还在想下次陪罗可妮去试婚服。

正赶上晚高峰开始的时段，路况很快就变得拥堵。

程诺堵在路上，看着导航里红得发黑的路线，放大地图，发现这里离陈家的公司倒不远。

她给陈长风打电话，问他下班没。

陈长风坐着转椅，手里拿着文件，脚搭在桌子上，抬手腕看时间："我是下班了，但老陈还没有，我蹭他的车，只能跟着一起加班。别等我吃饭了，我在公司食堂吃。"

程诺："少自作多情。我堵路上了，去找你吃食堂吧。"

陈长风:"也行。"

　　她在下个路口转弯,很快到达陈氏集团,陈长风已经在大门口等着她,跟保安打过招呼,领她停车进门。

　　他直接带她去了食堂。公司伙食不错,很多员工在排队打饭。

　　程诺跟在陈长风身后,看他脖子上挂着工牌的正经样子,有些陌生,又有点好奇。

　　排到他们了,陈长风直接打了两份套餐,一手端一个盘子走到窗边的桌子上,掰开一次性筷子磨了磨毛刺,递给程诺:"你尝尝。"

　　程诺接过筷子,每样菜吃了一口,还不错,但都挺油的。

　　她把筷子放下,跟陈长风说:"再吃两年你就该有啤酒肚了。"

　　陈长风:"胡扯,我又不爱喝啤酒。"

　　程诺:"老婆饼里也没老婆。"

　　陈长风把自己那份饭菜吃干净,又把程诺餐盘里剩下的挑着吃了一些,然后把餐具送去回收处,带她上楼。

　　路过大堂的时候,他去外卖柜取了个件:"我就知道你不爱吃。"所以他提前点了低卡健康的餐食茶点。

　　程诺参观了他的办公室。也不能叫办公室,就是一片相对安静的办公区,正对着总裁办公室。

　　这会儿已经没什么人了,办公桌都空着。

　　陈长风把自己工位的桌面收拾出来给程诺吃饭,自己则坐到旁边同事的椅子上抱着笔记本电脑看文件。

　　程诺吃一口,看他一眼,他工作起来还挺专注。

　　不过陈长风现在在看的并不是什么正经文件。他在看侦探所发给他的梁云昇的资料。那边办事挺认真,虽然还没有实质性地挖掘出什么"爆料",却也先整理出了梁云昇的一些公开生平。

　　陈长风飞快地浏览着,看完就觉得这是个挺扎实的演员,没什么"贵人"相助,科班出身专注演戏,洁身自好鲜有绯闻。

　　就这么干净的履历,陈长风合上电脑以后对着认真干饭的程诺张口就是:"梁云昇,这男的,真不行。"

　　程诺:"他怎么了?"

陈长风:"他'克妻'。"
程诺:"哈？"
陈长风娓娓道来:"他与初恋是大学同学，对方本来发展得比他还好，结果车祸毁容退出演艺圈；大热影片里和他传绯闻的女友，各种电影节陪跑了五六年没拿个奖，跟他解绑了立马拿了'最受喜爱女演员'奖；还有一个是公开喜欢他的女主持人，就快要当台里一姐了，结果得了乳腺癌。"

程诺听得有点愣。

"都说红气养人，但女方的红气养的是他，费的是自己啊。"陈长风把这事说得玄之又玄，"你看你，才说喜欢他，家里就发'水灾'了。"

程诺反驳他:"你怎么不说是因为你回来了，害我家被淹。"
陈长风指着自己:"我？你说我？开玩笑呢，就我这张宜家宜室的帅脸，那一看就旺妻。"

程诺认真地看了他三秒，故意说:"看起来不旺。"
陈长风:"怎么不旺？我旺！"
程诺:"不旺。"
陈长风:"旺！"
程诺:"不旺。"
陈长风被她撩起了火，声音都高了几度:"我旺旺旺！"
"丁零丁零……"内线电话响了。

陈长风眼睛瞅着程诺，还在跟她置气，没拿话筒，直接按了免提。
陈世羽的声音传来:"让保安查查，好像有野狗溜进来了。"
陈长风无语。

程诺:"扑哧！"

因为被他爸嘲讽是"野狗"，陈长风生气了，不再等老陈一起回家，坐了程诺的车先走一步。

程诺开车，他坐副驾。

调整座椅空间的时候，发现椅子底下有颗银色袖扣，陈长风探手拿出来:"这是哪个野男人的？"

程诺等红灯时扭头看了眼，没想起来，但多半是她舞团的同事的。

"之前载过舞伴。"

陈长风把窗打开,拇指抵着食指一弹,把那枚袖扣弹出了窗外。

程诺:"……喂!你干吗把人家的东西扔了?"

陈长风:"什么人家,哪个人家,你都不知道是谁的,留着干吗?"

程诺:"谁说我不知道了,我知道!说了,舞伴的!"

陈长风:"哦。那你倒车回去,捡回来。"

程诺从后视镜里看到后面的车水马龙,犹豫了几秒,作罢。

这一局,陈长风自觉占了上风,心里因为有别的男人坐她副驾的不爽消解了几分。

开玩笑,这可是副驾驶座,是能随便坐的吗?也不掂量掂量自己什么身份!

程诺的假期很短暂,没多久就又被乔安娜安排着接了商务、拍广告、拍杂志。

期间她问过一次陈长风装修翻新的事。陈家是做装修起家的,现在依旧有地产的业务,她觉得陈长风应该懂一些。

陈长风让她不用管了,他跟房东已经谈好了。

程诺觉得陈长风被扔去国外磨炼的这几年,长进确实不小,生活能力好像比她强了很多。

她心里有种不想被比下去的犟劲,投入工作努力赚钱,虽然自己也不清楚这有什么可比性。

陈长风已经捋清了公司的业务脉络,他不再坐在总裁办门口接电话,被陈世羽安排着跟业务总监出门当学徒。

这天他们谈业务谈得顺利,提早结束。陈长风没有直接回家,绕道回了公司,想找一份之前的合作案。

结果在他爸办公室碰见了亲自来送喜帖的赵宗岐他爸。

寒暄几句,赵伯伯夸陈长风年少有为,又感谢他给自己儿子当伴郎,再追忆一下往昔笼络笼络感情。

他说起经常被提及的那件童年趣事:"长风从小就是个热心肠,那次你家院子里堆着新买的石雕,我开车看不见路,长风那么小个人,站

039

在那里给我指挥，说'倒！倒！倒'，我还以为是真懂呢，结果是瞎指挥，'咚'的一声，给我车屁股撞个大坑，哈哈哈！"

陈长风跟着爸爸伯伯一起笑，笑完拿着文件夹要去加班了。

只是才从办公室出来，他脸上的笑就消失不见。

赵伯伯说的那件事确有其事，原因却并不是他天真烂漫无知。

只有陈奕安和小浪花知道，他就是故意的。

那时候陈家跟赵家有很紧密的生意往来，赵伯伯经常带着儿子赵宗岐来陈家谈事。

赵宗岐这小子在家横行霸道惯了，在陈家也作威作福。先是嫌弃陈奕安体力不好跑得慢，不愿意带他一起玩；后来还拿毛毛虫去吓唬同是来陈家做客的小程诺。

只是陈长风听他妈叮嘱了十几遍要和平相处，不许跟赵宗岐打架。所以他选择了"子债父偿"的解决方案，破赵家点财，把赵宗岐炫耀了很多次的全球限量车给撞"破相"。

这么做的后果就是大家都觉得他"好心办了坏事"，他爸训都没训他一句。

晚上回家，陈世羽把请帖拿给夫人看。

李柚柚之前就知道赵家有喜事，也听儿子说过要去当伴郎，只是拿到了喜帖还是有些感慨："结得够早的啊，说不定等长风结婚的时候人家孩子都满地跑了。"

程诺也是才到家。她今天拍广告的妆还没卸，因为镜头吃妆，这种上镜的妆都化得比较浓，程诺本想先回房间去卸妆洗澡，可是看到陈叔叔和柚柚姨都在客厅坐着，便过去打招呼说了几句闲天。

陈长风经过，盯着程诺晕开的眼妆看了会儿。

她以为他要嘴欠说她化了烟熏妆，结果他只是看了看就扭头上楼了。

李柚柚给程诺看喜帖："赵宗岐结婚，你有时间的话一起去吧。"

程诺接过喜帖，看到"新娘罗可妮"的时候眼睛瞪大："这么巧啊，新娘是我朋友呢，前几天还说请我去当伴娘，哈哈哈，居然是嫁给赵宗岐？他小子，挺不赖嘛。"

040

李柚柚听了也很惊讶:"那确实很巧,长风要给他当伴郎呢,哈哈。"

程诺听到这话,眉头拧成个结,搞怪地做了个撇嘴嫌弃的表情,回房间卸妆去了。

孩子们离开,客厅霎时间安静了下来。

李柚柚开着儿子的玩笑:"人家新郎新娘是一对,咱们伴郎伴娘不知道什么时候能成一对?"

陈世羽倒了杯茶给夫人:"时间过得真快啊,还记得长风刚出生的时候皮肤都没长开,皱得像个小老头。"

时光最经不得思量,一想就要感伤。

"不许说我儿子坏话,你才像个小老头呢。"李柚柚睨他一眼。之前吵架那事没了下文,好像她不再追究他到底是否忠诚,只是对他的态度却始终不冷不热的,有些疏离。

陈世羽观察这些天,已经确定了夫人是为那个心结在别扭。

只是心里的结哪能靠一两句话就打开,陈世羽没对她承诺什么,也不说什么哄人的废话,反思了自己的所作所为以后,倒是对陈长风更好了一些。

"臭小子最近表现还不错。"陈世羽难得跟夫人夸了两句长子,"我打算让他在几个公司里都转转,看他更喜欢做哪行。"

李柚柚点点头:"都熟悉一下也好,现在业务太杂了,我觉得有些分支可以砍砍。"

夫妻俩聊起公事的时候要更投机些,顺便说起高管层的人事架构,想要帮陈长风找几个靠得住的"师傅"。

"我听到的政策是这样,你劝劝老爷子尽早把亚代湾那块卖了吧。"李柚柚说完最后一句,发现陈世羽半天没说话了,盯着自己像在出神。

她抬眼看他,疑惑地问:"在想什么?"

陈世羽抬手,把她耳边的碎发拢到耳后,露出她的翠玉耳环,抚了抚她的耳垂。

他只是一个动作,什么话都没说,却让李柚柚有些耳热。中年夫妻对视一眼,一切尽在不言中。

程诺回房间卸完妆,正准备洗澡时,陈长风就来敲门了。

她问清是谁后,让他直接进来:"门没锁。"

陈长风来了,手背在身后。很难让人不注意他的动作。

程诺说:"你如果突然拿出来一条黄金蟒什么乱七八糟的吓人玩具的话,我真的会打爆你的狗头。"

陈长风:"我怎么会那么无聊。嘿,我刚才看到你特别有灵感,画了一幅速写小品,送给你!"

他自己配着"当当当当"的背景音,把藏在身后的方形画板拿出来,向她展示自己的水粉大作。潦草几笔青色背景,画中央是一只憨憨的大熊猫在吃竹子。比较特别的是,这只"大熊猫"头上的粉色蝴蝶结发箍和程诺今天戴的一模一样。

程诺无语。

那画板是空白画布直接绷在木框上的,背后还有支架和挂扣,既方便涂画,也方便挂放。

陈长风拿着画框已经开始寻找合适的空地挂起来了,他走到程诺床边,指着壁灯上面那块墙面:"我觉得挂这里就不错。我的艺术创作,你留好了,升值空间很大。"

程诺只觉得他找揍的空间很大。

她气恼地跑到他旁边,去抢那幅画,打算连人带画一起扔门外去。

可两人有身高差,陈长风垂直把手臂举起来的时候,她就算是跳起来都够不到他手里的画。

程诺火了,抓着他的肩膀作支点,奋力一跳。她弹跳好,这一跳跳了老高,不仅抓到了他手里的画,还把他人给推得摇晃不稳,最后腿被床沿一绊,整个后仰躺到了她的床上。

而她也被牵连着一起扑倒,坐在他腰上。

她居高临下地看着他,想起的却是小时候他们一起玩,还有几个别人家的孩子。小孩子脑回路清奇,无聊了居然玩起叠罗汉的游戏。

玩的时候她没参与,可是人群散了她却又想起这茬,玩闹过程中压着好看的陈奕安要玩叠罗汉。

042

没有一秒钟,她就被陈长风给拽开,他冲她生气地喊:"他心脏不好!你不要压他!"

程诺当时被吓蒙了,都没敢说话,眼眶红红地走开了。结果没多久,陈长风又来找她,送给她糖吃。

她不要。

他就拦住她,然后"吧唧"在她面前的地板上一趴,像只大乌龟似的:"你想玩叠罗汉的话可以压我!"

记忆回笼。

程诺看着身下的陈长风,他们都不是天真无邪的小朋友了,这样的姿势实在叫人无法单纯。

但盖过害羞的是好奇,她好奇陈长风现在是什么心情。

她刻意地伏低身子,向前探过头去,靠近他的脸。

陈长风的心跳很快,他好像有点灵魂出窍的感觉,四肢动也动不了,声音也发不出来,只是眼看着她的脸越来越近。

他闭上了眼睛。

程诺的鼻子都快触到他的了,这样让眼睛失焦的距离,她能看得分明他一颤一颤的睫毛。

就像是小孩子的恶作剧,她停止了继续凑近,伸手去握着他拿画的那只手,让他亲手把颜料未干的画布贴到了自己脸上,在脸颊印上一层淡淡的黑绿色。

画布的清凉激得陈长风睁开眼,他好像才回过神来自己的手刚才干了什么。

而程诺已经从他身上离开,跳下床对着他得意地笑:"白痴。"

陈长风躺在床上,还有些没回过神来,画蛇添足地为自己闭眼睛的行为进行了注解:"我眼里好像进沙子了。"

程诺嘴角还噙着笑,并不戳穿他。她无视他的存在一般,去衣柜里拿了睡裙,朝着浴室的方向走:"我要洗澡睡觉了,拜拜吧。"

她径直进了浴室里,"咔"一声落了锁。

陈长风坐起来,坐在床边,皱着眉头看自己手上沾染的颜料,还有被蹭花了的画作。

"熊猫"像是在神游,都有幻影了。

他安静地带着画框离开,轻轻带上她的房门。

隔壁的隔壁,是李皓行的房间,他开着门,像个心事很多的小警察,眼观六路耳听八方,谁从他门口走都得被他拦下给盘问两句。

他看见他大哥经过,大喊一声陈长风的名字。

等陈长风转过脸来,李皓行看到他脸上那一大片"青绿",尖叫一声:"浪花姐出手这么狠吗?"

陈长风点点头,脚步不停继续往自己的房间走:"可不是嘛,你以后可别惹她。"

回了自己屋,心跳还是"怦怦"的,陈长风甚至觉得自己喝断片了,像幻觉又像真有其事。浪花刚才的呼吸就拍打在他嘴唇上方的人中处,温温热热的。

他都不敢斗胆猜测,她对他是不是也有一丝丝的喜欢。

程诺要去外地跑通告,几个城市连着跑,一跑就是一星期。

陈长风也要去外地开会,几个城市轮着开,可惜时间地点跟程诺的行程对不上。

程诺收拾行李的时候,陈长风去她屋里给她送了瓶眼药水,是他大学熬夜看书赶报告的时候常用的一款:"少熬夜,大熊猫。"

程诺把眼药水收入行李箱里,感慨了句:"我觉得你上大学这几年不在国内真是挺遗憾的,不然咱们还能搭伴到处旅游走走。"

她的"咱们"不仅限于他们两人,其实前几年她偶尔也会跟陈奕安一起出去玩,但都没去太远的地方。

她的话,让陈长风也跟着遗憾起来。他们错过的大概是最无忧无虑的几年,比起现在更适合谈情说爱。

陈长风觉得自己对程诺的心意一点点明晰了,她不再是手机里那个备注 A 字开头的青梅,也不再是隔着网线隔着时差隔着大洋的挚友。

她现在是在他面前俏生生的、触手可及的女人。

程诺还没确认好自己的心意,只是这样和他互怼嬉闹的日子,好像又回到了过去似的，让人心里最松软的角落开出小花。

她在外面跑通告住酒店，吃住都不习惯，作息也不规律，跑到第五天的时候，嘴里长了溃疡，一说话就磨得疼。

陈长风给她打电话，她挂断，发消息问他什么事。

陈长风没什么事，只是他在邻市开会，刚好有半天空闲，想要去程诺那里看看她。

他有时候也拿不准程诺的心思。

譬如他不打招呼就送惊喜的话，她可能会嫌他添乱，干扰她的工作安排。可他如果提前问了，她又要说"真正想给的不会问"。

意思就是不管怎么做，她总有骂他的理由，全看她当时的心情如何。

于是陈长风决定也跟随自己当下的心情来，他想去看她，那就去看她，挨骂也乐意。

三个半小时的车程，他坐在后排看文件看得脖子酸痛，一只手去按捏自己后颈，想要快点把手里那份标书看完，就像是要把作业早点写完就可以出去玩一样——

虽然他上学的时候从来没写过作业。

对于陈长风这悄咪咪的"突袭"，程诺当真是全不知情。

更让她意外的是，梁云昇竟然也来这边参加活动，两人还住在同一家酒店。

程诺给梁云昇发消息，感叹：*好巧！*

梁云昇也觉得这缘分奇妙，问了她活动结束的时间，约她一起吃晚饭，他有一家珍藏的宝贝菜馆。

自从上次陈长风说梁云昇"克妻"以后，虽然程诺觉得陈长风的话纯属瞎扯，却有点心理阴影了。

她不算事业型女强人，可也信这种玄学，要追他的那份热情稍稍冷淡下来，打算徐徐图之。

不过和他一起吃个饭什么，她还是挺高兴的！

梁云昇活动结束得早，先回的酒店。

程诺工作结束以后坐车回酒店，给梁云昇打电话让他下楼，直接接他去饭店。

　　他们约在酒店的一个偏僻侧门碰面。夏季天长,即使已经到了吃晚饭的时间点了,天光依旧大亮。

　　所以陈长风想要看错人都不能够。

　　他坐在车里,落下车窗,眼睁睁地看着程诺从商务车上跳下来,像只快乐的小鸟一样跑向前方戴着口罩和鸭舌帽的男人,拍了拍对方的背,露出个大大的笑容。

　　她没有做任何伪装和遮掩,连口罩都没戴一个,因此陈长风看得无比清楚。

　　然后那男的就跟程诺一起上了车,车子即刻出发了。

　　陈长风心里发堵。

　　他只凭身形,就认出来那个全副武装的男人是梁云昇!

　　前几天他找的事务所给他一份详尽的材料,他现在连梁云昇在日本有套推开窗就能看见富士山的公寓都知道,却没能查到梁云昇感情上有什么猫腻。

　　如果不是反侦察意识太牛的话,那梁云昇大概还真是个私生活干净的男人。

　　干净的光棍老男人。

　　陈长风恶毒地问过:"体检报告什么的查了吗?他是不是不行啊?"

　　事务所拿了钱却没替金主解决问题,也挺不好意思,但又不能编瞎话误导他,主动附赠了售后服务,承诺如果后面再有什么梁云昇的料会第一个告知他。

　　现在,这个光棍老男人上了程诺的车,看起来是一起去吃饭了。

　　陈长风拨电话给程诺,几声之后,电话接通。

　　陈长风没说话,程诺先说的,招呼也没打,像是不耐烦似的,问:"干吗?"

　　陈长风:"没事,吃饭没?"

　　程诺:"还没,才下班。"

陈长风:"晚饭吃什么?"

程诺:"就随便吃吃啊,什么事吗?"

陈长风:"没事,问问,你不是说溃疡疼。"

程诺"嗯嗯"两声,身边有人,她也不打算多聊:"我现在在外面,不说了。"

在她要挂电话之前,陈长风抢先又问了句:"你什么时候回酒店?"

程诺完全没意识到他怎么知道自己现在不在酒店,也记不得刚才敷衍的那几句话说了什么,只说"吃完饭就回",就把电话挂了。

她讲电话的时候,梁云昇在回复信息,无意偷听她的对话,但还是从听筒漏出来的响声里听到了男人的声音。

他没问这是程诺的谁,只关心了句:"长溃疡了?"

程诺点头:"嗯,已经两天了,我贴了药膜,但是不管用。"

梁云昇笑了下:"我有个偏方你要试试吗?"

程诺洗耳恭听。

梁云昇:"咬破它。"

程诺震惊地瞪大眼睛。

梁云昇:"这种溃疡的小伤口好得慢,疼得久,但是你咬破了,创面大了,免疫系统就知道这里有点问题需要加急处理,好得会快一些。"

程诺觉得有点道理,但她实在没勇气咬自己一口,这比狠人还要狠一点。

虽然不舍得咬自己,但吃晚饭的时候程诺没再点清淡小粥,她试了试招牌的几道麻辣鲜香的菜式,辣得狂灌冰水。

一番"不健康"的操作以后,也不知道是被辣麻了还是真的起效了,她感觉嘴里好像不那么疼了。

饭吃得爽快,吃完也没多耽搁,更没去别的地方闲逛,怕被人拍到。

梁云昇依旧坐的程诺的车回酒店,程诺的助理这次把车开到停车场的电梯入口,他俩一起下的车,但是隔了一趟电梯,先后上的楼。

程诺是走在后面的那个,她等电梯的时候想起陈长风的电话,感觉他好像怪怪的,于是给他发消息:怎么了啊,感觉你有事。

047

陈长风回她：感觉你希望我有事。

程诺：你最好是没事。

他们经常这样，揪着对方话里的一个词，开展博大精深的中文多义词造句。

陈长风给她打来电话："你回酒店了吗？"

程诺："回了啊。"

陈长风："你住哪间？"

程诺听他这么问，心里有一些不太确定的猜测，又怕猜错了被他嘲笑："干吗，给我订了酒店服务吗？"

陈长风："嗯，给你买了药。"

程诺一听，果然是自己想多了，说了声"好吧"，报了自己的房间号。

电梯里信号差，挂断电话，她对着电梯壁照镜子，整理着有些蓬乱的头发，嘟着嘴鼓着腮帮子自我欣赏一番。

"嘶！"溃疡还是有点疼。

"叮——"

门开了。

陈长风站在外面。

程诺觉得离谱，又觉得自己的直觉果然很准。

走廊里虽然没人，但也不适合聊天，她走在前面刷卡开门，领他进了自己房间，然后才问："你怎么来了？"

陈长风把手里的塑料袋放到玄关的柜子上："不是说了吗，给你买了药。"

是说过了，但是亲自送过来有点夸张了吧？他不是在参加什么峰会吗？

"其实，我一直没告诉你……"陈长风忽然压低声音，神色认真地看着她。

程诺仰头，看他一身矜贵西装，带着陌生的成熟气质。

他说："我会瞬间移动。"

程诺内心：……成熟个屁！

她嫌弃地翻了个白眼，脱了脚上的银色高跟凉鞋，换上拖鞋去洗手。

陈长风把西装外套脱掉，挂在衣柜里。空调冷风没吹净他心里的烦躁，他把衬衣领口的两颗扣子也解开，才觉得呼吸自如了一些。

"你也洗手！"程诺喊他。

"来了。"陈长风应一声，走向洗手间。

洗手池前，她已经洗好手漱完口，正拿着洗脸巾擦拭。

他从门口进去，便是她正后方。

陈长风看到她牛仔热裤下，白皙的两条腿又细又直。

或许是从小练舞的缘故，她的体态永远优雅，即使放松的状态也不会看着懒散。

程诺擦干净手，把擦脸巾扔进垃圾桶，一抬头，从镜子里看到了身后的陈长风正在看她。

她穿得清凉休闲，短裤黑T恤。

他却是正式的衬衣西裤，包裹得严实，只除了领口那里微敞。

在他衣料的映衬下，她的皮肉好像格外显眼。

陈长风往前走，走到她身后侧面："张嘴，我看看你的溃疡。"

程诺："你还会看病？"

陈长风说："久病成医，我不是跟你说过我刚去美国那会儿，天天得溃疡。"

程诺将信将疑地张开嘴，她都没在意自己这样子好不好看，自己扒着一边的嘴唇告诉他溃疡在哪里。

陈长风看了眼她的嘴唇，有残存的口红，也有辣素刺激的红肿，看着可怜又可口。

他定了定神，修长的手指捏住了她的下巴，沉声说："别动。"

程诺的嘴巴被捏得微微张着，有些无措，又有些悸动。

下一秒，他从裤兜里掏出一个小塑料瓶，动作迅速地掰开瓶口，对着她嘴里的溃疡用力把瓶里的液体"呲"出去。

是在给她上药。

她挣扎，被他死死捏着躲不开。

药液顺着她的伤口落下，一部分被她吞咽，一部分从没闭上的嘴角流出来。

嗯，熟悉的藿香正气水味。

他的手才松开，程诺的胳膊就勒上他的脖子，要勒死他的架势，把嘴角流出来的药液蹭在他雪白的衬衣上，震破耳膜的音波在他耳边咆哮："你大爷！陈长风你听见了吗，你大爷！"

程诺恨不得对陈长风"呸呸呸"吐口水，把她嘴里满溢着的藿香正气水味的口水都吐他身上。

陈长风站直了以后掏掏耳朵，被她喊得有些耳鸣，嘴角却不自觉上扬，还有胆子邀功："你看，你就是火气太大才长溃疡的，喝点药败败火就好了。你不觉得今天的这个藿香正气味道清淡还带点甜口吗？我尝过了，这牌子好喝的。"

程诺郁闷。

什么变态啊，闲着没事还品鉴一下药水的滋味，以为自己神农尝百草呢？

她不理他，气闷地坐到沙发里，两条腿交叠着搭在脚凳上，拿着电视遥控器漫无目的地换台。

而陈长风也不说话，坐在窗边的躺椅上，倚着椅背看手机，拇指时不时滑动，看得挺专注。

长久的安静气氛里，时间慢慢流淌。

程诺按亮自己手机的屏幕，已经快十点了。

她打了个哈欠，终于开口："你今晚就走，还是在这儿过夜？"

她说的"这儿"是指这个城市，但是他要理解成这个房间也没问题，反正沙发够大，应该可以给他睡一晚。

陈长风从手机文件里神游出来，抬头看向程诺："今晚不走，明天一早走。"说完又继续沉浸在他的表单里了。

程诺觉得困了，直接拿了睡衣去浴室洗澡，扔他在客厅工作。

等她洗完出来的时候，没想到陈长风依旧坐在那里，好像没挪过地方一样。

她想起陈长风吐槽陈叔叔是工作狂的话，觉得这工作基因挺顽固，传到陈长风这里也"狂"起来了。

陈长风扫了一眼正在敷面膜的程诺，开口道："你先睡吧，我还没看完，一会儿看完我就走，楼上开了房。"

他说这话无比自然，而程诺听着也不觉得别扭。

就算在高中他们吵得最凶的那两年，也时常会在一个房间打游戏看电视，如果熬夜熬得太晚了可能就直接睡一个屋了。

当然不止他俩，一般还有陈奕安。

是真的和亲姐弟没区别。

程诺又打了个哈欠，揉揉眼睛，上床拉过薄被盖在肚子上，背对着窗户，关了大灯戴上眼罩先睡了。

陈长风工作了半个小时，把圈出疑问标记的文档发出去，手机只剩5%的电量了，红色的电池标志看着让人很没安全感。

他看到了床头柜上程诺的充电器，起身过去，轻手轻脚地把手机插上电，小心翼翼不吵醒程诺。

充上电了，手机放在柜面上，他低头，看程诺，只能看到她侧着的半张睡颜，嘴巴还嘟着，梦里不知道受了什么气。

多半是在气他那瓶藿香正气水。

说起这包治百病的"神药"，其实并没那么神。药用说明里只介绍它有解表化湿、理气和中的作用，一般用来治疗外感风寒、内伤湿滞和夏伤暑湿。

可陈长风在国外那几年，被他妈投放了几大箱的藿香正气水，那是她李家药业的招牌，他有个头疼脑热、气血不顺的时候就来一瓶，有时候也不知道是不是心理作用，喝完就觉得病好了一大半。

今天傍晚在酒店门口看到程诺和梁云昇一起乘车的画面，他心里恼火得不行，给程诺买溃疡药的时候顺便给自己买了盒藿香正气水，喝完了，冷静了，没直接坐车离开，选择在酒店等她回来。

他没想捉弄程诺，虽然这药没说治口腔溃疡，但他觉得程诺嘴里的溃疡既然是上火引起的，那去去火应该也有用吧。

醒着的程诺会跟他打架斗嘴，睡着的程诺倒是蛮乖的。

陈长风看着她，看了一会儿，心里没生出什么龌龊的念头，却也不舍得离开了。

051

大少爷躺到沙发上,面朝着床的方向,枕着自己的胳膊看她,长腿蜷着,凑合了半晚。

然后在清晨天还没亮的时候,起来回他的房间洗漱,再坐车回去参加最后一天的峰会。

程诺睡得酣畅,完全不知道半夜的事,早起看屋里没人了,只当他昨晚工作完就回房睡去了。

她今天还要去电台录个节目,录完就能回家了。

昨天在梁云昇和陈长风两人的"帮助"下,她的溃疡真的好了,说话都不疼了。

程诺也不知该谢谁,只是看到洗手池边垃圾桶里的药瓶时,嘴里又生出那令人发指的药味,想要即刻出现在陈长风身边给他两脚。

电台节目的直播时间在下班高峰期,陈长风坐在车里按下前后座的挡板,开了车载电台,听程诺宣传完新片后跟主持人一起讨论那些连线里咨询的感情问题。

有个女生问:"男生和女生真的有单纯的友谊吗?"

她讲自己跟好朋友的故事,说他们互为彼此最好的朋友,也有好感,不恋爱的原因是怕分手以后连朋友都做不成,就会失去这最好的友谊。但是她又不甘心他跟别人在一起,现在不知道该怎么办。

程诺就跟她说了最近自己口腔溃疡的事,讲梁云昇的那个"咬自己一口"的偏方:"可能你们真的是太熟了,即使有一些不舒服的地方也能忍过去,你们现在需要的是一点刺激、一点疼痛,把小问题放大了,认真对待以及解决。"

陈长风听她头头是道地替听众出主意,托着腮看着窗外的车流发呆。

好像人总是对别人的迷雾一针见血,对自己的困境一叶蔽目。

他也是闲的,给电台打电话申请连线,编了个"爱上女主播哐哐砸钱当榜一大哥但是发现女主播已婚生子"的无聊故事,成功骗过了接线员,给他接通了对话。

同样的故事,他复述一遍。

他才说两句,程诺就觉得这声音熟得很,再听到他说自己姓陈叫"破浪"的时候,她戴着耳机翻了个大大的白眼。

好无聊一男的。

陈长风把故事说完了,男主持人替他捋了捋,问:"那你是想要让我们帮助你什么呢?把打赏的钱退回来吗?"

陈长风:"不用,钱我不要了,我就是想问问程诺啊。"

程诺保持上班状态,声音甜美地接了一声:"嗯嗯,你说。"

陈长风:"得口腔溃疡的话喝藿香正气水管用吗?"

程诺觉得自己已经愈合的创口又隐隐作痛了。她用舌头舔了舔腮帮,回答他的无聊问题:"生病的话还是要看医生遵医嘱,别自己瞎吃药呢。"

主持人感觉这问问题的男的有点莫名其妙,给导播打了个手势,等程诺说完这句就转移了话题挂断电话切进去音乐。

一个多小时的节目录完,程诺觉得自己的嗓子都有点累,喝着矿泉水润嗓子,拿到手机第一件事就是给陈长风发消息:有病?

陈长风:有病的人说别人有病。

程诺给他回了个大拇指的表情。

她跟工作人员告别,坐上助理的车去机场,百忙之中还抽空跟陈长风斗了十几个回合表情包。

陈长风:哪个朋友告诉你溃疡咬一口就好了啊,不会是云昇叔叔吧?不会吧不会吧,那么大的人居然能说出这么没常识的话吗?

程诺:你在阴阳怪气什么?

陈长风:不愧是有克妻体质的天选大叔呢,照他的办法来一口,回头小病变大病,细菌病毒一起感染,口腔溃疡变口腔癌,你怕不怕?

李家是做药企的,柚柚姨本身也有医药专业背景,程诺对陈长风的话还是挺信任的。

可他一口一个"叔","茶里茶气"的,好讨厌。

程诺忍不住故意和他作对:我不怕,人家是安慰我呢,什么偏方啊生活经验啊,我就喜欢成熟有阅历的。

陈长风心塞,他没安慰她吗?他给她送了一袋子药呢!偏方他也有啊,藿香正气还不够偏?

053

他觉得自己要生气了，单恋的男人不如狗，根本得不到对方的尊重。

陈长风在会场上意气风发地作报告，在情场上鼻青脸肿地撬墙脚。

还撬不动。

程诺比陈长风早两天回沪市，可这次不知道为什么，感觉家里空落落的。

大概是习惯了住在这儿的时候有陈长风的吵吵闹闹。

她有几天休息时间，没外出，在陈家待着的时候听到琴房传来琴声。

程诺起身去琴房，倚着门框看陈奕安弹琴。

小时候陈奕安的身体不好，不像陈长风似的到处疯玩疯跑，就坐在家里弹琴消磨时间。他音乐天赋很高，又沉得下心，不像其他小孩要被衣架抽着练琴，自己一弹就能弹一天。

现在他大学学的也是钢琴，才大三，专场的演奏会已经办过好多场，陈家上下对这个心脏不好的二少爷都是偏爱的。

陈奕安看到程诺，对她笑了笑，又转头继续演奏，闭上眼睛投入情绪。

常规的练习时间结束。

程诺坐到他的琴凳上，一只手按在琴键上，单手弹了个《洋娃娃和小熊跳舞》。

她会弹的不多，也就几首儿歌，都是小时候陈长风教她的。

陈奕安让她随便弹几个音。

程诺就一副大师做派双手在琴键上瞎按一通。

她自己都不记得自己按的是什么，可陈奕安却把她那一小节旋律扩展成一段悠扬动听的琴曲。

程诺崇拜地看着他："好厉害，你还能再弹一遍吗？我录下来。"

陈奕安从善如流地又弹了一遍。

程诺："这一首有名字吗？"

陈奕安随便弹的，不过他现编了一个名字："就叫《浪花的秋日午后》吧。"

这小词编的，程诺心软软。

"我看叫《浪花秋日抡大锤》比较合适。"煞风景的声音传进来，拉着行李箱的陈长风不知道何时回来的，站在琴房外，冷眼看着屋里并肩坐着的俊男美女。

程诺被他嘲讽了也不生气，跟陈奕安说："你哥现在越来越会'阴阳'了，大概是想去当阴阳师勇闯平安京呢。"

陈奕安也不怕他哥的冷脸，他见惯了这两人斗嘴置气，自己也早不是曾经那个拉架拉得自己先哭起来的软包子了。

陈长风哼了一声，拖着行李往自己房间走去。

也不知道是怎么拖的，铺着毯子的地板都被他磨出来"丁零当啷"的轮子声。

程诺对着门外撇撇嘴，她本来还因为他今天要回家觉得心情挺好的，结果他一回来就知道气人。

"我哥还是有进步的。"陈奕安忽然说。

程诺疑惑："什么？"

陈奕安刚才看到陈长风手里的纸袋了："他给你带了花，以前他只会给你带大虫子。"

一句话勾起了程诺小时候被大虫子支配的恐惧，却也让她有点好奇陈长风是不是真的给她带了花。

她离开琴凳，要去探个究竟。

陈奕安仰着头看她："浪花姐，我觉得我哥喜欢你，你觉不觉得？"

第三章
\谁都看破他的暗恋\

程诺跟去陈长风的房间时,他正把箱子里的衣服收拾出来给阿姨。

眼风扫过程诺,他故意指着衬衣肩膀上的药水污渍跟阿姨说:"这里是不是洗不干净了,唉,好可惜,这是我毕业答辩时穿的衣服呢。"

阿姨举起衣服对着光看了看:"这个好洗的。"

陈长风内心:……阿姨真是不解风情!

等阿姨抱着衣服走了,程诺已经坐在书桌前玩起他的电脑网页游戏了。

陈长风抱着手臂站到她背后,语气不善:"你这人有没有礼貌?怎么能随便动别人的电脑,万一里头有我的隐私呢?"

程诺操作着背带裤管道工蹦上蹦下,好笑地反问:"有隐私你不知道设个密码?自己嘴那么欠还教我有礼貌呢,你不脸红吗?"

陈长风盯着她的马里奥灵活闯关,就像看到了她跟陈奕安的手灵活地在琴键上舞蹈一样,明知自己的亲弟没胆子横刀夺爱,却依旧觉得酸溜溜地牙疼。

她玩得专注,陈长风便没出声,一直等到她三条命都用完,才又开口:"你来干吗?"

程诺脚一蹬地,滑椅向后蹿了一段距离,转身来到陈长风面前。

她明明是坐着仰头看他,却在气势上压他一头的感觉。她伸手:"你给我带了什么礼物?"

陈长风在她手掌上拍了一下,打落她的手:"我给你带什么礼物?我为什么要给你带礼物,我出差干正事,哪有空买礼物?"

程诺沉默地看着他。

陈长风一垂眼,转身去茶几上的纸袋里拿出一束线钩的向日葵,说:"算了,败给你了,我给皓皓买的玩具,你想要的话给你吧。"

哼,还嘴硬,皓皓怎么会喜欢这种花花草草的。

程诺接过那束向日葵。她在街边看到过这种线钩的花束,还挺可爱的。

向日葵的枝干塞在一个同样是线钩的花篮里,程诺把花枝握着拿出来,想看看下面是怎么钩的。

结果想象中的线头没看到,拽出来一只超逼真的蜜蜂模型。

"啊——"程诺吓了一跳。

再看陈长风,他正一脸得逞的笑,后退了好几步以防挨揍。

程诺站起来,把那束花狠狠砸在陈长风身上,骂了什么自己都不知道,只知道情绪非常上头,恨不得让那玩具蜜蜂把他的脸蜇成猪头。

他怎么会这么幼稚!十三岁的时候拿这种东西吓唬她,二十三岁了还是同样的套路!

亏她还天真地相信了他真给她带礼物。程诺现在怀疑陈奕安那臭小子也参与到"诈骗"中了!

他们的打斗声音吸引了李皓行前来观战,小孩拍着手拱火:"姐,你不是说你学过军体拳吗,来一套!"

陈长风躲避着程诺的追打,绕到小弟身边扔给他那个蜜蜂模型,小小的玩具是精密的机甲,手机遥控可以飞行:"臭小子,吃里扒外是吧?"

真是送给皓皓的玩具。

程诺追累了,不打了,胳膊搭在橱柜衣架上,看皓皓开心地握着玩具跑了,喘着粗气看陈长风:"绝交吧陈长风,再不想看你一眼。"

她说完,顺手把架子上他的墨镜摸起来一架,戴在脸上,扬着下巴抬脚往外走,真是不想看他的样子。

人走了,屋里安静了。

陈长风把摔在地上的线钩花捡起来,对又跑回来问操作指南的李皓行招招手,让他把花给程诺送去房间。

李皓行摇头:"我才不去,别想骗我'送人头'。"

没办法,陈长风只好亲自去送。他也不太敢直面她,怕程诺的一字马直接把他头踹歪，他敲了敲门，把花放到门口后就跑了。

程诺说要绝交，就真的开始不理睬陈长风，不仅躲避一切与他单独相处的机会，当着众人的面也尽量不和他说话。

连做饭的阿姨都看出来两人吵架了，还问陈长风要不要去给浪花送个甜汤哄哄她。

小时候这一招是管用的，做饭阿姨的一双巧手不知道助力了多少次两个人的和好。

但现在程诺已经不是一块酥糖就能哄骗的小女孩了，她真是烦死陈长风这个浑球了。

陈奕安从皓皓那里大概得知了他们冷战的缘由，有点为陈长风遗憾，如果原本程诺对他哥的求爱还有几分包容的话，现在大概是一分不剩了。

那天他"多管闲事"地替他哥告白程诺，问她觉不觉得陈长风喜欢她。

她愣了一下，没承认也没否认，抬起食指在嘴边"嘘"了一声，但是眼里盛着笑意的光并非无动于衷。

陈奕安不懂，在他心里只要想要就无所不能的大哥，为什么对于暗恋这件事，永远在搞砸的路上。

冷战持续了几天，不得不暂时休战装装和谐。因为陈长风的爷爷八十大寿，程诺也要跟着陈家人去拜寿。

陈老爷子年轻时从装修队做起，一手创下陈氏的地产集团，教出的一子一女也都是人中龙凤，把家族产业不断扩张。

借宴请之名义，商界名流推杯换盏间也是在谈生意。从前陈长风都是在"小孩"那桌吃饭的，这次他跟着陈世羽一起上了主桌。

程诺和陈奕安坐一桌，远远看了两次陈长风，看到他端着酒杯意气风发的模样，和她印象里那个臭屁的幼稚鬼截然不同。

她小声问陈奕安："你想不想坐那桌？"

陈奕安干净的眼眸里半分对名利的向往都没有："不想，累。"

程诺又看看陈长风，她不知道接管生意累不累，但陈长风睡觉的时间好像的确越来越少了。

陈奕安淡然地用公筷给程诺夹了一筷子肉："反正有我哥给我赚钱花呢，我躺平就好。"

一派天塌了还有陈长风顶着的样子。

程诺吐槽："你也不怕他把你的老婆本都赔光。"

陈奕安思忖了片刻，又看向穿着白西装打着小领结的李皓行："那就靠皓皓了。"

程诺也看李皓行，居然觉得他看起来比陈长风更靠谱。

李皓行被这两道莫名灼热的视线盯得有些紧张，把自己面前的酥饼献给程诺。

声势浩大的宴席没程诺什么事，晚上的家宴她才得以露脸跟陈老爷子说上几句祝词。

老寿星人精一个，面色慈祥地喝了她敬的酒，还让陈世羽送她一套海边新开的别墅："我记得这孩子喜欢海吧？"

陈世羽笑眯眯地应了，对程诺挥挥手让她坐回去，别在这种时候客套推让。

长长的宴会餐桌，程诺这次坐在了陈长风旁边。他中午大概确实喝了不少酒，这会儿虽然看起来还清醒，但话不多，还会把手搭在她的椅背上安静地对着她笑。

看起来怪瘆人的。

原本还好好的，饭吃到一半的时候，陈世羽和大姐陈君合却因为一块地皮的去留问题吵了起来。

陈家的产业姐弟俩都有参与管理，但陈世羽年轻气盛的时候非要自己创业搞点名堂，后来是做互联网发达的，陈氏地产的业务大多由大姐掌权。

现在陈世羽的行为被大姐认为是在争权，亲姐弟也要明算账了。

气氛有些压抑，小辈们主动离席去院子里玩。李皓行还算是个小朋友，跳进泳池玩水去了。

李柚柚想跟丈夫一起谈正事，又担心小儿子不懂事，拜托给程诺让她看着皓皓。

程诺接了重任，就坐在泳池边看李皓行套着个游泳圈扑腾来扑腾去

059

的，像只小鸭子。

李皓行游到程诺身边，想拉她下水："浪花姐，他们说你泳技超一流。"

程诺笑笑："这你都知道。"

李皓行："我什么都知道！我还知道表姐表哥不喜欢我大哥，觉得我大哥要抢他们的位置。"

程诺听他这话，赶紧四处张望，看有没有外人在。

李皓行不在意地抹一把脸："他们说都敢说，还怕人听见吗？姐，你下来玩呀，教我游泳！"

程诺摇头："我又没带泳衣，下什么下。你也快上来吧，夜里风凉了，小心感冒。"

她一直拒绝，坐在不远处和陈奕安聊天的陈长风看见了，走过来观察了一下，然后撒酒疯一样把西装衬衣解开直接扔地上，嘴里喊着"我来了"，"扑通"一下跳进池子里。

水花大得像海啸来了。

李皓行尖叫着大笑着躲避他大哥，却被陈长风推着在泳池里玩耍。

程诺觉得头疼，一个皓皓她都要小心盯着，又多了个醉鬼，真要是出事了，她可不敢保证自己能同时捞上来俩！

陈奕安也走过来，程诺让他劝他俩上来，陈奕安摊手："这两个祖宗哪个听我的？"

兄弟两人玩得不亦乐乎，在程诺几次三番的催促中才不舍地上了岸。

池边，程诺和陈奕安都拿了大号的干净浴巾守着。

李皓行早已有性别意识了，并不想像个小宝宝一样被程诺用毯子包裹住，越过程诺身边冲向二哥。

紧随其后的陈长风拽着泳池扶手走上来，他上身裸着，黑色的西装裤浸透了水贴在腿上，全靠腰带束着才没掉下去。

脸上的红晕也不知是刚才喊得太兴奋还是中午的酒意没退，在路灯下分外明显。

这不要脸的东西看着程诺手里展开的浴巾，直接跌了过去。

程诺下意识地就用浴巾包住他，还顺手替他擦了擦水——从前她帮忙给宝宝皓皓洗澡的时候也是这么包着宝宝皓皓的。

反应过来这太像是主动抱着他了,程诺立马松开手,人也后退两步拉开距离。

浴巾没了支撑,直直掉落在地。

陈长风不去捡浴巾,却拉住了她的手腕,声音也像被水浸过似的:"你还要跟我气多久?"

什么叫她还要跟他气多久?他怎么不问问自己的嘴还要贱多久呢?

程诺把地上的浴巾捡起来,兜头扔在他身上:"快去洗澡。"

陈长风的嘴角扬起来,她还关心他。

陈长风扛着李皓行,两个湿漉漉的人去冲澡,洗完就被奶奶留宿了,怕他们晚上折腾了再回家会感冒。

陈世羽跟大姐陈君合闹得不愉快,不想在这里待着,李柚柚留下也尴尬,最后把孩子们留在这里"尽孝",他们先回家了。

陈家的老宅足够大,房间安排给这几个孩子绰绰有余。只是古朴的装修风格总让程诺觉得有些不习惯,躺在雕花大床上翻来覆去睡不着。

她想找人说说话,脑子里先飘过的自然是陈长风,可又不想叫他,觉得是自己低头了,于是给陈奕安发消息:睡了没?

陈奕安回她一张照片,是皓皓躺在他胳膊上睡觉的样子。

得,她问晚了,陈奕安是个香饽饽,都得排着队找他。

就在她打算找部电影催眠的时候,有人敲她房门。一瞬间各种老宅凶事的电影浮现眼前,她后背的汗毛都战栗了起来。

陈长风低声自报家门:"是我。"

程诺松了一口气,回过神后,鞋都没穿,赤着脚下床去开门,怕耽搁几秒这二货会大声嚷嚷。

在陈家的时候无所谓,出门在外她可不想被人误会。

门打开,程诺把人放进来,关上门小声问:"来干吗?"

陈长风:"睡不着,找你聊聊天。"

程诺:"你的手机是摆设吗?有什么事不能发信息?"

陈长风:"发了你也不回啊。"

程诺:"……知道我不想理你,就别自找没趣。"

陈长风自说自话地走到床边坐下："我们不是和好了吗？"

程诺追过去："谁跟你和好了，别坐我床上！"

陈长风："还生我气？生气就是在意我，那我更不能走了，我得给你解开心结。"

他油盐不进，程诺踹他一脚："快滚回去睡觉。"

"我不。"她一赶他，他索性耍赖躺倒在床上，往里面滚了两圈给程诺留出地方，"我自己待着害怕。"

真无语啊！程诺站在床上踢他屁股："在你爷爷家你怕什么！"

陈长风躲避着，拿被子盖住自己："我从小就怕啊，你看我寒暑假从来不在这里住。"

陈长风给程诺说起这个房子的"诡秘"之处，讲那个永远阴凉的地下室，讲院子后头封起来的一口井，讲花园里的兔子洞。

程诺原本是站着的，后来蹲下、坐着，再后来被他讲得有些害怕，也躺进了被子里。

这床被子够大，即使两个人盖着，中间还有很大的空余部分，让他们能分开距离。

陈长风讲了那么多房子的"冷"，最后才讲到人的"冷"："我一直知道爷爷奶奶不太喜欢我。"

他说这个，程诺可就有话说了："那你还是从自己身上找找原因吧，就你这缺德样谁会喜欢你！"

陈长风被骂了还笑。

他忽然转过身子，靠近了程诺说："我跟你讲个秘密吧。"

距离的拉近，让这夜色昏暗里的大床有了几分暧昧。

程诺的心"咚咚咚咚"跳得快了些。

陈长风没卖关子，他确实说了个很大的秘密，关于他的身世，关于他爷爷奶奶不喜欢他的原因——

"我可能不是我爸亲生的。"

程诺觉得他喝多了脑子秀逗了。

陈长风却说起上小学的时候从表哥表姐的只言片语里听到的隐秘。他不是他爸妈的婚生子，是在他妈快要生产的时候他爸妈才领的结婚证。

这事很好求证，他翻出爸妈的结婚证就能确认，他确实在爸妈婚后一个月就出生了。

但有的事他没法求证，比如他是否是他爸的儿子。

"我也想过问我爸，但是可能会挨一顿揍；问我妈的话，又怕万一惹出她的伤心事。而且就算问了，他们会不会告诉我真话也不知道……"

陈长风确实是被酒意催发着把心里埋藏的秘密说给程诺听的，这样的场地、这样的心情，他除了分享隐忧，也在试图勾起她的怜爱，让她别再和他冷战了。

程诺沉默了好久。

就在陈长风以为她会给他一个拥抱的时候，程诺忽然说："我理解你，因为我也有过相似的担心。"

陈长风："啊？"

程诺说："我一直怀疑陈叔叔是不是我的亲生爸爸，不然我妈怎么那么放心就把我交给他照顾，只是朋友的话，照顾这么多年也有点太过了吧。"

陈长风想辩解他爸也没照顾她什么，不过是家里添双筷子而已，而且他爸妈都想要个女儿。

可程诺又说："后来有一次我听到我爸妈吵架，才知道原来我妈和陈叔叔年轻的时候都谈婚论嫁了，只是后来没成。"

这下轮到陈长风沉默了，他不知道这一段。

程诺还在说着堪比八点档电视剧的剧情："你记得我们第一次见面是在什么地方吗？是我爸妈补办的婚礼上。你看我都四岁了他们才办婚礼，说不定就是因为到了那时候才有了感情，我爸妈是高中就认识的，或许我爸一开始只是为了帮我妈个忙，替她隐瞒未婚怀孕的事。"

陈长风觉得自己小脑萎缩了一分钟，CPU都快被烧干了。

他结结巴巴地说："所，所以……"

程诺点头："所以，说不定我们是亲姐弟。"

陈长风的脑子直接宕机。

"你等等，我捋一捋。"他脑子里回想她说的话，越想越乱，根本捋不明白。

063

怎么回事,他爸那一辈的感情这么肆意妄为的吗?

程诺把被子拉起来,捂住自己要乐出声的嘴巴,直到陈长风离开她的房间落荒而逃,她才捶着床笑出来。

小时候确实是怀疑过陈叔叔干吗这么对她好的,后来生物课上学了血型遗传,知道了 A 型血的陈叔叔和 A 型血的妈妈是生不出 AB 型的她来的,才放下了那颗胡思乱想的心。

至于陈长风所说的身世之谜,她倒是替他看得洒脱。不管他爸妈有什么隐瞒,既然他们从来不曾提起过这个话题,那就是要让他认为自己是亲生的。

这已经够了啊,大少爷含着金汤匙出生,从小锦衣玉食,长大家财万贯,他还有什么可悲秋的。

可是能像她这么看得开的人不多,起码陈长风的母亲李柚柚女士是看不开的。

一回到自己家,李柚柚就把手包扔到了沙发上,质问陈世羽:"陈君合什么意思?你们姐弟俩这是演双簧给我看呢是不是?就是不想让长风接手呗?"

陈世羽不想在外人面前吵架,拉着她的胳膊上楼:"回房说。"

埋了很久的雷终于爆发,原先不好开口的话题也被炸到面前。

李柚柚的火气只撑到了进卧室,门一关,她已然冷静,对陈世羽说:"你去跟长风做亲子鉴定,明天就去。"

陈世羽皱眉:"一把年纪了,你要我们当孩子眼里的笑话吗?"

李柚柚冷笑:"笑话?我现在难道不是笑话吗?当初我说我不结婚,自己养这个孩子,你死乞白赖要结婚,结果这么多年了,你家里面还以为你是个绿头王八替人当爹呢,你不是个笑话?"

陈世羽无话,但他依旧拒绝做亲子鉴定:"这样做,长风知道了该多难过。"

李柚柚:"谁要让他知道了,随便捡两根他的头发偷偷做不就行了。"

她说完,又眯了眯眼,指着陈世羽说:"你去捡,检测机构也由你来找。"

陈世羽心里一惊,她是真的不信他了,不相信他是信她的,当年那笔糊涂账说不清楚,但他从未怀疑过长风的血缘。

他有点不确定妻子到底是真的想要堵住陈家人的嘴还是想测试他的信任度了。

"收起你的自恋自负、自以为是。"李柚柚一眼就看穿他的心思,"我不是在和你玩欲擒故纵的小情趣,没有什么比我儿子的利益更重要。你的家人,你去摆平。"

陈世羽这么多年就没在他夫人手上占过上风,有时候也气,气她那句"别太把自己当回事",却又永远会为她臣服,照她的心意行事。

陈长风怎么会不是他的儿子呢,单就被女人狠狠拿捏这个特质,那不是一模一样吗?

父子俩在不同的空间同样地一夜无眠。

清早,程诺见到陈长风的时候,看到他眼睛布满红血丝,瞧着怪憔悴的。

她心里有点后悔是不是捉弄他太过火了,可这是在外面做客,也不好说太多话。

没想到这一拖就拖了好多天。

陈长风一头扎进工作,日日加班不见人影,倒像是之前她躲着不想看他时的样子。

风水轮流转,猫和老鼠角色对换了。

程诺等不到合适的时机跟他揭开谜底,又接了工作去外地跑通告,这一走就是大半个月,再回来的时候短袖都换了长衫。

她收到罗可妮寄来的伴娘服,要她试试合不合身、喜不喜欢。

粉色的长裙样式很传统,她一向喜欢素白和正红,这样粉嫩的颜色很少尝试,换上身以后,正对着镜子转着圈拍照呢,陈长风就来了。

他自我攻略了多半个月,这次来见程诺,下定了决心要跟她"断绝关系"。

他说:"我把这二十几年的事都回顾了一遍,终于明白我爸为什么对你那么好,对我那么狠了。"

065

程诺要阻止的手还没伸出来。

陈长风就断言："他果然不是我爸！不过这样说来，你跟我也没有血缘关系，你不必担心。"

"呃……"程诺张了半天嘴，也没说出话来，她有什么好担心的。

这傻小子还在脑补："所以他想让你嫁进陈家，这样就能名正言顺地继承陈家的财产，而我，就是他给你铺的路、架的桥，养在身边的童养夫。"

原来他早在童年时就道破了天机。

陈长风用他这些日子的煎熬，换来了一个殊途同归的解决方案："如果真的是这样，那我可以勉为其难，接受跟你结婚，完成财产转移。"

程诺受不了他越来越离谱的言论了，重重地给了他肩膀一拳，把人捶得原地打了个转，咆哮道："陈长风，有病就去吃药！"

陈奕安本来是喊程诺下楼吃饭的，结果离着她房间十米远就听见他大哥的鬼哭狼嚎声。

他迟疑地站住脚，原地转身离开。

饭桌前遇到他妈询问，陈奕安诚实地回答："大哥又惹浪花姐生气了，我们先吃吧，估计他俩还要打一会儿。"

李柚柚有些无语，她这儿子到底什么时候才能开窍，像个人似的去追女生呢？

连十岁的李皓行都老成地摇了摇头，端起饭碗为他大哥默哀："我看浪花姐很快就要带她那个男朋友回家了。"

那可真是好悲伤的结局啊。

但是李柚柚想想程诺时常被陈长风气得头发丝都要竖起来的样子，对儿子也只有一个字能送给他：该！

楼上，程诺房间里，陈长风抱着书桌腿不撒手，任程诺怎么踹他都不走。

程诺怒了："你以为我不敢真用力是吧？"

陈长风看着一身粉裙却像金刚芭比的女人，很委屈："你这还没用力?你没用死力吧!你这个女人怎么力大如牛的啊,这样谁敢娶你?"

程诺虽然没用力踢他,可是这么追着他还要收着力也很累。

她坐到椅子上,冷漠地盯着他:"我还用担心没人娶?你不都计划好了嘛,要做我的路我的桥,我的童养夫。"

陈长风坐在桌板底下,探出头来有点脸红:"那你还不对我好点!"

程诺抱着手臂:"那可真是要让你失望了,我不是陈叔叔的孩子,我们血型对不上,你的计划泡汤了。"

陈长风听到这话,眼里闪过一丝光芒,从桌子底下爬出来:"真的?"

程诺:"真的,不过我觉得把你刚才说的那些屁话转述给陈叔叔的话,他说不定会把你逐出家门,认我当干女儿,那样你的钱还是落到我的口袋里。"

她又补充了句:"逐出家门之前先打你个生活不能自理!"

"别,别。"陈长风可真怕她一气之下乱说,"那个事,我对谁都没说过,连奕安都不知道,就只告诉了你,你不能出卖我。"

程诺当然知道孰轻孰重,骂也骂了打也打了,气消了一大半了,才傲娇地跟他说:"以后你觉得不能被人知道的事就不要告诉我了,我可不想被迫保守别人的秘密。"

他们闹了这么久,家人都已经吃完了晚饭。

陈长风从厨房端了饭菜到程诺房间,两个人对坐着喝汤。

程诺已经把伴娘裙换下来了,换上了舒服的家居服。

陈长风问起她当伴娘的事宜时,程诺可以说一问三不知,别人结婚,她怎么会知道得那么清楚呢!

程诺不服道:"那请问伴郎先生知道到时候婚戒要怎样送到新娘手中吗?"

陈长风:"用真心。"

她一口海带汤喷他脸上!

大大小小的架他们吵过无数次了,也无数次这样把隔阂消弭于无形。

小时候听过"小约翰钉篱笆"的故事,说小约翰脾气暴,爸爸让他每次发脾气就在篱笆墙上钉一枚钉子,等到消气了再把钉子拔出来,会发现篱笆上的钉子眼永远存在,就像在别人心里留下的创伤。

可这个理论在他们这里完全不适用,好像有神奇魔法,他们之间的钉子拔过后,总是一点痕迹都不留。

连程诺都觉得是不是自己对他太过宽容,才让他一次又一次在她这里"为非作歹"。

可细想,他好像除了嘴欠一些,也不曾真的伤害过她,倒是经常被自己暴打。

他怎么不还手呢,问就是打不过,"特种兵"的女儿天生神力。

因为"打人手软",程诺就不好意思继续冷战了,陈长风再一次靠胡搅蛮缠跟程诺和好。

为了巩固来之不易的和谐友谊,陈长风请程诺去度假山庄泡温泉。

这片度假山庄是陈氏的产业,也是陈长风才接手要做改造升级的项目,他这也算半公半私,以公谋私了。

听说要出去玩,李皓行也要跟着,陈奕安本来不想当电灯泡的,可他妈想让他出去泡泡水休养一下,对身体也好:"那里之前是疗养院,我和你爸以前去过几次,水质挺不错的。"

陈奕安从不忤逆父母,既然李柚柚发话了,他就回房收拾行李。

隐隐地,他感觉父母好像是要把他们都支走,不知要有什么大动作。

程诺可不想跟几个大男人一起泡温泉,她从小就是跟着陈家三兄弟一处玩,太没新鲜感了,就算是带上陈长风那些狐朋狗友她都觉得有意思得多。

她问陈长风自己能不能带朋友一起,陈长风点头:"可以,但是这个朋友如果姓梁的话,他可能会被丢进深山老林喂狼。"

程诺:"啊?那边还有狼?这么危险吗?"

陈长风:"不知道,反正有狼狗。"

程诺:"狼狗是狗!"

陈长风:"那它为什么名字里带狼,是狼和狗杂交的吧?"

陈奕安蹲在地上把泳裤往行李箱里一扔,听着这两人连狼狗是狼还是狗都能吵一架,心累地叹气,这温泉他是非泡不可吗?

程诺要带的朋友当然不是梁云昇，事实上，她对梁云昇的那点爱慕随着陈长风的回归已经被磨得所剩无几了。

她每天不是正在跟陈长风吵架，就是即将跟陈长风吵架，或者是刚跟他吵完架，生活里的那点情绪都占得满满当当的，哪还有空想梁云昇。

她是想约罗可妮一起玩，因为要给罗可妮当伴娘，最近两人经常发消息聊天，关系也更加亲近了。

罗可妮正被婚礼烦得头昏脑涨，程诺一约，她就欣然同意了。

坐上程诺来接她的车时，罗可妮还开玩笑："难怪童话故事里公主总是在大婚前夕和骑士私奔，她肯定也是被婚宴上新郎前女友坐哪桌给烦的！"

程诺哈哈大笑，笑完了咂摸过来不对劲，什么叫"也是"？

她不可置信地问罗可妮："赵宗岐还请了前女友？脑子有'泡'吧？"

罗可妮已经知道程诺跟赵宗岐从小就认识的事了，她撇撇嘴："你不应该问他要请哪个吗？"

程诺认识赵宗岐的时间虽然久，但来往不算密切，要不是陈长风要给他当伴郎，偶尔聊起来以前的事，她都不太记得了，更不会知道他的感情状况。

罗可妮像个局外人，给程诺讲了赵宗岐的几桩情史，各个都爱得荡气回肠，结果都以男主角"爱情消失了"结束。

程诺像个摇头娃娃，机械地晃着脑袋，感觉罗可妮嘴里说出来的每句话都很炸裂："那他还敢请她们来吃席，不怕红事变白事？"

罗可妮显然也已经为这事跟赵宗岐争执过了，现在一副接受现实的样子："只请了一个初恋，说是青梅竹马，家里也有生意往来，不请伤面子。"

程诺不理解，但她大为震撼。

尤其是听到青梅竹马的时候，她不自觉地代入了一下，如果是陈长风结婚了，婚礼请不请她是不是也要跟未婚妻吵一架？

她又想，陈长风那个蠢货，吵架肯定吵不赢，不过没关系，她也并不想去见证他人生的幸福时刻。

开往山郊的路途漫长，这一路程诺听罗可妮讲了许多赵宗岐的辉煌

069

情史，反而对他俩的感情倒没什么可说的，三言两语就打发了："我爷爷是他爸爸的大学老师，就这样，然后家里介绍交个朋友，觉得还不错，就结婚了。"

程诺："这叫还不错？他之前那个德行，你能指望他结了婚就对你忠贞不渝？要是哪一天，又来一句'感情消失了'，你怎么办？"

罗可妮："那我就拿着一半财产美美二婚。"

她说完，看程诺惊呆了的样子，开怀大笑："你们不是一个富人圈子长大的吗？怎么这么单纯的样子！我都知道结婚是结两姓之好，各取所需罢了。感情这种东西，就算一开始有，早晚也就会没了，有什么重要的。"

程诺还真不是什么圈子里出来的，起码她看到的陈家兄弟都很正直，哪怕陈长风的青春期叛逆到天天挨揍，也没乱搞过男女关系。

她们到达山庄的时间是傍晚，阳光一息尚存，但秋风已经寒凉，众人碰了面就先进了房间安置。

程诺的房间和陈长风的对门，她把行李放进屋，就敲对面的门，神神秘秘地跟陈长风说："我问你点事。"

陈长风正打电话给山庄管家交代晚饭，开了门听程诺这么说，把人放进来，关上门，又跟电话那边说了几句，挂断电话。

他挑眉："什么事，问吧。"

程诺："你去过那种会所吗？就那种，不太正经的？"

陈长风的眉毛挑得飞起，双手抱住自己的胸："你把我当成什么人了？"

程诺的语气和表情都极尽温柔，试图用自己伪装出来的和蔼让他放下戒备："没什么，只是听说了一点赵宗岐的故事，就有点好奇你。不过这都是有钱人的潜规则，我都理解的，逢场作戏嘛，很正常，我也见过。"

陈长风："你理解个屁。"

程诺的伪装被他一句粗口搞得有点撑不住，笑容也不那么自然了。

陈长风却不依不饶，反而追问起她："我不在国内的这几年，你都混了个什么圈？什么潜规则什么逢场作戏，我早就说你跳舞就跳舞，没必要去演戏,那里面都是些什么人啊。他们带你去会所了?给你点人了?男的女的?"

听他又开始发散个没边,程诺装不下去了:"给你脸了是吧?管好你自己。"

陈长风:"我管得好着呢!现在是你,你心思不端正,居然去那种地方。你完了,我要告诉程叔叔,你等你爸揍你吧!"

程诺翻着白眼捂着耳朵往后退,试图要离开他的房间。

却被他一巴掌把门给按死,把她"壁咚"在门板后:"你别想逃避问题,这事没完。你说说,你……刚才说赵宗岐是吧,那小子带你去的?不是,他有病吧?"

现在有病的到底是谁啊?

她忍无可忍。

陈长风的脸近在咫尺,程诺抬起食指,轻轻地抵在他唇瓣上,说了声:"嘘——"

一个字却极有分量。

刚才喋喋不休的男人顷刻闭嘴,脖子肉眼可见地红了。

程诺看他不再聒噪,终于能安静地说话:"好了,可以了,知道了,你是好孩子,我们去吃饭吧。"

她的手还没从陈长风的嘴边移开,他就像被施了法术一样,一句话都说不出来,老老实实地点了点头。

程诺从陈长风房间里出来的时候,刚好撞见了在敲程诺房门的罗可妮,罗可妮疑惑地抬头看了眼门牌号,以为自己记错房间。

下一秒,陈长风也从屋里走出来,推着程诺的背往前:"愣着干吗,不是要吃烤羊腿吗?走呀!"

罗可妮露出恍然大悟的神情,跟他俩打了个招呼。

程诺:"我找他要菜单。"

罗可妮:"嗯嗯,明白。"

程诺:……行吧,习惯了。

他们把那两个弟弟也喊上,一起去观光露台吃晚餐。

071

晚餐的主菜就是现烤的羊腿，厨师一边转着钩子烤，一边把火候差不多的腿肉给片下来分到食客们的餐盘里。

羊腿腌制过，本就咸香可口，经火舌燎过，皮焦肉嫩，滋滋冒油。

程诺平日里吃饭都很节制，可被这新鲜羊腿香迷糊了，别的菜也不动了，就等着厨师给她分肉，吃得小肚子都鼓出来才停下。

天色太暗，从露台的玻璃窗看外面，也只能看到园区里部分灯光，远山的层林尽染看不清明，白天坐在这里美餐一顿该是更好的体验。

吃饱喝足的几个人找了间院子泡温泉。

他们住宿的地方是像酒店一样的高楼，房间里的水也是温泉水，可以用浴缸泡。

但想一起玩的话，就可以去那几个院子里的大汤池。

罗可妮和程诺建议陈长风多建点带私汤的小院子，可以让一家人在自己院子里玩。

陈长风一一记下。

李皓行也来凑热闹，让大哥给他建水上儿童乐园。

他们叽叽喳喳地进了院子，这个温泉池是建在室内的，但门和窗都是木头的，窗户支起来就可以看院落里的景致。

几个人轮番去淋浴间冲了澡换了泳衣，坐进了温泉池里。

池子看着不大，但他们下了水也不觉得局促，都有自己的空间伸展肢体。

只是单纯泡汤没意思，程诺提议玩"海龟汤"的游戏。

这游戏还是她在剧组的时候学会的，说白了，就是开局一个离谱的谜面，然后大家各开脑洞，拼拼凑凑找线索，把谜底给解出来。

那时候在片场等待无聊，助理和化妆师还有她就经常一起玩，几乎把经典的谜题都玩过了。

所以程诺主动当出题者，先说了几个常规题目给大家热身。

程诺："有个男的从房子里出来，坐上一辆出租车，后来他再也没回来了。"

陈奕安："他是从自己房子里出来的吗？"

程诺："不是。"

李皓行："哦，我知道了，他是个小偷，偷完东西出来打车，司机正好是这个房子的主人，就把他载去警察局了。"

程诺："……是的。"

其他人一脑门问号。

陈长风一巴掌拍在小弟后脑勺上："让你来答题，没让你来批卷！推理这么厉害你不要命了？"

李皓行撇撇嘴，智商高也是错吗！

程诺又出题："有个人走进酒吧要一杯水，老板对着他掏出了枪，事后他感谢了老板满意离开。"

罗可妮："他生病了吗？"

程诺："算是。"

陈奕安："他要水是想吃药吗？"

程诺："不是。"

陈长风："他是男是女？"

程诺："与本题无关。"

李皓行："他是不是一直打嗝，想要杯水压一压，被老板用枪吓好了。"

所有人一起沉默，然后将李皓行逐出了游戏行列。

陈长风："回家我就让老妈查查你在学校的情况，是不是整天不务正业看推理小说呢！"

李皓行："你不要推己及人好嘛，我又不像你那么无聊！"

陈长风在水下踹他一脚，两人折腾出的水花溅了周围人一脸。

换罗可妮出题，她绞尽脑汁回想自己玩过的题，出了一道她觉得很难的"汤面"："有个人被困在了路灯底下，直到有人拿东西来救了他。"

结果这次除了李皓行，其他三个人都激动地举起手来，最后争先恐后地抢答。

陈奕安："这个人冬天舔电线杆！"

陈长风："拿的是温水！"

程诺："这个人叫陈长风！"

好家伙，罗可妮听懂了，这是一群有故事的小伙伴。

073

李皓行也听懂了："大哥你什么时候舔电线杆了，我怎么不知道？大哥？大哥你为什么舔电线杆？"

陈长风："闭嘴，场外人士不要多话。"

这个温泉泡了好久，直到后来李皓行打哈欠了，他们才散场。

回房间的时候，陈长风站在楼道里看程诺开门，犹豫了几秒，才开口问："你怕不怕？需不需要本少爷去你那里坐坐，给你壮壮胆？"

程诺觉得他多余问这个问题："那些题大部分我都听过。再说了，是凶案又不是鬼故事，我怕什么。"

陈长风"哦"了一声，他还有点没从之前那个"嘘"里走出来，别扭地开着玩笑："山里晚上冷，你要是需要我给你暖床就打内线电话。"

程诺进屋了，关门前，说："这么热心不如去给奕安暖，他手脚容易凉。"

陈长风看着面前冰冷的房门，撇撇嘴，她不懂，有些真心话都是借玩笑的名义说出来的。

程诺本来挺困了，躺在床上的时候又有些睡不着。山里风很大，刚才回来的路上就感觉到了，没想到隔着窗依旧能听见呼啸的风声。

这声音让程诺有点害怕，没想妖没想鬼，想的是万一有狗熊、野狼什么的跑进来咋办。

她给罗可妮发消息，问对方睡了没。

罗可妮回说没有，两个人一拍即合，最后来程诺房间里一起睡。

说是要睡觉，可躺在一起了又天马行空地聊起了天。

罗可妮问陈长风舔电线杆的故事，程诺憋着笑说起那是他读书的时候，和陈奕安寒假一起去她老家玩。

程诺家在北方，冬天下大雪，雪能没过膝盖。

陈家兄弟在南方长大，没见过那么大的雪，在外面打雪仗堆雪人都玩疯了，一直到晚上路灯都亮了才回家。

回去的路上，程诺跟陈长风说，冰冻的铁是甜的，她小时候尝过铁栏杆，但是那个铁是很黏的，一下就把她嘴唇给粘住了，所以千万别碰那种铁栏杆。

陈长风那会儿就爱跟程诺对着干,听她这么说,偏不信邪,还非得尝尝这铁栏杆什么味了。

于是程诺和陈奕安走着走着,就发现陈长风不见了。

一回头,看到高高的路灯下有个傻帽正拿脑袋贴着路灯杆,两只手好像在用力推。

程诺往回跑,跑到跟前看陈长风疼得眼泪在眼眶里打转,难堪地张着嘴,想转头都转不过去。

程诺顾不得讥讽他,叮嘱他别硬来,飞快往附近的便利店跑去借水。

等她借到水,往回跑的时候,天上又飘起了雪花,只是这次陈家兄弟都不兴奋了,蔫头巴脑地站在路灯旁边等待救援。

程诺一杯温水倒下去,陈长风的舌头得以解救,可他的尊严却如同那杯泼出去的水,再也收不回来了。

"他大概是觉得丢脸,整整一个月没跟我说话。"程诺想起陈长风那狼狈的样子就笑得不行。

罗可妮陪她一起笑,笑完了,说一句:"他喜欢你。"

程诺的笑戛然而止。

罗可妮重复了一遍:"他喜欢你,看他的眼神就看得出来。他今晚,视线从你身上移开的时间从没超过两分钟。"

程诺从前觉得她是跟人解释太多次他们没关系,所以才懒得再说什么。现在觉得,她可能也没那么理直气壮。

程诺跟罗可妮说:"但他真的好贱,就算想引起我的注意,也不用天天惹我生气吧。"

罗可妮:"哦,那你真的生气吗?"

程诺:"我当然生气!"

罗可妮戳穿她的虚张声势:"我怎么感觉你乐在其中呢。"

人总是会被信任的人点醒。只有当你想相信的时候,才能看清那一部分的事实。

在姐妹的碎碎念里,程诺终于被袭来的困意击倒,抱着被子卷进

075

梦乡。

梦里，是舔过铁栏杆以后再也不跟她说话的少年。

她分不清那是梦，还是自己的回忆，大脑似乎还相当活跃，能记起他们相处的每个细节。

那年春节过后再开学，程诺在开学前一天先到了陈家，给陈家众人都带了新年礼物。

连家里的阿姨都得了她送的白银手镯。

偏偏陈长风什么都没收到。

程诺当然给他准备礼物了，可她在等他主动问她要。谁让他自从逃回家以后再也没跟她说过话，发消息都不回的，就连今天她来了陈家，他也像哑巴似的，晚饭都没下来吃。

陈奕安说他哥可能整出心理阴影了。

程诺路过他紧闭的房门口时，听到里面传出来噼里啪啦的键盘声和陈长风口无遮拦的骂声，感觉这阴影面积应该也不大。

她要给他的礼物是她织的手套，那是她跟外婆学着织的，原本想给陈家三兄弟每人织一副，可是只织了一副就耐心殆尽。

这是一副针脚不太密实，收尾有些草率，钩花也无甚美感的灰白色手套，程诺觉得陈长风再翘课去"捡垃圾"的时候戴着这个应该会暖和点。

——她管陈长风逃学上街，找游戏厅玩金币游戏、找各种模型手办、找绝版漫画书的行为统称为"捡垃圾"。

以为陈长风会来找她质问自己的礼物呢。

吵一架，再和好。这不是熟悉的套路吗？

可这次他却哪儿哪儿都不对劲，竟然一直到她开学第一周放假回来都没理她，好像当初把舌头的魂粘在了电线杆上，再也找不回了。

可他对别人都好好的，就只不理她。

程诺受不了，放了两天假，要返校前跑去找他："我这次带的行李多，你送我。"

陈长风从她身边走过，不予理会。

程诺很生气："你如果不送我，以后我也再不会和你说一句话了。"

陈长风还是没说话，但她听到了他下楼的时候跟阿姨说给司机打电话送她去学校。

程诺火了,没让司机送,打算自己回学校。

走之前,她把放在房间梳妆台抽屉里的手套拿出来,不高兴地扔到他面前:"就当我闲的,给狗织手套。"

陈长风还在想家里哪有狗的时候,程诺已经走了。

这下,他看着那副跟自己手掌差不多大的手套,都不用试戴就知道是给哪只"狗"的了。

他嘴角上扬,别扭一扫而光,跟在后面跑出了门。

去追她。

山庄里不仅有温泉,还有马场。

程诺跟罗可妮吃完早餐,溜达着在园林里吸氧。

天色很蓝,太阳还没升高,阳光透过枝叶间洒下来。

"丁零丁零"的响声搭着马蹄声在小路上响起,陈长风拉着一匹马从小路尽头走了过来。

他这是给程诺挑的马场里最温顺的一匹马,程诺不会骑马。

陈家给三兄弟上什么课的时候从不吝啬再加一个程诺,但也不勉强程诺,看她自己的喜好选择。

程诺因为要跳舞,对骑马、滑冰这些运动都刻意避开,怕摔伤了。就像弹钢琴的陈奕安爱护自己的手,几乎不打篮球一样。

陈长风走到她俩跟前,先问罗可妮:"你会骑马吗?"

罗可妮:"我不会。"

陈长风:"哦,那你别骑了。"

罗可妮:"……也不是完全不会,骑过两次,骑得不太好。"

陈长风:"那你去挑匹马自己练练骑着玩吧。"

他说完,就好像已经尽了地主之谊,不再管罗可妮了,转而不耐烦地喊程诺上马,他要替她牵绳。

程诺看他牵着马走过来的时候还觉得这样漫画一般的出场背景里,他人都帅了很多。

可他一开口,就还是那副讨人嫌的态度。程诺不用他牵绳,说:"我会骑。"

陈长风不留情面地说:"你会骑个屁。赶紧的,别耽误本少爷时间。"

程诺余光看到在一旁看戏的罗可妮,想起昨夜的私房话,只觉得陈长风这言行举止简直是打她的脸,让她在人前丢面子。

她推开陈长风:"我说了我会骑,你这么多年都不在,我学会了你不知道很正常!你才骑个屁!"

陈长风敷衍地装了一下相信,但拉缰绳的手并不松开:"行行行,既然你这么厉害,快让我见识一下你策马扬鞭的英姿,我也蹭个座儿兜兜风。"

这下他不只是要给她牵着马了,等她上了马,他干脆跨坐到她身后,跟她共乘一骑。

他还伸手拉着绳,程诺就像被他从身后环抱住一样,后背贴着他胸膛。

程诺不自在,用头向后攻击,砸他胸口:"你要不要脸啊,你那么重,小马要被你压死了!"

陈长风才不听,腿一夹手一扬,招呼小马向前跑:"驾!"

身下忽然颠簸,程诺吓了一跳,来不及怪陈长风怎么招呼都不打一声就跑,紧张地抓紧了绳子,扭头对被丢在后面的罗可妮喊:"可妮姐!你坐巡游车来!"

罗可妮喊了一声"好",慢悠悠地走着,看那匹小马不仅要驮着两个成年人,还得被迫吃"狗粮",好惨。

走了没多久,果真来了一辆巡游车,车上只有陈奕安和李皓行。

陈奕安招手让罗可妮上车,为了打消她的顾虑,还解释说这四面透风的电动观光车最高时速二十迈,比皓皓的山地车开得还慢。

罗可妮这才上车,坐在后排陈奕安旁边的位置,谨慎地系好了安全带。

这车虽然不快,但开起来也有风,让人后脑勺一阵阵寒凉。罗可妮看陈奕安的嘴唇有些发白,解开大衣下面的两颗扣子,从一侧衣摆的内衬上撕下一片暖宝宝,对着叠了一下,让胶面粘在一起,成了个发热的卷筒，塞到陈奕安手里："给，暖暖手。"

陈奕安的手指确实冰凉，即使他一直将两只手握在一起。他捏了捏手里的暖宝宝，并没感觉到多少热度，但还是对罗可妮露出个感谢的微笑。

他们的车到马场的时候，程诺正在被陈长风牵着马绕圈，不论她怎么说他，他都不松手。

程诺："我又不是小孩了，你去照顾皓皓吧！就这高度，我掉下来也摔不断腿！"

陈长风："那可不一定，不知道怎么寸劲就断了。你摔下来，脸毁容了还好，可以不演戏了，腿断了可就没法跳舞了！"

程诺："呸，你才毁容！"

陈长风戏精上身："你失去的只是一条腿，她失去的可是爱情啊！"

程诺把脚从脚镫里伸出来去踹他，陈长风躲了几下，一把攥住她的脚，给她塞回脚镫里。

远处已经挑好马摸着脖子跟马套近乎的三个人被忽略了很久，罗可妮很善良地提议："要不我们自己玩吧，别去打扰他俩了。"

马场之行圆满结束，并无意外发生。即使后来程诺摆脱了陈长风的唠叨，自己跑了小半个山坡，也没落马受伤让人公主抱回去的剧情上演。

而当他们回到家的时候，才知道这两天家里"变了天"，客厅博古架上的装饰品都换了样，做饭阿姨说是陈君合和陈世羽姐弟俩吵了一架，动手推翻了架子。

好在只是摔了物，没伤到人。

豪门家产之争，程诺觉得自己不该瞎打听，自觉躲进房间回避。

陈奕安两天没弹琴了，去琴房练琴。

李皓行则被妈妈揪着去检查作业。

只剩陈长风，被陈世羽带去了书房。

"你看看这个。"陈世羽从抽屉里拿出一个文件夹，扔到桌子上。

陈长风拿起来，还没看就问："什么东西？"

079

"你爷爷的遗产分配证明。"陈世羽回答完,又忍不住骂了句,"凡事多看少说,顶着个破锣嘴就知道问问问,懒死你。"

陈长风默默地拿着文件夹退到沙发上,不理他爸的训斥。

陈老爷子这份遗产的分割挺细致,每一处房产每一支股份都标得清清楚楚,陈长风甚至在细密的表格繁杂的文字里,一眼就看到了程诺的名字,爷爷之前说要送她的那套海景别墅,居然也写上了。

陈世羽没说话,起身泡了壶茶,等着儿子慢慢看。

屋里安静得能听见书房里挂钟的走针声。

陈世羽估摸着他看得差不多了,问:"看明白了吗?"

陈长风:"看明白了。老陈你这顿打不白挨,我是我姑我也气。"

老爷子的财产越过儿子和女儿,直接分给了孙辈们。

粗略估计,男的分两成,女的分一成,还有一成给老伴儿。

陈长风刚看的时候还不懂,为什么不给姑妈和他爸分一下就得了,算下来才发现,这样分,姑妈家分了三成,而他家分了六成。

更杀人诛心的是,分给孙辈们,陈姓和外姓的对比尤为显著,好像都不用解释就让姑妈知道为什么分配"不公"了。

他陈家的家产,传两代也还是要留在陈家。

哪怕姑妈还有表哥表姐都在陈氏的地产公司卖命,也不及一个十岁的甚至姓外祖家姓的陈家小孩。

这样看,好似合理。

可这还只是老爷子的钱,陈世羽自己早就另起炉灶做互联网公司,他手里的"小陈氏"资产同样不菲。

当初陈世羽要另立门户创业,但也称不上白手起家,而大姐陈君合则进了老爹的公司做地产的业务,连同她的儿子和女儿也进了公司。现在财产要分割了,陈世羽自己的钱自己留着,老爷子的钱却还要把大头给他。

这让兢兢业业给老爷子干了大半辈子活的陈君合怎么能接受。

陈世羽忽略了逆子的调侃,叮嘱的却是别的事:"现在你姑妈疯了,我的钱她不敢打主意,但你爷爷的钱她想对半分,想把你的那两成拿走。"

陈长风虽然替姑妈觉得不公,但要动他的奶酪了,他也不是傻子:

"凭什么是我的？"

陈世羽又拿出第二份文件："为了达成目的，他们可能会睁眼说瞎话，比如说你不是陈家的孩子。"

陈长风耳边"嗡"的一声，像有根丝线被人拉着弹了一声。

自己一直以来烦恼的事，第一次听他爸摆在明面上说，手里的文件是亲子鉴定，看着好刺眼。

后面陈世羽又跟他叮嘱了什么，他有点心不在焉，没听进去，连自己怎么走到了程诺房门口都不知道。

程诺好像和他有心电感应，居然在这时把门拉开了。她对上他的眼睛，问："你又犯事了？"

她左右看了看，没见到陈叔叔，视线又转到他身上睃着："挨揍了？"

陈长风摇摇头，进了程诺屋里，就跟她复述他爸说的那些话。

"他说不管我姑说什么，我都要坚持我是我爸亲生的，撑破天了我们也是亲父子。"

程诺摸摸自己下巴："这不挺好的，你之前不还瞎担心，也知道你姑有这个怀疑，这下听你爸给你保证了，该放心了吧。"

陈长风坐在地毯上抓狂："他还拿了个亲子鉴定出来……不是，他没事吧？我本来都要信了，他这么搞，就很像是在骗我啊！"

程诺蹲在他面前："你希望亲子鉴定结果'不是父子'呗？"

陈长风："当然不是。"

程诺："那都如你意了，你还不高兴，你挺难伺候啊。"

陈长风的手落在地毯上乱扯，扯起一把毛，无聊地扔掉，再扯再扔。

程诺打了个喷嚏，她鼻炎敏感。

陈长风停下手，拉着程诺的胳膊站起来，让她跟自己出去："太乱了，走，浪花，我们去喝酒！"

081

第四章
/伴郎伴娘，地久天长/

陈长风要喝酒，程诺本来不想陪的，可又想到他正深陷自己身世之谜的苦闷中，这时候抛下他过于残忍了，万一他一个想不开，把酒瓶吞了噎死自己呢？

不是她的脑洞太离谱，是他的行为太反人类。

程诺拿了件外套，跟着他往外走，要下楼的时候遇见了从琴房出来的陈奕安。

陈奕安不过问了句"去哪里啊"，就被一起拉着赴成年人的局了——他来给他们当司机。

怕惊动父母休息，他们仨是静悄悄出门，开了家里的买菜车，上了路才开始商量去哪里喝。

程诺提议去会所，她还提了个会所的名字，是她听罗可妮说起的，说挺干净的，陪唱歌的小姐姐也很好看——程诺正好奇呢。

结果她话还没说完，刚才还沉浸在血缘迷雾里悲伤的陈长风就炸了毛，好像她是什么留恋风月场、玩转男公关的坏女人似的，坚决反对去"那种地方"。

开车的陈奕安从后视镜里看了一眼情绪不稳定的大哥，又看了一眼扭头望窗外生闷气的大姐，只想带他们找个饺子店一起包饺子。

会所没去成，酒吧又太吵，最后他们仨开到了小吃街的街边大排档，坐在棚里点了烤肉喝小酒，一款从前没喝过的低度酒。

陈奕安没喝，想的是还要开车送他们回家。

一开始，陈长风是不想把亲子鉴定的事说出来的，觉得在弟弟面前丢人。

后来一瓶酒下肚，他脑子蒙了人也飘了，要给李柚柚打电话寻亲爹，还要跟陈奕安拜把子认干亲。

亲弟弟为表真心，被迫也跟着喝了两杯投诚。

还好陈长风只是喝高了，不是喝醉了，起码他自己这么觉得的，所以还记得陈奕安身体不好不能喝多，放过了他。

程诺却是被果酒的甜味给骗了，十几度的酒当成汽水喝，陈长风对陈世羽罪行的痛诉才说到上初中，程诺就"咣当"一声一头砸桌子上了。

陈奕安最为清醒，立马把程诺扶起来，可程诺这酒醉得很突然也很彻底，脖子像是没了支撑一样，脑袋前后左右地打转，就是立不起来，最后靠在了陈奕安左肩。

陈长风甩甩头，用力眨眨眼，好像在找回机智。

系统启动中……

系统启动失败！

陈长风摇摇摆摆，趴在了陈奕安右肩。

突然就重任加身——陈奕安左右肩哪个都抬不动，被这两人赖上了似的。

他自己也没法开车了，结完账就找了个代驾来，把车开到最近的高档酒店。

车上，陈奕安回头给后排的陈长风递了瓶水，陈长风摇着头，自己不喝，要给程诺喝。

程诺喝醉了不哭不闹就是睡觉，酒品好得不得了。现在她绑着安全带在后排睡得正香，陈长风非要给她喂水，可她闭着嘴不配合，他就托着她下巴很认真地给她灌，水几乎全都洒到了她的衣领上。

陈奕安看得直吸冷气，无法想象如果程诺是清醒的现在要怎样暴揍他大哥。

就这么带着两个醉鬼到了酒店，怎么开房也让陈奕安头疼。他怕这两人半夜如果吐了没人照顾，窒息死亡什么的。

小心驶得万年船，陈奕安开了一间总统套房，屋里有两张床，还有一张很长的折叠沙发，这样他仨睡一个房间里，就不怕出什么意外了。

陈奕安一直硬撑着清醒，其实他喝完酒也有点晕，现在急需休息。

两张床必然有一张是程诺的，陈奕安已经帮她把外套和袜子脱了，还好打底衫和裤子没湿，不然他都不知道怎么给她脱。

还有一张床，陈奕安犹豫了三秒还是决定自己睡。没办法，他认床，在外面本就睡不安稳，如果是蜷在那个小沙发上，他可能直接就睁眼到天亮了，但是有酒精加持的陈长风应该没问题。

陈奕安把大哥拐到摊平的沙发床上，小心地让他不要滚落，然后帮他把里外的衣服脱了，请他赶快睡觉。

陈长风点着头，对眼前的"保姆"很满意，枕着自己胳膊很快就睡着了。

屋里变得安静，陈奕安也终于可以睡觉了。即使他被大哥的话勾出百转千回的心思，却也勉强自己跟这夜色共眠。

陈长风睡到半夜起来上厕所的时候才觉得不对劲，他站在屋里，环顾四周，记起自己是从沙发上起来的，却记不起自己为什么要睡在沙发上。

明明有床啊。

他这么想着，拔脚就朝着靠近自己的那张床上走，爬到床上倒头就睡。

即便是这样折腾的一晚，心理和生理上哪个都不舒坦，陈长风却在翌日早上六点钟准时睁开了眼，准备晨跑洗澡吃饭去公司……

等等！

这是哪儿的床？

这是谁的腰？

他表情僵硬地坐起身，探过头去看了看背对着自己的长发女子……

呼，还好还好，是浪花！

嗯？不对……

他刚才居然是搂着浪花的腰在睡觉吗？

陈长风木然地把手举到面前，正正反反地看了一遍，放到鼻子前嗅了嗅，香香的。

他脸上不自觉地流露出笑容,再小心翼翼地躺回去,看着程诺的背影,却不敢再抱着她了,怕惊醒她,良心上也觉得不太道德。

可他忍不住往她那边探头,闻她的味道,和他刚才手上的香味不同,好像是洗发水的香气更浓郁一些。

程诺动了动,翻了个身,躺平了。

陈长风紧张地屏住呼吸,一动不动。

看她又睡熟了,他才放松了身体,不敢再躺旁边了,蹑手蹑脚地坐起来。

才站到地毯上,正面对着另一张床,看到那张床上靠坐在床头的陈奕安,不知他何时醒的,又盯了他们多久。

陈长风对着弟弟倒不害臊,食指在嘴边比画了个噤声的动作,跑回沙发上,本来想假装睡觉的,结果装着装着,真的睡着了。

陈奕安看了会儿,确认大哥不会乱爬床了,才拉起被子盖住自己,闭着眼休息。

这一觉,最先起来的是程诺。

她跳到地上伸展着四肢,倒没觉得和他两人睡一间房有什么不妥,开口喊他们起床:"陈长风!上班了!陈奕安!上学了!"

陈长风在她捂着脑袋"哎哟"的时候就醒了,特意等她喊了这一嗓子,才装作生气的样子骂陈奕安:"你就这么孝敬你大哥的?让我睡沙发?"

陈奕安难得地阴阳怪气了句:"我看你睡得挺高兴的。"

陈长风做贼心虚,没揪着这个话题讨论,嚷嚷着快去吃早饭,吃完还要去公司。

程诺昨天是醉晕过去了,没洗澡没换衣服,她现在觉得自己臭得一秒都忍不下去。她要先冲个澡,吩咐陈长风替她去自助餐厅选点吃的给她拿回房间吃:"我好歹也算人气演员,让人认出来拍到了也不好。"

陈长风:"什么人气演员,气人演员还差不多。"

程诺着急变香香,没空搭理他,先去浴室了。

陈长风于是揽着弟弟的脖子快步走出房间,怕她洗澡有什么不方便的。

陈奕安从上了电梯，到在餐厅挑选食物，几次看着大哥欲言又止。

陈长风这张老脸也是够皮厚的，竟能一直不脸红，最后打包好了两个饭盒，才跟弟弟说："你吃完就开车回去上课吧，我去房间跟浪花一起吃。"

陈奕安记得他刚才还说要早点吃完去公司，怎么又要回房间吃了？

"你不在这儿吃吗？"

陈长风点头："嗯，我好歹也是'人气总裁'，让人认出来不好。"

陈奕安的无语时间比长城还长："……哦。"

陈长风托着两个饭盒回房间的时候，程诺刚好洗完了在吹头发。

陈长风见了，喊她先把头发包上，吃完饭再吹。

程诺确实也饿了，听他的话把头发一包，坐到茶几前吃早餐。她看陈长风也打了一份饭，问："陈奕安呢？"

陈长风："他嫌在屋里吃味道大，在餐厅吃了，一会儿吃完要去学校，应该不上来了。"

程诺眼一眯："陈长风，你是不是做什么亏心事了？"

陈长风被炒饭呛到咳嗽："青天白日的，你不要血口喷人好嘛！"

程诺把油条撕成小片扔进豆浆里，很确定地说："你今早上态度这么谄媚，还把奕安给支开了，绝对是没憋好屁，怕奕安说漏嘴把你干的坏事透露出来。"

陈长风："你个香喷喷的小姑娘，能不能别把屁挂嘴边？"

程诺听到这话，皱眉，眼神冰冷地看着他。

看得陈长风以为自己哪句话说漏了嘴，还找补了两句："那万一说顺口了，哪天在镜头前也蹦出来一两句，不是有损你人气演员的形象吗？"

程诺低下头，舀着泡软的油条吃，原本她是想对他连说几遍"屁屁屁"的，可听他后面这一句，居然还挺像人样的，于是憋了回去。

她又不是非要和他吵架，他好好地当个人，她才没那么幼稚要斗嘴。

可她不说话的样子，看在心虚的陈长风眼里就显得很高深。

他看着她眼色，试探地说："好吧，我昨晚确实趁你醉占你便宜了。"

程诺甩了个"说"的眼神。

陈长风:"你喝醉了,非追着我喊我爸爸,我没忍住,就答应了。"

程诺也没忍住,把刚才憋回去的那三字连同头上的干发巾一起砸他脸上:"屁屁屁!"

陈长风觉得自己没救了,那条带着洗发水味道的毛巾扑过来的时候,他只觉得她连"屁"都是香的。

陈长风清醒了才记起,今天不必去公司,他爸让他跑一跑工地,有个项目是楼盖了一半开发商跑了,陈氏刚接手的。

这块地原本是姑妈家的表哥王晓冬跟的,但陈长风才开始接触陈氏地产的工作,老爷子钦点了这个项目交给大孙子练手,还让王晓冬多多指导他。

陈长风觉得他爸太狠心了,这个节骨眼还敢让他去工地,就不怕表哥怀恨在心,弄个意外把他砸升天,怒赚他那两成遗产。

程诺并不知道陈长风要去"龙潭虎穴",坐上了来接他们的车,看车子行驶的方向不是他家公司,挺好奇地问:"你今天又去哪里视察工作?我闲着,跟你一起啊。"

这要是温泉山庄那种地方,陈长风就带她去了。可工地尘土飞扬的,还有受伤风险,她这么香喷喷的,去那种地方干吗。

陈长风今天的语言表达词汇十分匮乏,对程诺的形容就只知道一个词:香喷喷。

程诺并不是个死缠烂打的性格,她提了一句,他不愿意,她也就不再勉强了,等他在某个路口下了车,她继续坐着车回了陈家。

她的清闲日子也快要到头了,马上要进舞剧的组排练,开始一个多月的全国巡演。

经纪人乔安娜并不乐意给她接这种活,赚得少、曝光低,甚至不如拍几个广告。

乔安娜更希望她多演戏,不管是电影还是电视剧,哪怕是网剧,万一爆了呢?

可程诺或许是从小在陈家长大,过惯了大小姐的日子,对金钱没什么概念也没什么渴望,觉得够花就行。跳舞和演戏给她带来的成就感并不相同,虽然练舞很累,但她喜欢。

对于她的决定,程家父母是完全支持的。程诺的妈妈作为经纪公司的老板,没把女儿当成摇钱树,当初她演影帝的女儿火了也没让她直接出道,依旧想让她按部就班地接受学校教育,是程诺自己选择了考舞蹈附中,想要当舞蹈家。

那么小的程诺就已经非常有主见,不怕孤独、背井离乡外出求学,现在的程诺更不是经纪人随便劝劝就能改变主意的。

乔安娜是程诺妈妈朋友的孩子,算来也拐着弯带点关系,待她有几分对妹妹的亲近,拗不过她的时候便顺着她的心意。

程诺回到陈家的时候,李柚柚正跟几个太太在打牌,听到声音喊程诺来给她摸牌。

程诺答应一声,先跑回房间换了身裙子,才又下楼坐到李柚柚身旁。

平时李柚柚一半时间在公司,一半时间在参加各种应酬,是那种很有事业心的女人,程诺很少见到她在家和人打牌,就算有,多半也是借打牌的场合谈点不方便在公司说的正事。

牌桌上坐的三个太太里,有一个是赵宗岐他妈,她知道程诺要当儿子婚礼的伴娘,对程诺夸了又夸。

夸漂亮、夸懂事、夸聪慧,李柚柚一一都替程诺认下了,甚至还能举例程诺的一些事迹来印证她的优点,连她大一得了国家奖学金都记得清楚。

另一位太太便玩笑起哄,说李柚柚把这孩子养得跟亲生的没区别。

李柚柚也笑:"我也觉得这孩子和我有缘呢,长风那个臭小子总吃她的醋,还问我是不是浪花才是我生的,他是我从垃圾堆里捡来的。"

大家又是表情各异地一通笑。程诺没休息好,赔笑的过程中悄悄打了个哈欠,被李柚柚捕捉到了,便拍拍她的手背:"工作再忙也要注意身体啊,我让王妈给你炖了参鸡汤,你去喝点,再补个觉。"

程诺在李柚柚的手臂上蹭了蹭脑袋,演了一下"母女情深",就回房去了。

上楼梯的时候，程诺从栏杆缝隙里往下看，看到李柚柚那端庄秀丽的脸上始终带着笑意，心里忽然产生了一丝佩服和怜悯。大户人家的太太果真是不好当，要八面玲珑，要四面威风，要面面俱到，可是哪一面是属于自己呢？

她听到她们的话题已经转到了陈氏地产的管理层大换血，股票最近不稳定。

也听到有人建议陈家可以在这个时候订个婚，如果亲家给力，对陈长风的形象也会有帮助。

程诺听到这种话并不意外，"联姻"这个词在她看来就跟战略合作无异。少女时期看了不少言情小说，那时候程诺还会幻想，陈家认她当干女儿，然后派她去跟某个霸道总裁联姻，她就此开展一段先婚后爱的轰轰烈烈的爱情。后来她脑子清醒了，娇妻梦想也扔水沟里了。

有时候她也会想，她跟陈长风一直没在一起，是不是也是因为自己感觉到了他们俩走不到最后的现实？好像在她的认知里，陈长风是应该像他爸妈那样，娶个门当户对的，这样对他更有帮助。

这样的思考不会让她伤感，但会让她冷静。她躺上床，想着这牌局的目的，给陈长风发消息：其实你爸妈还是很爱你的。

陈长风回的是语音："干吗突然说这个，怕我跑了没人给你当赘婿？"

程诺要跟他分享自己最新感受的兴致大打折扣，发了个傻猫表情包就把手机丢一边了。

电话那头，陈长风正戴着安全帽视察工作进度，虽然工地负责人的态度很好，可施工队的队长却很不羁的样子，对着负责人大呼小叫，油嘴滑舌。

负责人有几分尴尬，赔着笑带"微服出巡"的太子爷去临时搭建的办公室喝茶。

陈长风有点替他生气，或者是情景带入感同身受了一把："你是才毕业没多久是不是？"

负责人点点头："我师傅是李工，他今天去另一个工地了，这边由我'蹲蹲'。这些包工头是挺爱捉弄大学生的，听说我前面那个同事，被工人不小心焊在钢筋笼子里了，关了一下午才发现。"

怎么还有这种事，陈长风前几个月在他爸的互联网公司接触过很多舆情公关的案子，像这种"玩笑"真爆雷的话对项目也有很坏的影响。

他喝了热茶也没消几分火，带着一肚子的气和勃勃的变革野心往回走，只顾着看头上有没有危险，没注意脚下也会有隐患，一脚踩在个冒头的铁钉上，皮鞋底都穿透了。

好险他及时停住了脚，要是再往下一点力，他的脚掌都要废了。

坐在车上，陈长风把鞋脱下来，拍了个照片发"陈家小厨房"家庭群里，语音一顿输出，把工地之旅描述得惊心动魄。

这群是李柚柚建的，一般发布吃饭有关通知，程诺也在群里。

第一个回复的是陈奕安，发了三个叹号，问他有没有伤到脚，要不要打破伤风。

第二个回复的是李皓行，他正在上学，没有手机，但有儿童手表可以看消息，他发了句压着声音的语音，说他晚上想吃猪蹄，背景音里还能听到英语老师讲课的声音。

于是第三个回复的李柚柚女士，先艾特了李皓行让他认真听课，并威胁要告老师，然后才对大儿子说了句：我给你定几副马蹄铁装鞋上。

这都什么家人啊！

陈世羽没回消息，陈长风表示理解，毕竟他爸日理万机，看不到消息很正常。

但是程诺这个没良心的怎么也不回？她今天不是没事吗！

他正想着，程诺就给他打电话了。于是陈长风的愤懑一扫而光，接起电话来声音都变得虚弱："喂，什么事啊？"

程诺静了几秒才说话："你这钉子是从脚底一直穿到嗓子吗？"

陈长风："走了一上午，说了一上午，有点累。"

程诺："哦，柚柚姨让我问问你脚破皮没，她让医生来看一下。"

陈长风："没破皮，不用叫医生，没事。"

程诺："欸，又没事了？你刚才不是说得半截身子入土，就要翘辫子了吗？"

陈长风："适度的夸张手法而已。"

他说话又没正形，程诺不跟他浪费时间了，挂了电话。

等陈长风回家的时候，医生还是来了，给他检查过，确实没受伤。李柚柚和医生道谢，放了心，去忙自己的事。

他的房间里便只剩下程诺，还有被当作"军功章"的破洞皮鞋一只。

程诺把鞋子举起来，对着灯光看，真的穿透了，能看到一个小眼。她还有些不信，问他是不是拿手抠的。陈长风躺在床上一只脚跷起来搭在床边的移动桌上，痛心疾首地控诉她这歹毒的玩笑。

程诺看他那德行，觉得不像装的，把鞋丢了，走到他旁边，抬手在他脑袋上摸了摸，哄小孩似的："好吧好吧，摸摸毛，吓不着。"

以前她受到惊吓，她妈妈就是这么摸她的，说是小孩容易魇着，要"叫叫魂"。

陈长风很受用她的温柔，仰着头，把她拿走的手拖回来重新放脑袋上："再叫叫。"

程诺的手扣在他头上，掌心触到的头发手感和自己的不同，硬硬的。

她又摸了两下，手顺着他的鬓角滑下来，捏在他的耳垂上，不怎么用力地拧了他耳朵一把："白痴。"

陈长风的耳朵红了，一只红，一只白。

晚饭时间，因为陈长风"受了惊吓"，一家人都聚齐在餐桌前。

李柚柚跟丈夫说了几句今天叫人来家里打牌的事，也没避着几个孩子，都知道陈长风想入主爷爷的地产公司面临着挺多阻碍。

他们聊起几天后赵宗岐的婚礼，李柚柚也提了振奋股价的"好主意"，看着陈长风问："咱们的伴郎也可以考虑当下一个新郎了。今天来打牌的轮胎林家，他家女儿林夏跟你差不多大，刚从英国留学回来。"

陈长风下意识先看程诺，看到程诺没什么反应，甚至一点都不意外的时候，胸口燃起一团火。

他冷笑一声，看向他妈："养儿千日用儿一时是吧。我就知道，你们看我奇货可居，待价而沽呢！"

李柚柚给小儿子插了一块烤猪蹄放盘子里，表情嫌弃地答他："奇货不奇货不知道，反正挺奇葩的。"

这话把所有人都逗笑了，只是大家给陈长风面子，都没笑出声。

陈长风恼羞成怒，一拍桌子，对他妈放狠话："行，你就给我找去吧，送我去'和亲'，然后你将失去你孝顺的儿子！"

他又看向低头憋笑憋得肩膀一抖一抖的陈奕安："你将失去你慈爱的哥哥！"

再看他下手边毫不在意专心干饭的小弟，一把夺过李皓行手里啃了一半的骨头："你将失去你的大猪蹄子！"

李皓行的小脸瞬间就垮下来了，撇着嘴向他妈告状："妈你快说那个什么林家姐姐看不上他的，让他别发癫！"

李柚柚对儿子们一碗水端平，不许他们兄弟有嫌隙，给李皓行又夹了一块猪蹄："好，那等你长大了，你替他去'和亲'。"

李皓行的脸垮得更厉害了。

他们闹得起劲，程诺却置身事外一样跟着看戏，陈长风咋咋呼呼的外表下，一颗玻璃心五味杂陈，想问问程诺怎么想的。

就一点都不遗憾要失去她的"青梅竹狗"了吗？

一顿晚饭在陈长风"无能狂怒"和众人看热闹不嫌事大的欢快气氛中结束。

饭后陈长风又跟着他爸去书房了。程诺坐在沙发上拿着李皓行的数独书自己玩，眼神朝着书房的方向瞥了几次，心想陈长风确实出息了，越来越受陈叔叔的器重了。

陈奕安今天不练琴，他不知道在想什么，也坐到了程诺旁边的沙发上，拿了盘跳棋自己跟自己下。

明明程诺就在一旁，他也没邀请她一起玩，各忙各的。

不过，两人偶尔倒是聊两句。

陈奕安问她什么时候巡演，她回说当完伴娘就走了，这几天先在文化馆排练。

陈奕安拿着玻璃棋子的手顿了顿，随意问了一句："婚礼准备得顺利吧？"

往日程诺对陈奕安的态度总是很温和的,今天却不知道为什么心气不顺,就像之前陈长风问她的时候,她冷冰冰地答:"我怎么知道,又不是我要结婚。"

陈奕安把玻璃珠子落到孔洞里,歪着头从下往上去看她的表情,含笑说她:"姐,你好凶。"

程诺也反应过来自己语气不太友善,甩锅给手里的这道数独题:"这题绝对是出错了,就差两个数,就出不来。"

陈奕安往她那边靠了靠,探头去看她手里的格子:"我来算算。"

陈长风从书房出来的时候,看到的就是这两人脑袋都快挨到一起了,胳膊也是贴着胳膊,在那拿着一本书小声嘀咕什么。

他大喝一声:"陈奕安!"

陈奕安吓了一跳,扭头看他:"啊?"

陈长风依旧中气十足,河东狮吼:"你昨天是不是玩我游戏了,那个卡不见了!"

陈奕安挠头,昨天他们仨不是出去喝酒了吗,哪里有什么游戏卡的事。

程诺替陈奕安作答:"在我那儿,上次我跟你说过啊,我拿去玩了。"

陈长风的视线于是落在程诺的脸上:"拿来给我,我今天想玩。"

程诺偏不给他:"我今天也要玩,到关键剧情了。"

陈长风插着裤兜往她房间走:"我看你也没时间玩啊,算了,我自己去拿。"

程诺跳起来,追着他身后上楼梯:"喂,你有没有素质啊,不许翻我东西。"

陈长风听到她的脚步声,加快了上楼的速度,还有空和她斗嘴:"第一,我不叫'喂'。"

程诺被他的烂梗气笑了:"你叫楚雨荨是吧?"

陈长风傲娇地"哼"了一声,在她房门口被她追上:"第二,那不是你的东西,那是我的。"

程诺:"哦,这个时候分你的我的了。"

她说完就抬手推开门,负着气,快步进屋从游戏机里取出磁卡,扔到陈长风身上:"给你!"然后"嘭"的一声关上房门。

他们平时的确不分什么你的我的,尤其像游戏卡这种东西,家里的人都是随便玩的。

陈长风觉得有些后悔,他经常把程诺惹生气,可并不是每次都能立马后悔的,但是这次,这气生得就很没必要。

身后传来"咚咚"的脚步声,是陈奕安也上楼来了,看到他哥站在程诺门口又丧又气的身影,识趣地一步一步倒退着又下了楼。

陈长风想敲敲门,服个软,把游戏卡还给程诺,可心里又有点憋屈。饭桌上妈妈的"玩笑"本就让他烦躁,刚才他爸又带他盘了一遍爷爷手下能为他所用的几个人,末了,很认真地告诉他,确实可以考虑联姻。

他觉得父母荒谬,又觉得自己可笑。还有程诺,她根本没有心,只想着要追什么影帝,不管他的死活。

站了一会儿,陈长风觉得没意思,扭头回自己房间了。

无形的冷战又拉开了序幕,好在两个人都忙工作,其他人也就没有什么明显的感觉。

陈长风在等程诺消气,或者给他个台阶,他立马就能滚下去。

程诺却觉得自己已经不气了,不悲也不喜。她跟陈长风就是冤家对头,和平不了一分钟,她就不该心存不切实际的期许。

再要对话,居然是在别人的婚礼上。

伴郎团陪着新郎去接亲,在新房被伴娘团"为难",做各种整蛊的游戏。

陈长风亲手接过程诺递过来的封口纸杯,就像接过金莲手里药碗的大郎,对视一眼,硬着头皮喝下去,是加了藿香正气水的咖啡。

原本是要在咖啡里加芥末辣椒油的,程诺提议加的藿香正气水,大家都赞成,觉得这更恶心。

只有陈长风一饮而尽,还比了个大拇指:"美味!"

新郎感动极了,搂着陈长风的肩膀连叫几声"好大哥"。

其他的游戏也都气氛欢乐,陈长风甚至戴着兔耳朵跳了女团舞。

程诺不想笑的,但实在是憋不住。好多张照片里,她笑得比新娘还灿烂。

婚宴设在晚上进行,白天迎完亲,众人都去了新房,认亲仪式结束以后,伴娘们和伴郎们就在新房里暂时吃饭休息。

男人们没什么事了,聚在一起开黑打游戏。

伴娘团还要陪着新娘拍照,程诺不想抢可妮姐的风头,只拍了几张合照,就先去客厅坐着等了。

在那里,她看到了陈长风。

毕竟是陌生场合,即使她已经跟几个伴娘伴郎聊得挺开心了,都不如见到陈长风的这一刻心底松弛。

她径直坐到他旁边,问他吃饭没。

陈长风摇头:"刚才我去放礼炮了。"

程诺觉得他也不是对这个伴郎工作有多上心,单纯喜欢放炮而已。

"想吃什么?我来点。"陈长风拿出手机,打算给酒楼打电话,被程诺阻止了。

这是别人结婚的日子,他们不要太张扬,喧宾夺主了。

程诺建议:"我来的时候好像看见这小区外面有便利店,去看看?"

陈长风答应:"好。"

大家都在休息,也没人发现他俩的失踪。

两人并肩往小区外面走。这别墅区挺大,室内外的温差也挺大,程诺出来的时候没穿个外套,现在这身粉色纱裙一点都不挡风。

陈长风不用吩咐,自觉把西装脱了给她披在肩上。还好这会儿是中午,阳光挺充足,体感温度也不低,他们快去快回的话应该不至于感冒。

走出小区又几分钟,进了那家进口超市,两人站在货柜前挑选零食。

程诺为了舞剧正在控制体重,每样零食拿起来都是先看看后面的营养成分表,再放下。

陈长风跟在她屁股后面,把她放回去的那些都装进手里的提篮。

最后她只买了茶叶蛋和几串豆腐、魔芋的关东煮,而陈长风却提了一大袋子零食。

他结了账,指着窗边的长桌问她:"吃完再回去吧?"

程诺点点头,背着窗户坐下,慢慢咀嚼她的午饭,一口要嚼很多下。

即使她吃得再慢，总共没几口的食物，根本不顶吃。

于是程诺只能看着陈长风拆了一堆零食，这个吃两粒，那个咬一口的，挑战她的自制力。

她气愤："你是不是故……唔。"

指责的话没出口，陈长风往她嘴里塞了片薯片。

程诺默默咽了下去，呃，垃圾食品真好吃。

陈长风拿歪理邪说诱惑她："只要你吃得够快，你的身体根本反应不过来你吃过东西了。再说了，你就每样只吃一口，能有多少热量。"

程诺觉得他的狗嘴里今天吐出来的是象牙。

陈长风又投喂了她一块花生酥："而且你不能一直节食，偶尔吃点放纵餐，对代谢有调理的作用。"

程诺想到他的胸肌腹肌和肱二头肌，选择相信他的话。

就这么把每样零食都吃了一口，程诺克制地拿起矿泉水瓶喝水，心情因为好吃的零食变得明媚起来。

她吃完，陈长风也就没再怎么吃了，把剩下的零食装进纸袋里，说要带回家给李皓行吃。

程诺："皓皓还得谢谢你呗。"

陈长风："不必，环保主义者是这样的。"

程诺忽然想起来皓皓爱吃的猪蹄，再看陈长风就觉得有些好笑。

陈长风呢，一看她笑了，便理解为两个人和好了，也跟着笑，却没想到她又白了他一眼。

真让他摸不着头脑。

晚上的婚宴十分盛大，程诺原本以为男方那边的宾客会更多，毕竟赵伯伯在商界也有一席之地，却没想到女方那边的亲友数量也不遑多让，很多是罗可妮爷爷的学生。

程诺想，这果然不是灰姑娘嫁进豪门的童话，罗家的人脉比罗可妮这个人更让赵家重视。

尽管罗可妮向她吐槽过赵宗岐的种种"罪行"，可在这婚礼现场，他们又成了一对璧人，在舞台上互相说着婚礼誓词的时候，把她这个外人给看得热泪盈眶。

即便是虚假的爱意,在这样煽情的场合也让看客动容。

"别哭了,再哭人家要以为你是来抢亲的了。"陈长风不知道什么时候走到程诺身旁,把西装口袋里装饰用的方巾抽出来给她,"擦擦鼻涕。"

程诺瞪了他一眼,哪有鼻涕,贱嘴!

她这么眼眶红红地瞪他,莫名看得陈长风心尖一颤,好怪。

不过他的话让她想起罗可妮说过的新郎前女友。她站在舞台边上往台下看,寻找赵宗岐的"青梅",想知道对方哭没哭。

可惜台上灯光太亮,台下影影绰绰看不分明。

程诺拉了拉陈长风的袖子,让他低头,小声在他耳边八卦:"你听说过赵宗岐有个初恋吗?说是一起长大的,好像姓陈,今天也跟着家里来了。"

陈长风摸摸下巴,想了一圈:"不知道!"

伴郎伴娘的任务一直到开席了还没结束,还要陪换了敬酒服的新人挨桌接受祝福。

其他几个伴娘伴郎都坐下吃饭了,陈长风是被赵伯伯特别关照,陪着赵宗岐每一桌去敬酒认认人,也是为了帮陈长风露脸。

陈长风一把拉住要离开的程诺的手腕,不是请求,也不是命令,很自然地要她陪着自己:"你要是看我喝醉了,赶紧把我带到休息室去。"

罗可妮也想要程诺陪着,拉着她的手晃了晃,她便答应了。

说是敬酒,其实杯子里掺了大半的水,酒精没有几滴。

可上百桌转下来,别说新郎新娘了,连偶尔陪一杯的伴郎伴娘都有些上头。

陈家的人坐在贵宾桌,他们没吃太久就先离场了,现在程诺和陈长风连个照应的人都没有,靠着站在一起,脸红红地对着来往打招呼的人假笑。

程诺先扛不住,她酒量差,又是空腹喝的,现在头疼得要命,手搭在陈长风的胳膊上,跟他说:"我想睡觉。"

陈长风喝得比她多多了,尤其是中间不知道哪个笨蛋跟他拿错了杯子,害他结结实实地干了一杯白酒,现在连眼皮都是烫的。

他晃晃脑袋,也不管今天的伴郎任务完成了没有,拉着程诺的手朝着大厅的方向走:"睡。"

楼上有给伴郎伴娘开的房间,程诺的房卡放在哪里自己都迷糊了,好在陈长风的卡就在兜里。

酒店的暖气开得十足暖,程诺只穿纱裙都觉得热,跟着陈长风进了他的房间后,先把高跟鞋踢飞,然后一头扑向大床软被,手肘弯着到背后去拉拉链,烦躁地要把这碍事的裙子脱掉。

陈长风拉个窗帘的工夫,一扭头看见程诺的动作,忙上前去按住她的手,然后以迅雷不及掩耳的速度拿被子给她卷成个寿司条。

就这么几个动作,额头上便带了层薄汗,人也清醒了。

上次喝醉,她也是很快就安静地睡着了,陈长风站在床边看着她,看她像个婴儿一样把两只手举起来放在耳侧,露出一截白皙的手腕,真白。

陈长风这么看着她,两只耳朵不知是不是因为屋内太热,烧得通红。

于是他选择离开房间,去外面透透气。

他先回了宴会厅,厅里的人走得七七八八了。他去跟一对新人和赵伯伯打了招呼,寒暄了一阵,找到程诺的手包带走。

离开宴会厅,他又去了程诺的房间,把她下午放在这边的她的衣物都装进袋子里,这才又提着回了自己房间。

他以为程诺会像上次那样安睡到天亮,没想到才进门,就看见程诺呆呆地坐在床上。听见响声,她扭头看向他,嗓音有点哑地问道:"几点了?"

陈长风低头,抬手看腕表:"十点了,晚上。"

"哦。"程诺闻言,放松地向后躺倒,嘴里嘀咕着,"吓死我了,明天下午一点要排练。"

她可能人还蒙着,也不记得自己坐起来的时候挪动过,这会儿毫无顾忌地后倾,"咚"的一声,一头磕在墙上,惨叫一声眼泪直接飞溅出来。

陈长风慌忙跑过去,伸手轻轻摸她后脑勺,看有没有撞起包,又从床头柜上连抽了几张纸,去擦她脸上的眼泪鼻涕。

"没有鼻涕!"程诺不忘强调重点,把他的手拍开,不让他擦自己的鼻子。

"嘶——打人这么狠。"陈长风收手,从自己行李箱里拿了件干净的卫衣出来,扔给程诺,"换上。"

程诺低头看了眼自己,身上的伴娘裙因为在被子里揉搓已经不像样了。她掀开被子,去浴室换好衣服。

刚才那一小觉睡得并不舒服,现在程诺肚子饿、脑袋疼、嗓子干,于是看陈长风就特别不顺眼。

她问他:"你在我房间干吗?"

陈长风已经坐到了沙发上,离她有一段距离:"这是我的房间,你急着要睡觉,就先带你过来了。"

程诺毫不怀疑他的男女作风,但怀疑他的恶作剧人品:"你干吗故意把枕头抽走?"

说的是她背后应该有的枕头,要不然她也不能撞到墙。

陈长风:"我怕你昏睡过去了被枕头捂着鼻子,窒息了怎么办。"

他好像说的都是人话。

程诺的肚子"咕噜噜"响,陈长风隔老远就听见了,拿起茶几上的电话叫了客房服务,让对方送点吃的过来。

"你头疼不疼啊?"程诺按着自己太阳穴问他,"我都怀疑我喝的是假酒,怎么这么难受。"

"掺了那么多水,和假酒也没区别了。"陈长风才是真的头疼,刚才的短暂清醒随着时间推移又变昏沉,总觉得脑子里蒙了一层水雾似的,和这个世界都有隔阂。

同样不清醒的程诺,说着不着调的话:"我爸经常说,如果一顿酒喝难受了,就得再喝一顿投投。投投,你能理解吗?"

陈长风大概能理解:"就是涮涮……呃,反正就是再喝一点的意思是吧?咱爸开酒吧有经验,听他的。"

他打客房服务又叫了一瓶红酒。

白天还在想着节食控制体重的女人,这会儿没什么原则地吃起三明治,配着红酒。

陈长风跟她说起她关心的赵宗岐的"初恋":"我刚才看到她了,是陈又恩,你记得这个人吗?有一年咱们一起去过游乐场跨年。"

程诺不记得了。她摇头,但是很好奇:"她什么表情,难过吗?"

陈长风喝了口红酒:"不知道,我看她肚子好像有点大,如果不是胖了的话,就是怀孕了吧。"

程诺脑子没转过弯来,吃惊地问:"赵宗岐的?"

陈长风失笑:"不能够吧,你就不允许人家有新的感情了?"

"也是。"程诺发现自己问了个傻问题。

她抬眼看看对面晃着酒杯的陈长风,把自己曾经好奇过的问题问了出来:"如果你结婚,我坐在台下,或者我结婚,你坐在台下,你会哭吗?"

陈长风果断地回答:"会,我会哭晕过去。"

程诺笑起来,不管他是认真的还是逗她的,这答案都让人挺舒服。

他们顺着那年的跨年游乐场聊下去,说起当初的趣事,杯子里的酒不知觉间一点点添满又饮尽。

"我记得那次我们吵架了,因为我去看别的男生的篮球比赛,没看你们学校的新年演出,你生气了。"程诺回忆着高三冬天的那次争吵,发现自己居然还能记得好多细节。

陈长风想起那年的学校新年庆典还是会生气,要不是想着能在程诺面前露一手,他才不会接受被班主任选报上去的钢琴表演。

程诺总觉得陈奕安钢琴弹得天上有、地上无的,那是因为她没见过他陈长风惊艳绝伦的演出!

他认真准备了好久的《天鹅湖》主题曲,结果那天庆典都快结束了,她才姗姗来迟,在礼堂门口不走心地夸了他几句唱得挺好听的。

他都气乐了,问她自己唱的是什么。程诺假装自己不太熟这些流行歌曲,强行转移话题,从包里掏了个玩具熊出来送他当礼物。

陈长风收了熊,气却没消。正好那两天程诺她爸来沪市看她,陈长风就跑她爸面前打小报告。

后来程诺父女俩促膝长谈了一番。

程诺虽然跟她爸聊得还行,可也烦陈长风告小状的行为,两个人都憋了一肚子气,谁也不想搭理谁。

直到陈奕安分别邀请他们去游乐场跨年,说还有几个他们认识的朋友也去。

那时候读书,能晚上出去玩还是挺珍贵的机会,两人都去了,只是玩游戏的时候故意岔开,坐摩天轮都不坐一个舱。

那天陈长风看到赵宗岐跟陈又恩走在人群后面,他好奇地多看了几眼,看到赵宗岐给陈又恩买了玩偶发箍,买了卡通魔杖,买了狗狗棉花糖和热烤冰激凌。

他觉得他们很幼稚。

然后他跟在人家身后有样学样,所有东西都买了两份,一份给陈奕安,一份给程诺。

——给程诺的时候是撞撞她的肩膀,嘴一努,不耐烦似的说句"给"。

——再退到陈奕安旁边给他另一个。

陈奕安挺感动的,拿着那个带头纱的粉色发箍还给他:"哥,我有帽子,这个你戴吧。"

程诺现在想起来陈长风硬把头纱发箍戴到陈奕安脑袋上的场景还觉得好笑,他好像还说了句什么"长者赐不可辞",陈奕安敢怒不敢言地跑到她旁边,不要和陈长风一起搭对子玩游戏了。

她提起酒瓶要倒酒,才发现一瓶酒已经被他俩喝光。

程诺握着瓶身,放到眼前,闭着一只眼,像看单筒望远镜似的单眼透过瓶口看向瓶内,确认一点酒都不剩了。

而透明的瓶底,扭曲放大的是陈长风的脸,他在对着她笑。

程诺把瓶子放下,问他:"陈长风,你醉了吗?"

陈长风诚实地点头:"有点。"

程诺也跟着点头:"酒是好东西,能让人快乐。"

陈长风否定她的话:"酒是坏东西。"

程诺:"不,酒是好东西。"

陈长风:"是坏东西。"

程诺:"你才是坏东西。"

凡是她的话,反着回就对了,陈长风说:"我是好东西。"

又开始玩文字游戏了。程诺这次没有生气,笑着站起来,走到沙发那儿坐下,拿起堆放着的喜糖盒,拆着包装说:"不,你是好坏的东西。"

她这声音里透着醉酒的娇憨。挨了骂的陈长风贱骨头一样又跟着走过去,坐到她身边,一只胳膊搭在沙发背上,手支着自己的脑袋,隔着那盒喜糖看她。

"看!"程诺从糖盒里拿出一颗,"酒心巧克力!"

她像个嗜酒如命的酒鬼,连这杯水车薪的一点酒心都不放过,剥了糖纸扔进嘴里。

陈长风也去掏糖盒,可酒心巧克力就那一颗,盒里再没有了。

他的视线转向程诺的嘴,主意打到她身上,向前倾身,抬手握着她下巴捏一捏她的脸颊,就把她的嘴捏得张开。

他看一眼她的眼睛,征求意见:"我也要吃。"

程诺眨了眨眼,还没有来得及作出回答,他的脸便在眼前放大,就像红酒瓶底看到的那样,失焦变形。

她是没想到,他会就这样亲上她的。

在程诺的嘴巴还没闭上的时候,贴着她的嘴唇,吮着她的舌尖,去索要那点还没完全咽下去的糖水。

他好像真的只是要吃糖,吃过了,就松开了她。

程诺的手指抚摸自己的嘴唇,竟然没有感到冒犯和愤怒,只是嫌弃地骂他:"陈长风,你好脏啊。"

陈长风刚才都没意识到自己在干什么,一切只是遵循内心的感觉。

"我不脏。"他还记得替自己辩解,"我干净。"说完,要证明自己一样,又凑过去亲她。

一回生,二回熟。

程诺不知道自己在想什么,抑或是什么都没想,这次她主动张开了嘴,跟他唇蹭着唇,像在玩什么游戏,慢慢地、轻轻地、密密地接吻。

酒意熏染，身上的所有感官都迟钝，刺激被缓释，思考被停滞。

陈长风退开一点距离，看着她，食指轻轻戳了戳她的眉间，还挺骄傲地证明自己的"干净"："这是我的初吻。"

程诺笑了，觉得他很有趣的样子，却没有回答任何，只是又亲了过去。

如果把这一晚在酒店套房的故事单纯甩锅给醉酒，那未免太过草率，因为这两人虽然算不得完全清醒，可也没到糊涂断片的程度。

他们的一言一行都清楚地刻在彼此脑海里，事后能回顾起每一颗喜糖入口的顺序。

只是当下，情绪发酵膨胀，思考的脑神经断路。

她今天确实被酒精俘虏了，看他格外顺眼，任何一个放在平时要被她嘲讽的点，眼下都成了逗笑她的乐子。

陈长风其实现在整个人挺割裂的，他的喜欢让他小心翼翼到快要生出自卑，可他的冲动让他蛮横无理想去大胆试探。

而程诺无底线的包容是压垮骆驼的最后一根稻草。

再醒，便是日上三竿。

程诺围着被子坐在床头回忆昨晚的一切，沙发上的喜糖盒，茶几上的红"囍"字。

令她无语的是，陈长风不在，不知是不是去公司了。

这家伙很懒，什么都没留下，只留了一个满腹怨气的程诺。

她在柜子上看到了自己的衣服，是昨天穿来的长裙和大衣，不知道什么时候跑到了这间屋子。

她套上衣服便走了，说不清心里的感觉，就是莫名其妙地烦躁。

而那个被她误以为偷偷溜了的陈长风，端着两盒酒店自助餐回到房间，却见人去楼空的时候，心里更加郁闷。

他不过是离开了半小时，她就抓准机会"逃"走了，是不想面对他，不知道怎么相处了吗？

陈长风心塞，把饭盒扔到桌子上，背倚着沙发脚踩着桌沿生闷气。

手机对话框上，"你去哪儿了"几个字迟迟没发出去，想到她或许

103

酒醒后就后悔了,惶恐又郁闷。

是他矫情了,在失去初吻的几小时后。

这一上午的班陈长风上得魂不守舍,连他爸都轻易发现了端倪,"老狐狸"摘下眼镜擦擦镜片,敲打着问:"昨晚没回家,没犯什么错误吧?"

陈长风装着无事:"给赵宗岐挡酒喝多了,在酒店睡的。"

陈世羽把明亮的眼镜戴回去:"嗯,虽然你已经成年了,但是既然住在家里,有事不回的时候还是要说一声,免得你妈担心。你看程诺就做得很好。"

陈长风心想,那可真是好,她的信息还是他拿她手机给他妈发的呢。

那会儿她正在晕第一轮的酒,两手投降状地在他床上睡觉,他跑出去透气前先替她给他妈说了声晚上不回。

至于他自己为什么不再给他妈发一条消息报备,就只能说是因为心虚了,怕他妈误会他们俩是一起夜不归宿。

陈世羽看他儿子这表情,就知道逆子不以为然。他也不跟陈长风相看两相厌了,挥挥手让陈长风去项目上转转,别在自己眼前晃悠。

陈长风走了,他自认不算"恋爱脑",有了具体的任务执行,便不再走神,把活先干漂亮。

只是在休息间隙,喝个茶放个水的时候,他总不自觉地掏出手机来看看,生怕是自己关了声音没看到她的消息。

结果当然没有。

一个字都没有。

陈长风终于还是忍不住,先给她发过去,问她:排练几点结束?

过了很久很久,久到陈长风怀疑她手机欠费给她充了好几笔话费之后,她才回说:不知道几点,可能要半夜,我和柚柚姨说了。

陈长风立马回:那我去接你。

程诺也很快回:不用,不一定回去。不说了,排练了。

她还是跟他说了很长句子的话,可陈长风总觉得这消息语气里透着疏远。

他的矫情只维系了一上午,跟她发过消息以后就恢复正常了。可他不知道的是，他错过了女人心软的黄金时段，并因此收获了一个心狠手辣、铁齿铜牙的"黑化程诺"。

他什么都不知道，只知道自己开着辆"骚包"的超跑去文化馆门口等着程诺下班。

程诺这舞排得时间确实晚，快十二点了才散场。舞蹈演员们三五成群地打着呵欠出来，在路口排队打车等车。

陈长风开门下车，站在寒风里缩着脖子给程诺打电话，程诺挂断，他立马又再打。

于是程诺接了："你说。"

陈长风跺跺脚，冷得够呛："我在球形广场这里，你正门出来就能看到。"

程诺确实一出门就看到了，他那辆跑车太招摇过市，谁会看不到。而他只穿了件休闲衬衣，连外套都没穿，冻得像只鹌鹑似的站在车前。

陈长风也看到她了，无关衣服或是什么因素，他有特殊的认程诺技巧，人群中永远能一眼看见她，即使所有的舞蹈演员穿一样的衣服、化一样的妆、扎一样的头发，他还是能马上发现她。

陈奕安说这说明浪花姐天生有当明星的气质，陈长风给了他一根山楂棒让他闭嘴。

有同伴跟程诺打招呼，程诺简单和人道再会，快步走去陈长风那边，不太想被人看见。

"我开车来的。"

陈长风："哦，那坐你的车也行。"

程诺感觉已经有视线扫到他俩了，权衡一下，拉开车门进了他的车。

车里热风开得倒是足，程诺把外套解开抱在腿上，等陈长风上了车以后看他一眼，就看向挡风玻璃外面，不再说话了。

陈长风也不知道要说什么，他从家里出来得急，一路上都在打草稿，想着该怎么跟她说昨天的事，还有……未来的事。

可是看到她了，他居然只觉得尴尬，那一肚子草稿就像沙发上忘了拿走的外套一样，存在，但不在手边。

两个人沉默了一路。

直到车子停进了陈家的车库,程诺解开安全带要下车,陈长风才一把扣住她的手腕,拉着安全带的锁头又插回去。

程诺:"什么意思?"

陈长风:"聊聊。"

程诺:"你扣我安全带干吗?"

陈长风:"我怕你打我,让它拦着你点。"

程诺无语。

她上午开车回家的时候确实挺想打他的,后来她想通了,昨晚的一切都有些意气用事,气氛烘托到那儿了,人在半梦半醒之间时意志力又比较薄弱,那种情况下,两人亲到一起也挺正常。

她不是说过了吗,跟陈长风发生什么她都不觉得意外。她甚至还在想,这种事没有在他们青春期时最懵懂的情况下发生已经算是不错了。

她用了一天自我消化,又因为排练身心疲惫,此刻只想回床上睡觉,没心情跟他闲聊。

"昨天……"陈长风开口。

程诺打断他:"昨天喝醉了,但我感觉还行,你应该感觉也不错,咱俩也别论谁吃亏谁占便宜了,就这样吧。"

陈长风设想的几种情况里,这确实是最像程诺会说出来的话。

可陈长风亲耳听到了还是挺难过的,他"哦"了一声。

程诺叹了口气,拍拍他的脑袋:"我有点累,今天可能不适合谈心。"

"好。"陈长风没再阻拦她,看她下了车走向电梯间,自己却没动弹,坐在车里,心里空落落,发着呆。

"嘀嗒,嘀嗒……"

有液体顺着他的下巴落下。

他抬手一擦,男儿有泪不轻弹,只是未到……啊,是鼻血。

暖风开太久,鼻子抗议了。

第五章
/你总在错过我的关键帧/

程诺回去的时候尽量小声了,可依然不可能完全没动静,等陈长风再进家门的时候,还没睡觉的陈奕安从房间里出来看情况。

就看见陈长风领口晕染一摊血,脸色苍白,嘴唇颜色也有些暗沉。他吓了一跳,跑到他大哥身边,压低了声音问:"你又去打架了?"

"没有,流鼻血。"陈长风否认,然后不满地"啧"了一声,"什么叫又?我什么时候去打架了?"

陈奕安沉默,给他面子没提他当年打架打得被他爸踢出国的黑历史。

陈奕安跟在陈长风身后进了他卧室,看他冷水洗了脸,把脏衬衣脱了扔进脏衣篓里。

陈奕安看陈长风身上确实没有伤,放了心。又想起上午要去上学时,在门口遇到的刚回来的程诺,她当时表情不虞,跟他打了个招呼就匆匆走了。

电光石火间,有什么念头在他脑海里成形。

再看陈长风的鼻子,好像就说得通了,确实很像浪花姐的风格,打人先打脸。

有的人永远往前看,想通了就不会再纠结,比如已经熟睡的程诺。

有的人喜欢复盘,一丝一缕的细节都不放过,甚至怀疑是不是因为自己的吻技不好才被人嫌弃了,比如正在床上翻来覆去叹气的陈长风。

他的人生好像走进了非常重要的拐点,而他好像,走顺拐了。

不是拐得很顺,是滑稽的步伐引人发笑。

陈长风几乎彻夜未眠,第二天早上顶着明显的黑眼圈吃早餐,餐桌上见到了程诺，和她对视一眼，默默移开了视线。

刚好陈家爸妈都在，程诺便跟他们知会了一声："柚柚姨，我这几天排练时间可能都挺晚的，回来太远了不方便，我就直接在文化馆附近的酒店住了。"

李柚柚先是点头说好，想了想又问陈奕安："你文化馆那儿有套公寓的吧？介意让浪花住几天吗？外面的酒店总归不干净。"

陈奕安忙摇头："姐你去住吧，我让阿姨打扫一下，密码是我生日，地址我发你。"

程诺斟酌了一下，谢绝了："我还是住酒店吧，就几天，吃饭也方便。"

李柚柚便不再勉强，嘱咐了几句让她照顾好自己。

搁往常，陈长风大概要发表一下高见的，比如什么破剧团那么穷，租不起全天场馆吗，非要黑灯瞎火才排练。

可他今天难得安静，像是被侠义之士毒哑了那聒噪的嗓子。

李柚柚多看了大儿子几眼，关心一下他的反常："长风，你哪里不舒服吗？"

陈长风："没，就是不太想说话。"

李柚柚："那看来是真不舒服，我一会儿让张医生来看看，你晚点去上班。"

这不是老母亲夸大其词，从小到大，但凡遇到陈长风不想说话了，必然是病了，哪怕有时候他自己都没发觉。

陈长风没反驳他妈，他现在不想在程诺面前刷任何存在感，像个"中二病"少年，只想要在天涯海角的无人角落自己坐着吹吹风，悄无声息地藏起来，想他的人自然会找他。

程诺因为陈家母子的对话多看了陈长风一眼，他看起来是有点蔫蔫的，不知道是不是因为昨晚等她的时候冻感冒了。

程诺说了句比他妈还有母爱的话："这个天可以穿秋裤了。"

她没搞笑，她就已经穿上了打底裤。不需要演出的个人时间里，她是很注意保护她那一双腿的。

陈长风依旧没什么情绪，"嗯"了一声算回答，低着头喝粥。

程诺以为自己波澜不惊的心，泛起一丝涟漪，小水花一圈圈荡漾开，觉得这个样子的陈长风看着怪可怜的。

是她昨天的语气太生硬，伤他自尊了吗？

程诺收拾好行李箱离开以后，医生才来了家里，一套检查做下来，发现陈长风确实有点上呼吸道感染症状，给他留了口服的药，让他先观察，如果发展成下呼吸道感染再用药。

陈长风也"争气"，当天晚上就发烧了，烧迷糊了终于睡了个整觉，不知道算不算失之东隅，收之桑榆。

程诺不在家，不知晓他的情况，排练很累，常常是回了酒店倒头就睡，没空玩手机发消息。

一方面，当然是她全情投入到自己喜欢的跳舞工作中；另一方面，她也不否认在刻意地跟陈长风断开联系。

他们像是两块磁铁，在那晚之前，一直试探着向彼此靠近，以为是不可阻挡地吸引。可天雷勾了地火以后，才发现靠近的两端是同极，不仅没有紧密地贴到一块儿，反而在斥力作用下弹得更远了。

不带强烈情绪的冷战，这在两人的人生里都是没有过的体验，但又好像顺理成章地就该这样。他们的友谊在某种程度上被背叛了，脱轨的关系需要时间慢慢修正。

程诺要去外地巡演前，回了一次陈家，要重新整理行装。

她是傍晚回去的，当时家里只有陈奕安，他学校没课，正在家练琴。

程诺循着琴声，去琴房跟他打招呼告别。陈奕安停下手里的动作，预祝她演出成功。

程诺不打算待太久，让陈奕安替自己跟他爸妈传话："今晚的飞机，我就不在家吃饭了。一个月以后，沪市还有最后五场，我给你们留票啦！"

陈奕安点头答应，又替陈长风问了句："那就没法给我哥过生日了，有什么话需要我跟我哥带的吗？"

程诺听到这话，摇了摇头。

或许因为面前的是陈奕安，她能更放心地表达不满："他大忙人一个，一个多星期没跟我说话了，没什么要说的。"

这期间，连陈奕安都给她发过消息问她酒店住得习不习惯，把自己房子的定位发给了她，而陈长风连个标点符号都没发过。

听程诺这么说，陈奕安赶紧替他哥解释了句："确实挺忙的，你走以后他发了两天烧，在家歇了歇，后面去公司好像是赶个什么项目进度，早出晚归的，我都经常见不到他。"

这话其实挺苍白无力的，再忙，真想找她的话，肯定能挤出时间来。

不过程诺也没立场生气，她也没关心他身体健康不是吗？毕竟走之前是知道他不舒服的，走了却没问问他病没病。

算是半斤八两吧。

拖着行李箱到车库的时候，却遇见了据说最近早出晚归的陈长风。

程诺看一眼时间，还不到五点，天都没黑。

陈长风看她的动作，自己主动说："回来换身衣服，晚上要出去吃饭。"说完，又补充了一句，"公事。"

程诺朝着自己的车走，神色自若地点点头，丝毫没有刚才跟陈奕安说话时语气里带出来的不高兴。

陈长风从自己的车边走到她身旁，替她把行李装进她的车后备厢，盖上盖子。

程诺这时才问了句："听奕安说你发烧了，现在还好吧？"

陈长风："好了。"

程诺刚想像个知心姐姐一样，叮嘱他注意身体，别太劳累，应酬少喝酒。

陈长风一句话就结束了对话。他说："我查过了，第一次接吻交换了唾液里的菌群是容易发烧，正常的。"

这荒谬的理由让程诺到嘴边的话咽回肚子里，想粉饰太平也不知道从哪里下刷子。

可以，这很"陈长风"。

程诺匆匆离开，再见都忘了说。

直到晚上在机场候机的时候，她才一拍大腿回过神来：不是，他有病吧！

因为陈长风的话，把那晚的事又被拉到了明面上，让程诺没办法当作什么都没发生过,也不可能再回到没发生过之前的日子。

他们的关系需要一个明确的界定,可是怎么界定程诺没想好。

十四岁的程诺会更坦白直率地跟陈长风把自己的想法说出来,三十四岁的程诺或许也会更成熟地解决两个人的问题。

唯有二十四岁的程诺,以为自己能理智地看透一切,要专注巡演做事业咖大女主,现实却是在又累又困心气不顺的晚上,回到酒店无声狂骂陈长风。

原因是她想给他发消息吐槽今天同伴失误害她出糗的时候,发现他们上次聊天时间是半个月前。于是她又把一肚子话憋了回去。

程诺对同伴的怨变成了对陈长风的气,气到泪失禁都没察觉到,鼻子堵塞、呼吸困难了才发现自己居然是在头脑空空地大哭。

鱼哭了海知道,浪花哭了长风也知道,因为多半是被他气哭的。

陈长风的视频电话就在程诺哭得鼻头红红的时候打过来,她也没想要遮掩,直接接起来,镜头开的后置,对着酒店的电视墙。

陈长风靠在自己房间的椅子上,脚搭在桌沿,手机放在桌面支架上自拍,把他交叠在一起的大长腿拍出两米长。

他耍酷,两只手扣在一起放在肚子上,像是年会老总要"简单说两句",问程诺:"我看今天你那边下雪了?怎么样,走路没摔跤吧?"

程诺没回答。

摔了。

在舞台上被同伴绊了一跤,踉跄着差点酿成演出事故。

陈长风没听到她的声音,疑惑地去按了按自己手机音量键,已经是最大音量了。

他有所感应似的,把腿放下桌子,脸凑到镜头前:"真摔了啊?摔成猪头了?给我看看脸。"

程诺用力地抽了抽鼻子。

陈长风愣了下,声音放柔了几分:"别哭呀。我看看,摔成啥样了,看还有没有救,我认识九院院长。"

程诺说了句"白痴"。

111

好久没被她骂了，听她这熟悉的语气，陈长风觉得连日来的焦躁都得到了缓解。

他们可以赌着气好多天不联系，可一旦有一个人和好的信号被释放，便能迅速瓦解之前堆积的冰雪。

听说最好的朋友之间是这样的，比情侣都坚不可摧。

陈长风逗她："骂得真好听。你转过来脸我看看，骂人还是当面骂比较有气势。"

程诺果真把镜头翻转了，露出她哭得眼鼻唇都肿嘟嘟的脸，自己先拿近了手机看看现在的样子："我是不是哭得有点丑？"

"怎么会呢熊二！"陈长风立马否认，"你绝对是森林里最好看的小熊！"

程诺："……谢谢你光头强。"

陈长风抓抓自己洗完澡柔顺的头发："我才不是光头强，我可是有浓密黑发的。"

程诺："嗯，等我回去你就没了。"

往日的玩笑话，今天说出来谁都没笑。

"别哭了。"陈长风先打破了安静。

程诺"嗯"了一声。

再没等来什么软声细语，他丧心病狂地压着嘴角，却满眼笑意："太像熊二了哈哈哈！"

"长风剑铺"又贩一"剑"。

程诺气呼呼地挂断了电话，去洗脸的时候对着镜子自我怀疑，真肿成熊头了吗？

怀疑完了，她自己都觉得好笑，之前的沮丧情绪也不见踪影。

而陈长风，挂了电话就打开电脑排行程，硬挤出两天时间，要去滑雪。

陈长风在任何一个公司上班，都可以随心所欲、自由自在。唯独在他爸眼皮子底下，他连假装出差都没办法。

他索性耍赖，早上起床没晨跑，去到他爸妈房门口蹲守，第一时间提报领导："我要休年假。"

陈世羽："你工作不满一年,哪儿来的年假?"
陈长风："那我要休病假。"
陈世羽："你不是才休的病假吗?"

跟金主兼爸爸装病这招好像行不通,但陈长风知道中国人总是喜欢折中,开窗不行就拆屋顶。他跟他爸说:"那我要辞职。"

陈世羽沉默了一秒都不到,就点头:"可以。"然后转头向屋内梳好头发的夫人说,"你听见了吧,是他自己不想干了。我说什么来着?"

陈长风满头问号和叹号,不能挽留一下吗?

李柚柚从屋里走出来,拍了陈世羽一巴掌:"你干吗,他病才好,累了想休息就休息一下呗,身体是革命的本钱。"

陈世羽表情满是不屑,对大儿子横挑鼻子竖挑眼的:"这才多少工作量,你看我这么多年病过几次?你小子,就喊苦喊累最积极。"

李柚柚不让陈长风继续听他爸数落,挽着儿子的手臂跟他一起下楼吃饭,悄悄话说给陈长风听:"你爸更年期,别理他。"

陈长风点头:"更了几十年了,没事我习惯了,毕竟是我爸,还能不要他了咋的。"

这两人的悄悄话音量完全没打算避着人的,陈世羽在后面听得一清二楚,额角血管直跳。

陈世羽算是知道自己为什么总看大儿子不顺眼了,因为陈长风其实是最像夫人的,只是夫人的任性藏在暗处,而长风的顽劣摆在明面。

两个人都是来治他的。

虽然妈妈很开明,但陈长风还是瞒了她,骗她说自己跟朋友约着去滑雪,怕说多了会给程诺带来什么困扰。

他拖着全套的滑雪装备,飞去程诺演出的城市,恰好还赶上了一场有程诺上场的演出。

陈长风的"钞能力"让他买到了最前排最中央的位置,演出开始之前的热场环节,主持人点兵点将点到他,邀请他上台做互动游戏。

陈长风看了眼大屏幕上自己被锁定的脸充斥着整个屏,慌忙拿起场刊挡住自己的脸,对着递过来的麦克风说:"我腿断了,上不去。"

主持人面对这样睁眼说瞎话的观众，也只能打个哈哈，赞他一句"身残志坚的舞台剧发烧友"，转向其他愿意互动的观众。

虽然陈长风的脸只出现了几秒，可还是被来到备台区看一眼观众席落座率的程诺捕捉到了。

她有些吃惊，演出就要开始了，手机不在手边没法跟他打电话询问，只能带着满腹疑惑开始她的表演。

万幸，昨天状态不佳的同伴今天换成了B角，程诺全程跳得都很顺利。

独舞的那一段，陈长风拿起手机拍她，被工作人员用红外笔提醒，又放下。

陈长风的云相册里存了很多程诺舞蹈的照片，从小到大各种比赛演出的，只要陈长风有时间都会去看她跳舞。

小时候他还比较浮夸，学人家送花篮花架，把程诺的名字加大加粗，摆在最显眼的迎宾位。

后来被他妈提醒，说这样高调对程诺未必是好事，毕竟她又不是次次都是主舞，陈长风才改成演出后谢幕时送捧花束。

可以说，陈长风对程诺的舞蹈技巧熟悉程度不亚于她的指导老师，即使是新的剧新的编排，可他完全能通过她的眼神和小动作预判到她的下一个姿势，能知晓她肢体的伸展幅度——这也是挨打挨踢的次数多了，总结得出的实践结论。

大屏幕上的运镜用特写展现舞蹈演员的技艺，陈长风看到她绷直的脚背，感慨她比起两年前自己看过的那场演出又进步了一些，看来拍戏并没有让她松懈了舞蹈的练习。

陈长风喜欢看她跳舞，也支持她把跳舞当成事业。可她要拍戏他就不怎么乐意，因为他知道她也没有很喜欢演戏，为了挣钱的话实在没必要走这条路。

他不止一次地提过让她不要拍戏了，可她的规划似乎并不以他的意志为转移，他的话因为说太多，有一多半是会被她忽略过去的。

演出临近尾声，演员们登台谢幕，程诺毕竟是演了小有名气的影片，很多粉丝聚在台下踮着脚伸着手给她递花递礼物。

程诺走到台边,一只手按压在领口,弯着腰跟大家道谢,并没有拿任何人的礼物,包括陈长风的花——他凭借身高优势和非常放得开的划水姿态,成功吸引了程诺的注意。

怕人群拥挤发生踩踏事故,她没敢多待,近距离和粉丝打完招呼就跑回自己的站位上,跟队友们一起鞠躬谢幕。

程诺没让陈长风去后台,她拿到手机以后直接给他发了自己的酒店地址,让他去那边等。

陈长风挺傲娇,打电话过去。他抱着花打了辆车去这附近他入住的酒店:"去你那儿干吗?我已经安排好住处了,不在你那个酒店,我明天要去山上滑雪。"

程诺:"我也没让你住我那儿,约你吃夜宵而已。"

陈长风感觉一拳打在棉花上,闷闷的。

他回酒店拿了行李,不嫌麻烦地又搬去了程诺住的酒店,重新开了一间房,和程诺同一楼层。

程诺回来的时候特别晚了,但她知道陈长风肯定在等着她,还是打了个电话给他,问他在哪个酒店,还要不要出去吃饭。

其实这么冷的天,程诺从外面回到房间就已经不想出去了。

还好陈长风比她更怕冷:"不去了。你不是就想吃那个什么老太的烧烤嘛,我点了一些,刚送到,我拿到你房间吃吧。"

"可以可以。"程诺挂断电话,刚卸了一半的妆,门铃就响了。

她透过猫眼看到是陈长风,拉开门锁吃惊地问:"你怎么这么快?"

陈长风抱着个大大的保温箱,给她放到餐桌上往外收拾:"谢谢夸奖,但快听起来不是什么好词。"

程诺改口:"你怎么这么迅猛?"

陈长风很满意这个形容词,幼稚地接下好评,把盒子和锡箔纸撕开,将"烤串们"摆成一盘:"因为我是迅猛龙。"

程诺想起热场时听他说的话,虽然这么看着是挺矫健的,别有什么隐疾:"迅猛龙怎么着腿断了?"

115

陈长风反应过来她说的是在剧场时自己的胡扯，居然还点点头："那我干的事要是被你的'特种兵'老爸知道，不得打断腿啊。"

又提起那事了，程诺想替自己爸爸辩驳一句他并没有很热衷于到处打断人腿，又觉得这种时候开玩笑不太自然。

好在烤肉的香料味弥散开来，程诺夸张地吸了吸鼻子，快步去冲洗了一把脸，趁着这烧烤还有点温度，着急要吃下肚子。

陈长风吃过晚饭了，他不饿，只是偶尔吃两口陪她吃个气氛而已。

看到程诺脸上都被钢钎的炭灰给蹭上印子了，陈长风抽了两张纸，一边替她把每串钢钎的头部擦拭干净，一边吐槽她："不是节食吗？大半夜又吃上烧烤了，节的是薛定谔的食是吧？"

程诺吃得高兴，不理他。

等吃得差不多了，她才靠着沙发抚着肚子问他："你怎么跑过来了？"

还不是为了看看你。

陈长风没这么说，也没问程诺昨天在哭什么，他就用的跟他妈说的理由："来滑雪。"

他没说和朋友一起，因为程诺几乎认识他所有的朋友。

程诺对这个理由没觉得意外，因为任性妄为的陈长风经常有这种突发奇想，说走就走的时刻。

程诺轻轻揉着自己的胃辅助消化，右脚的脚尖在地上一点一点的，想了想，跟他说："你自己去吗？我明天没事，可以和你一起。"

这下轮到陈长风诧异了："你？你不是还在演出期吗，滑什么雪。"

她最注意保护自己的腿了，这种演出的阶段怎么会滑雪。

程诺点头："我不滑，我去看看雪。"

陈长风想了又想，觉得她应该比自己更谨慎："那行。那你早点睡，明早我来接你。"

他送了一趟外卖就走了，也没告诉程诺自己就住她隔壁的隔壁。

来的时候没做攻略，但因为程诺的加入，陈长风也临时查起雪场的情况，订了辆车，跟司机电话约时间的时候顺便问了问哪个雪场风景好、安全性高还有游乐园。

司机是本地人,很热情地充当起导游角色,以为陈长风是带小孩出行,不仅建议了场地,还介绍了两个附近的饭店。

第二天上午从酒店出发,程诺拉开车门看见后排的安全座椅时是疑惑的。

陈长风也疑惑,观察那个儿童椅能不能取下来,不然他不是要坐副驾驶了?

司机大哥也疑惑,他一大早特意从公司申请的座椅安装,怎么光看见爸妈了……

"孩子还没下来吗?"

陈长风:"……就我俩。"

司机连忙道歉,拆卸了座椅,空出位置来给他俩坐。

程诺坐在车上听热情的司机讲起闹的乌龙,带着和善的笑看向窗外的风景。

车子驶离市区,视野里是大片大片的白色。程诺闭上眼补觉,几分钟就颠簸入眠,这段时间太累了。

陈长风在拿手机回消息,他现在也是项目里至关重要的人物了,很多工作要他拍板。

"哒"的一声,衣料摩擦,程诺的脑袋歪向他这边。

陈长风挪动屁股往下坐了坐,顶起一侧肩膀给她当枕头靠着。

等车子停到雪场的停车场,程诺幽幽转醒的时候,根本没注意到自己这一路都靠在陈长风肩上,忙着把大衣裹得严严实实,跟在下车搬装备的陈长风后边,进雪场。

他们出发得晚,到这里都快中午了,陈长风先去过了一把瘾,在山头滑了几个来回,觉得尽兴了,才跟坐在餐厅里等着他吃午饭的程诺商量下午去游乐场玩。

他们就坐在餐厅靠窗的位置,陈长风解除装备和冲锋衣只穿着毛衣坐下的时候,热得脑袋冒汗。

他抽纸巾擦额头,看向窗外的山头,指着自己刚才滑雪的位置问程诺:"你看见我了吗?"

117

程诺："嗯，看见了。"

陈长风得意地问："是不是很帅？"

今天雪场人不多，程诺确实看见他了，他滑得也确实很帅。

程诺点头："帅的。"

服务员把饭菜端过来，陈长风还在臭屁："有多帅，展开说说，这顿我请。"

程诺用手撑着额头，歪着脸看他，像开玩笑似的说："我曾经也是想过让你当我男朋友的。"

"噗——"陈长风为了缓解口渴刚喝进去的一大口紫菜蛋花汤，从嘴里喷出来，水柱弯弯的，像鱼尾狮喷泉。

那一口汤喷得有点远，把程诺面前的烤肉拌饭都给"玷污"了。

他拿纸巾擦着嘴，呛得咳嗽一声，结巴着说："烫，烫嘴……我再给你点一份。"

程诺把石锅碗推到一旁，抽了两张纸擦干净桌面，淡然地说："没关系，刚好我觉得腻不想吃了。我换个铁板豆腐蛋。"

陈长风给自己倒了一杯冰水，小口喝着，偷偷打量程诺的神情，脑子里重复着她说的那句话，是什么意思呢？

她说"考虑过"，这个"过"是随口带出来的，还是已经成为过去式了？

陈长风语言考试的时候都没这么认真地考虑过语法语态。

程诺在系统上加了单，放下手机，看陈长风一反常态地沉默着，坦诚地告诉他："确实考虑过，前几天也在想这个问题。"

"哦。"陈长风端着冰水又喝了口，以此掩饰自己的紧张，"那想好了吗？"

程诺在回答他之前，先问了他一个问题："你有想过吗？"

陈长风难得正经了一回："想过，想过很多次。"

程诺笑了，用最甜的微笑说出最伤人的话："想来想去，还是觉得不合适。"

陈长风本来看着她笑的脸，笑不出来了。

程诺说："陈长风，我们不适合当恋人。"

陈长风的自尊心让他没有低头，他嘴硬地回说："我刚才是说，我想过很多次人为什么不能跟自己谈恋爱,哈哈,我要是能当自己的男朋友就好了,我这么帅!"

他的无聊笑话没有逗笑任何人,包括他自己。

"嘶——"

陈长风坐在回程的飞机上回忆这一幕的时候还是替自己尴尬。

手里的水杯放下,舌头被热汤烫过的部位还隐隐作痛,他猜大概要恢复个两三天才能好。

广播里说飞机遇到气流颠簸,请乘客尽快就坐,系好安全带。

陈长风感受着身体的晃动,想的竟然是,如果飞机失事了,程诺会不会后悔她说过的每句话,会不会哭着在他墓碑前让他当男朋友。

颠簸持续了不长时间,飞机又能平稳运行了。窗外漆黑,见不得一丝地面的亮光。

看来飞机安全了,程诺也不必后悔说过那些伤人的话了。

论起来,那些话也算不上伤人,甚至还很真诚。

那个雪场里的饭店没有几桌吃饭的,却又不会安静得能听见他们的说话声,程诺就放心地跟他说起自己的"心里话"。

她说她也疑惑过为什么他们俩走不到一起去,直到这次陈长风来找她,她好像有点明白了。

他总是晚一拍,错过她的关键帧。

他们喝醉后的第二天,她想要的是在他怀里醒来的温存,是她负气离开后他立马追过来哄,而不是莫名其妙的失踪与冷战。

她说还有从前的许多次,也是这样,每当她对他有心动的时候,他总是错过那个点,让她的喜欢也成为被戳破的肥皂泡。

她还说了她的十八岁生日,那天她想要的礼物是和陈长风跳第一支舞,那是那时候的她能想到的最婉转也最直接的试探方式了。

结果陈长风呢,他非要在那天跑去打架,把对方打进医院,把自己打进警局,连她的生日会都没能参加。

陈长风听到这一段完全不知晓的少女心事时,心里的懊恼排山倒海,他想要解释,可还没开口,程诺就平静却狠心地下了定论:"你幼稚、嘴贱、冲动，而我想要找的是成熟、温柔、谦和的男朋友，这可能就是我们不合适的原因。"

一竿子把陈长风打蒙了，蒙到连还嘴都忘了。

程诺还没说完，她好像也知道自己的话充满了恶意，而这恶意是她积攒了很久不吐不快的，但她说完这些并不是就打算跟陈长风决裂。

有时候坦白是一段关系的开始，但也可能宣告着一段路的终结。

"你说你想来滑雪，可是滑了没多久，觉得也就那样，下午不打算滑了。"程诺说着自己的感悟，"我也是这样，我以前也想过我们的关系会不会更进一步，现在试过了，就不惦记了。"

陈长风沉默着，他以前是不会"说话"，现在是"不会"说话。

程诺问他："你懂我的意思吗？我依旧把你当成我最好的朋友，已经发生的事我没法让你直接忘了，但就像还有很多你不知道的事我也没法忘了一样，那些并不妨碍我们继续做朋友，因为我们好像从小就是被绑定在一根竹竿上的两根藤，再怎么样，也不太可能就分得清清楚楚了。"

陈长风："懂。"他点点头，"你拿我当备胎。"

程诺失笑地摇摇头："好吧，这也是我很喜欢你的一个点，你总能消化这些不好的情绪让自己快乐起来。这样也好，现在你被我说得不高兴，过几天就忘了。"

不是的。陈长风心里想，你说的这些话我不会忘记，会想很多遍，反复想，然后反复难过。

一顿饭吃得索然无味，买单的时候老板问他们味道怎么样，有没有宝贵的意见。

陈长风把冲锋衣拉锁拉到顶，丢下一句："不好吃。"

成功地让老板的脸变得跟他一样黑。

下午程诺没有去旁边的游乐场玩，陈长风也无心待在这里，他的脑子就像这皑皑雪地一样白，大脑沟壑还没雪上的脚印深，这样去运动容易出意外，惜命的他选择跟程诺一起坐车回去。

程诺噼里啪啦一顿输出完，自己舒坦了，还问他需不需要送他去机场。陈长风摇头，想静静。

程诺说也好,她还要跟着剧团去做下一站演出的准备。

陈长风就这样一个人回了家。

房门口遇到陈奕安问他玩得开心吗,他行尸走肉般躺倒在自己床上,说了句"开心得要死"。

这句话配上他生无可恋的表情,让陈奕安不敢再多问,心想要跟程诺发消息打听打听情况。

"我没事!"陈长风在弟弟要出门的时候喊了一嗓子,待他回过头来,强调了句,"别给浪花发消息,以后我的事都别问她,不然我会生气。"

陈长风从不跟陈奕安生气,哪怕陈奕安小时候打碎了他最喜欢的水晶奥特曼,他也只会关心陈奕安的手有没有受伤。

所以这是一句挺重的话。陈奕安听了很认真地点点头,替陈长风把门轻轻带上。

然后他在门外给程诺发消息:浪花姐,我哥怎么了,看起来好像很崩溃!

程诺:没事,天要下雨,姐要嫁人,他拦不住。

发这条消息的时候,程诺已经收拾好行李箱准备休息了。

她看着陈奕安发来的一排感叹号笑了笑,回答他"嫁谁"的追问:只是比喻,还没谁,出现了我会告诉你的。

她今天很累,但是又觉得很轻松,好像困扰她很久的事情终于尘埃落定。

他们被锁在一起的时间太久了,那晚的事是一把钥匙插进锁芯,今天她选择转动钥匙把锁解开。

她懵懂地喜欢过他,尽管她不愿意承认,甚至把十八岁悸动的记忆彻底锁起来,自己都快要忘了。

是的,她的十八岁,她的大脑自动保护而刻意遗忘的那段时光。她一面跟陈长风吵架斗嘴当冤家对头,一面偷偷关注他的穿衣戴帽,珍藏着他写的"一岁一喜"贺卡。

可他那时候总是肆意妄为,逃学打架,缺席了她的生日却一声不吭,后来忽然就出国留学去了,突兀地消失在她的生活中,让她的小心思措手不及。

121

程诺也间断地期待过爱情，但是今天她说服了自己也劝退了他，他们真的不合适，不要再浪费时间和情绪，不如就退回到好朋友的位置。

这样挺好的，新的开始。

下一站巡演的城市从北地跨越到南城，程诺刚买的棉服都没了用武之地，时间好像也从冬天倒流回初秋。

在这里，她再次遇上了梁云昇，好久未见的梁生。

他这次不是工作，是回家休息的。

看到程诺的社交状态定位，梁云昇主动给她发消息，消息的主题依旧是带她尝尝南城的美食。

程诺应约了，调侃他是个"老饕"。

梁云昇回了个震怒的表情包：哪里老了，最多就是个小饕！

程诺：好的，梁叔叔！

她心有企图的时候不喊他叔叔，现在叫回从前的称呼，却把梁云昇叫得有几分恍惚，好像跟她有一些难说的纠缠。

梁云昇请她吃早茶，是在他从小吃到大的一家。店面不大，满满当当坐着阿公阿婆，尽管他们一家搬走了，但有好多邻居还认得他，也不把他当明星，亲切地跟他唠家常，问程诺是不是他女朋友。

梁云昇简单回了几句，叫他们不要吓跑小妹妹，是同事而已。

程诺听得懂他们的大部分对话，"小妹妹"这个称呼还让她愣了愣，当姐当惯了，突然变妹有点奇妙。

她坐在墙角圆凳上吃蒸笼里的点心，每样只吃一口，不敢吃太多，怕影响状态。

梁云昇今天穿得很休闲，灰色的卫衣、藏蓝色的束脚运动裤，头发没做造型，服帖地垂着，看起来有些学生气。

这桌子也小，坐得这么近，程诺认真地看了看他的脸，没看到什么眼角纹、法令纹，他的皮肤状态蛮不错的。

梁云昇察觉到她在观察自己，低声问："干吗？在研究我脸上最近做了什么项目？"

程诺笑了，点头："看起来很不错，回头把你的美容院推给我！"

他们在这街角小巷的老店里吃饭的温馨画面，被传到了蹲在建筑工地吃灰的陈长风的手机上。

之前受他委托去调查梁云昇感情生活的侦探工作室，一直还记得欠他个结果，这次刚好搜罗到了狗仔的跟拍，第一时间发给陈老板。

陈长风两指放大屏幕，看程诺对着梁云昇笑得灿烂，心里堵得要死。

哦，这就是她想找的不幼稚、不嘴贱、不冲动的男人是吧？

他倒想看看这个梁叔叔有多成熟、多温柔、多谦和。

陈长风给发信人回消息：发我干吗，发他公司啊。

还有两天就是节气小雪了，也是陈长风的生日。

他名字的来历便是一首元稹关于小雪的诗：

"满月光天汉，长风响树枝。"

他把这首诗说给程诺听的时候，是在小学，程诺别的没记住，就记得"长风想树枝"了。

然后那年冬天，他第一次收到了来自程诺的生日礼物——根棍子，树枝棍子。

没有男生能拒绝一根像棍子的树枝，陈长风单方面判定那是世界上最完美的树枝，孙悟空大闹天宫时用的金箍棒也不过如此了。

那根树枝被陈长风收藏至今，就放在卧室橱柜最顶层的格子里，没事的时候还会拿出来比画几招——他还因为这根树枝曾经学过一段时间少林棍法。

陈长风从柜子里拿下树枝。他回国以后好像还没碰过它，树枝的颜色都不够鲜亮了，看起来灰扑扑的，但是握在手里的时候依旧是熟悉的手感。

世界上最完美的小棍，一头粗一头细，粗的那头像是骨节圆润，细的那头犹如剑般锋利。

颠一颠，握紧手掌，势如破竹，削铁如泥。

小棍小棍，世界上最完……蛋的玩意儿！

陈长风跳起来，看着被他砸到桌角断成两截的树枝，傻了眼。

那可是跟甘蔗差不多粗的棍子，怎么会磕一下桌角就断了呢？

陈长风打开屋里所有的灯，在最明亮的光线下观察小棍的裂口，想着要怎么样修复它。

半小时后，程诺收到了这根树枝的"遗照"。

她也没有想到，这么多天没联系，陈长风再次跟她说话的时候，说的第一句话居然是：小棍断了！

看，她说什么来着，就算他们闹得再僵，都不可能老死不相往来，因为他们有太多过去的牵绊。

就像此时此刻，只有程诺能理解他的悲伤心情，而不是觉得他脑子有病。

程诺试图帮他冷静分析：时间太久了，它水分都没了，早就酥了吧，不抗打了。

陈长风回：我用万能胶粘了，粘不住。

程诺想了想，好像她也没什么好办法。月底就回沪市，巡演进行到一半的时候是最磨人的阶段，她很累，但她没有不理睬陈长风，跟他说：这根断了就断了吧，回头我再给你捡一根。

重点就在这个"捡"字上，一定要是来自大自然的鬼斧神工，要有特别的缘分被大树馈赠一根漂亮的棍子。

她一句话，让陈长风惶惶不安的心瞬间镇定下来。他还有余地讨价还价：你不能就把这个当成生日礼物。

程诺：嗯，生日礼物我已经买好了。

陈长风彻底高兴了。

他不再打扰她休息，去李皓行的房间，搜刮了李皓行的一个好看的细长包装盒，把那两截断裂的树枝珍重地放进盒子里，叹了口气，像和老朋友道别，重新把盒子放回原处。

而程诺说完"晚安"以后并没有睡觉，她给她爸打了个电话。

前两天她爸妈飞来看她的演出顺便给她做了两天饭，今天才回老家。

程爸接起电话，声音沉稳，但带着对妻子女儿特有的温柔："我们到家了，别担心。"

程诺说了几句要她爸买的保健品药名以后，又找她爸帮忙："爸，你记得不记得，小时候我们去福林山公园捡到了一根很好看的树枝，送给陈长风当生日礼物了。"

一般这种十几年前捡了根树枝的事，大多数人不会记得，但程诺她爸不一样，他跟女儿一直聚少离多，女儿提的所有要求他都会很上心，所以一起给陈长风找树枝这事他还真记得。

他问程诺："记得，怎么了？"

程诺"嘿嘿"一笑："老爸，就照着那个样子的，你去逛公园的时候替我留意着，看能不能再捡一根。"

奇奇怪怪的要求，但她爸答应了下来，只是终归看陈长风从小就不顺眼，吃醋地说了句："要是看到好看的棍子，我也想留着玩呢？"

没等程诺回答，她妈的声音先传来："你幼稚不幼稚啊？"

不知道是说他也想玩棍子幼稚，还是说他跟陈长风抢东西幼稚。

程爸"哼"了一声，让程诺放心，保证完成任务。

要说还得是当爸的靠谱，程诺第二天就收到了她爸发来的照片。枯黄的草地上，整整齐齐摆了一排树枝，从细到粗依次排列，她爸还放了一元硬币做参照物，问程诺要哪一根。

都挺好看的，很规整。但程诺对比了陈长风发给她的那张照片，选了一根和原来最像的，让她爸拿回家。

她做这些的时候丝毫不觉得烦躁，毕竟要送人礼物还是件挺让人快乐的事。

给陈长风的生日礼物也确实提前买好了，是定制版的大牌高筒皮靴，不只是样子好看，翻山越岭蹚水踩泥都不怕。

程诺看他最近好像经常跑施工现场，但愿他防护到位，别再来一出钉子穿透鞋底的恐怖片了。

这天晚上睡觉前，梁云昇给她发了条消息，问她方不方便通话。

程诺好奇他要说什么。他一直很有分寸，很少见到这么晚单独找她聊天的。

电话接通，梁云昇先道歉可能会给她造成的困扰："那天我们一起吃饭，被狗仔拍到了，现在他们找到我公司要'赎金'。照片我看过了，没什么,公司打算冷处理,但我想还是要告诉你一声。"

岂止是照片没什么,他们实际上也没什么啊,手都没牵,有什么好爆料的。

程诺坦荡无所谓地说:"没有关系,让他们'撕票'吧,我看他们就是诈你呢,我们光明磊落的,不惯他们的臭毛病。"

梁云昇:"有道理,给钱还坐实了我们有鬼,以后更甩不掉了。"

程诺:"就是!处理这些你应该比我有经验啊,怎么回事梁叔叔,病急乱投医?"

梁云昇低声笑:"大概是因为,我心里也没那么磊落?"

他话里的暧昧情愫,引得程诺那只贴着听筒的耳朵一热,"唔"了一会儿没接上话。

梁云昇并没给她什么压力,略过了那句话,让她早点休息,顺利演出:"巡演完想不想去北海道转转,那天你不是说演完了想滑雪吗?"

对他来说,出国玩肯定是要比在国内更不容易被拍的。

程诺没有拒绝,但也没立马同意,借口拙劣地回答:"等我问问我爸妈让不让我去吧。"

小雪的这天,全国气温骤降,程诺虽然没有守着零点的钟声给陈长风发送祝福,却也在起床后第一时间给他发了句"生日快乐"。

寿星公还要上班,在路上给她回了张自己的帅照,手指比成"V"形戳着自己的下巴,看起来很有非主流气质,说的话也挺傻气的:从今天起咱俩同岁。

每年都说这话,能当个半年"同龄人"。

陈长风在公司打了卡,堂而皇之地坐进总裁办公室。今天他生日,却是他爸不上班,跟谁说理去。

劳模陈总一向是全年无休的,也就是在陈长风渐渐熟悉公司业务以后,陈世羽才有了减少加班的趋势。

陈长风的生日让他又想起二十四年前夫人生产的场景,第一次当爸爸,喜悦居少,无措更多。

他决定陪夫人去海岛度假,让她放松几天。

陈长风只是去办公室拿点资料,喝了一壶他爸珍藏的茶叶,就回他的接线员位置坐好了。

他现在往外跑的时候多,在公司待的时间反而不长,一直就坐在这个普通的工位里。

人资送来一束生日鲜花跟贺卡,还有员工蛋糕券。周围的同事跟陈长风关系也还不错,纷纷送上祝福。

陈长风道谢,请大家喝咖啡吃甜点,回答着大家关于陈总去哪儿了的八卦。

他并不想让自己妈妈成为议论的对象,哪怕可能是羡慕。所以他没说他爸妈去度假了,只说陈总为友人离世的消息悲痛,去山庄休养缓解心情了。

众人唏嘘,临近年底,确实很容易病弱不适,不过这个陈总的友人,该不会是对家那个做医美去世的老总吧?

陈长风点点头,满足他们的好奇心:"世事无常啊,好像是找了个大师看相,说下巴上有条缝漏财,要去做下巴填充,这硅胶才打进去半管,人就不行了,在ICU折腾了一个月,还是没救回来。"

原来对家老板忽然离世的真相是这样。说来陈氏没趁着对家公司股市跌宕的时候踩上一脚,也算挺仁义了。

陈长风提醒助理时刻关注商战动态:"门口那两盆发财树好好看着点,别让人浇死咯。"

助理拍拍胸脯,保证守护好我方发财树。

陈长风上学时还总要办个生日派对,和同学朋友玩个通宵。今年的生日却好像格外冷清,不知道是因为要上班,还是因为爸妈不在家,又或者是因为程诺去巡演了。

陈长风坐在回家的车上时,看了眼窗外的墙幕广告,想起有次程诺来公司找他,他们一起回家,那天的墙幕放的是可乐广告,今天也是,只不过广告的代言人换成了梁云昇。

他不爽地收回视线,端着平板电脑看文件,一串串小字转着圈拼成了程诺的笑脸,不过那笑不是冲他的,是冲着梁云昇,在狭小的饭桌前两人甜蜜对视。

真晦气啊,生日这天看到情敌的大头照片。这么大年纪了还喝可乐,不怕骨质疏松吗?

可陈长风竟然没立场去跟程诺说点什么这个男人的坏话,还不如从前对着她能畅所欲言。

他觉得她说得不对,说什么还能继续当最好的朋友。当个狗屁好朋友,他从来就不想当她的好朋友,以后也不想。

陈长风越想越难过,这生日给他过得比忌日还催泪,好几次都差点哭出来。

他回了家,进门就看见陈奕安和李皓行两个人坐在客厅地毯上,中间堆着很多漂亮盒子。

他俩朝着陈长风招招手:"大哥!快来拆礼物!"

陈长风看他们特意在堆成的盒子山上缠了小彩灯,还在顶上放了个玩具毛绒蛋糕一直在播放《生日快乐歌》,嘴角不由得微笑:"无聊。"

兄弟三个人坐到一处,一起拆包装,有些是品牌礼赠,陈长风放一边给李皓行拆着玩,自己先去拆那些在意的人送的礼物。

他爸送了本《孙子兵法》。

陈长风撇嘴:"儿子还没当明白呢,就想让我当孙子了。"

他妈送的是副手套,还有护手霜。

陈长风看看自己的手,最近好像是有点糙了。

陈奕安送的是张黑胶唱片,李皓行送的是会变身成擎天柱的奥特曼。

陈长风:"说过了!我不喜欢奥特曼!别再送我奥特曼了!"

李皓行:"那你也不喜欢变形金刚吗?"

陈长风把玩具的脚塞进口袋,口是心非:"一般吧。"

李皓行去抢他口袋里的模型:"那你还我!"

陈长风:"送了我就是我的,哪有收回去的道理?"

李皓行:"哼,难怪浪花姐不要你了,你真讨厌!"

陈长风的笑僵住,脸上的表情变得严肃:"你说什么,再说一遍。"

李皓行被大哥的冷脸吓到,熊孩子躲到陈奕安身后,紧张地抓着二哥的毛衣,不说话了。

陈奕安打圆场，拿起程诺寄来的那双鞋："哥，看看浪花姐送了什么。"

陈长风"哼"了一声，把盒子拆开，拿出棕色的皮鞋来套在脚上试大小，刚好合适。

陈长风瞪了李皓行一眼，跟他说："讨厌我的话，以后别叫我大哥了。"

李皓行不敢搭腔，听他哥要发表什么高见。

陈长风却只是原地跳了两下，很满意他的新鞋子，剩下的礼物不打算继续拆了，要先吃晚饭。

他喊两个弟弟去饭厅。李皓行看他似乎不那么生气了，大着胆子问了句："那我叫你什么？"

陈奕安也看他，感觉大哥会说出"叫爸爸"这种大逆不道的话。

结果陈长风轻轻揪着李皓行的大耳朵说："不是说你浪花姐不要我了吗？等着吧，有你叫我姐夫的一天。"

亲弟弟们头上闪过一排问号。

陈长风说的虽然是气话，可也真的是从来没打算就这么跟程诺算了。

她说他总是慢半拍，错过她想要的时刻，再补给她的时候她就不想要了。

这是陈长风不理解的，她为什么只会很短暂地喜欢他一下，过一会儿就不喜欢了呢。

如果喜欢一个人，不是应该一直喜欢吗？

就像喜欢一只小猫，时时刻刻看到它都会觉得它很可爱，想要亲亲抱抱揉揉它，哪怕它什么都不做，甚至哪怕它根本不愿意搭理你。

他没养过猫，但他留学的时候借住的家庭有只老猫，十几岁了还深得主人宠爱。他觉得他对程诺的喜欢就是那样的，持续很多年，年年都一样。

就像他喜欢吃草莓，喜欢一切草莓口味的食物，看起来再奇怪的形态也会愿意尝一尝，一顿吃很多也不会腻了下次再不想吃。

反正陈长风是这样的，他喜欢什么，就会一直喜欢，很长情。

所以他理解不了程诺的话，或者说，他理解的就是程诺不够喜欢他。

但是也没关系，起码她承认她是喜欢他的，这么多年不是他一厢情愿，那他就有动力继续喜欢下去。

反正她既然能喜欢他一次，就可能再喜欢他两次、三次、很多次。

程诺回沪市的日子和陈长风爸妈回家的时间在同一天，陈家一下子热闹非凡，好像连地暖都是冷了这么久的时间才想起来要表现一下，屋里的温度飙升到夏季来临一般，陈长风在家都要穿短袖。

因为这火热的气氛，倒让刚见面的两个人少了几分尴尬。

程诺把新找来的树枝送到他房间，也不是她随身带着的，只是昨天让她爸邮寄到陈家了。

陈长风从装挂轴的纸壳筒里倒出来新的小棍，很开心地握着棍子在身前身后转了几个圈，耍帅成功。

他跟她道谢："谢啦！也谢谢你送的鞋子，我很喜欢，有心了。"

程诺扬起下巴："不用谢。明年我过生日的时候你也用点心，可别再送金条了。"

她的生日在夏季，小时候他还会送各种女孩子喜欢的小礼物，后来他出国了不知道学了哪里的习俗，给她的生日礼物变成了金条，有时候大点有时候小点，虽然也是有图案的纪念款可以收藏用，但大部分样式很简单，程诺总觉得收到金条当礼物怪怪的。

陈长风安静了一会儿，这次没耍贫，很认真地告诉她："我上学的时候自己炒了点股，一年赚的钱就都兑成金条给你了。"

这是他从来没对她说过的，所以程诺也不知道那居然是用他自己赚的钱买的，而且还是所有的钱。

她嘴巴微微张开，找了一会儿自己的声音，想缓和一下气氛，开玩笑说："那看来你挣得也不多啊，好好学习了没，别把陈叔叔的公司给干倒闭啊。"

陈长风握着棍子的一边，低着头敲打着他的电竞椅扶手："有一些工本费和品牌溢价，我怕直接换银行的金条你嫌丑。"

程诺："现在的也丑，你还不如买普通的当投资用呢。"

她说完，又觉得自己好像直接问他要钱一样，解释说："我是说，你自己把钱攒起来吧，我的生日，你随便送点小东西就可以了。"

陈长风依旧在敲扶手，"哒哒哒"的，像在敲木鱼，功德却没见涨："刚才不还嫌我赚得不多金条不够大吗，现在又要小东西了，你到底是想要小一点还是大一点，好矛盾的女人。"

程诺没怎么认真听，她还在被他把赚的钱都给了她的消息震撼，有些走神，只听到他好像在骂自己不讲理，走过去在他脑袋上拍了一巴掌："闭嘴！"

陈长风哑然。

程诺打完他就收回手，背到身后，又拒绝了他一次："你赚的钱，你留着用，我不要。"

送礼没有强迫着对方收下的道理，她一直这么说，他只好点头："好，以后送你别的。"

程诺回来只在陈家住了一晚，又去住酒店了。巡演还有最后几场，沪市首演的那场，程诺留了贵宾席的票，李柚柚带着三个儿子都去捧场了，陈世羽有应酬没去。

陈长风去了才发现，后排还坐着个梁云昇，虽然他戴了口罩和帽子，但依旧被陈长风认出来了。

他盯得太久，被梁云昇感觉到了，以为他是自己的粉丝，对着他温和地点了点头。

陈长风觉得梁云昇可真能装，抱着手臂坐正身子，白眼翻上天去。

陈奕安感觉到大哥的不对劲，头凑过去问他："哥，怎么了？"

陈长风只说了个名字："梁云昇。"

陈奕安秒懂，不过他忍住好奇没回头看，还要提醒大哥别在程诺的场子上惹事："别动手哈，浪花姐会生气的。"

陈长风不屑地"喊"了一声："我生什么气，这又不是我开的剧场，我还能不让别人来看戏吗？程诺爱找谁来看她就找谁来看，请猪八戒来我都不拦着。"

陈奕安觉得他哥这个醋冒得快把剧场给淹了，他拉弟弟来给大哥开心："如果你实在不爽，就放皓皓去咬他。"

李皓行配合地龇出他的两排小白牙，"嗷呜"一声表现凶狠。

陈长风很满意，拍拍李皓行的小脑瓜："够义气！"

场内灯光暗下来，演出就要开始了。

陈长风在暗处再次观察了梁云昇一会儿，他很认真地在看演出，也不怕被周围的观众偷拍。

他想干吗呢？

一个潜在的程诺追求者，还是个优秀的追求者，让陈长风觉得有些忐忑不安。

这次表演结束，陈家的人都去了后台接程诺，而梁云昇提前了几分钟离场，避免了人群拥挤。

陈长风坐在出口的车上等着接人的时候，有点得意，好像程诺和他们才是一家人，那个外来入侵者终归没法子融入。

回家的车程，程诺和李柚柚坐了一辆，两人随便闲聊着巡演中的趣事。

李柚柚是不想管儿子的感情问题的，可到底也不忍心看他难过，便看着程诺的脸色随便聊了几句。

她跟程诺说："长风小时候其实很懂事，那时候奕安身体不好，我经常带着他去看病，还要去国外做手术。长风怕我难过，总是想着法子逗我笑，对奕安也特别照顾，从来不欺负弟弟。"

程诺不太记得很小时候发生的事了，但她隐约有个印象，小时候的陈长风很乖，像个跟屁虫，跟在她身后"姐姐姐姐"地叫，长得也挺可爱，一点都不熊。

李柚柚回忆着陈长风的叛逆期始于程诺来到他们家："那时候我刚生了皓皓，他可能想引起我们的注意吧，总是在学校惹点乱子，让他爸去收拾烂摊子。确实挺幼稚的，他表达喜欢的方式也一样，不会直接说也不会直接要，好像有什么包袱似的，但其实，他也在等你问他，只要你注意到了，主动问了，他从来不会骗人。"

这倒确实是的，虽然他满嘴跑火车惹她生气，但程诺知道他不骗人，只是她不习惯去问他。

她拿了他四年金条，虽然觉得奇怪，但是从来也没问问为什么送她这个。

他可能,一直在等她问吧,她问了,他就可以骄傲地嘚瑟一下自己。

车子到了陈家,程诺下车的时候发现陈长风在门口等着,那两个弟弟已经回去了。

李柚柚夸张地捂着嘴:"哎哟,我儿子不会是在等着送我花吧?"

陈长风别扭地把那束香槟玫瑰放到了身后藏起来,意思不言而喻。

李柚柚皱皱鼻子,先一步往楼梯上走:"今天飞到我家的喜鹊尾巴可真长。"

小喜鹊尾巴长,娶了媳妇忘了娘。

程诺在后面跟过来,气氛不至于尴尬,可是被长辈打趣还是有些不好意思的。

她路过陈长风,他沉默地倚着楼梯栏杆看着她。

程诺走过去两步,又不忍心地倒回来,明知故问:"哪儿来的花啊?"

陈长风把背在后面的手拿到身前:"皓皓在门口捡的。"

程诺扭头就走。

陈长风一把拉住她的胳膊,把花塞她怀里:"祝贺你演出顺利。"

程诺抱着花,踏进陈家,看见从饭厅端着点心盒子跑出来的李皓行,大声说了句:"谢谢皓皓送的花!"

李皓行看看她身后跟着的陈长风,对着程诺比了个爱心:"不用谢!浪花姐今晚真美!"

陈长风对弟弟飞了个眼刀,臭小子油嘴滑舌!

已经不早了,众人各自回房洗漱。

陈长风像条小尾巴似的,跟在程诺身后,一步一步地上楼。

走到她房间门口,他看起来还没打算离开。

程诺便看着他:"有事找我?"

陈长风点点头。

程诺推开门,打开屋里的灯,回头一看他还站在门外。她把花束放在桌子上,对他喊:"进来呗。"

陈长风得了许可才进去,轻轻关上房门,问得也直接:"你跟梁云

133

昇好了?"

程诺不回答,反而问:"怎么了?"

陈长风:"你说怎么了?"

程诺笑了:"什么我说怎么了,好不好的,那也是我自己的事。"

陈长风扭头看向送她的花:"不对,那也是我的事。"

程诺看他这别扭的样儿,心里有个角落一软。没办法,她就是对他说再多狠话,也没办法真的对他的情绪无动于衷。

她有时候喜欢他,有时候讨厌他,喜欢他的时候讨厌自己,讨厌他的时候又多半是因为喜欢他。

她记得电影里有句台词:

"当你试图不去想大象的时候,你首先想到的就是大象。"

当她想放下陈长风的时候,她要先想到陈长风。

柚柚姨说,陈长风不会撒谎,你问他,他就会告诉你。

程诺就问他:"这怎么会是你的事呢?"

陈长风嘴硬:"你别管,你先说,你跟梁云昇好了吗?"

程诺云淡风轻地一句:"没有。"看陈长风松了口气,又觉得不忿,补了句,"不过快了。"

这四个字杀伤力极大,程诺看见陈长风把送她的一朵玫瑰花头给掐下来了。

程诺心里闪过一丝快意。她觉得自己好像挺坏的,自己不好过,就要也看陈长风难受,他难受了,她就舒坦了。

即使她自己都还没理清楚心里到底怎么想的,可每当陈长风这样贴上来的时候,她也会忍不住去逗逗他。

别问之前说好的断了重新开始的话是什么意思,她的心思,一天变个八百次,不是很正常吗?

他惹她生气,她就狠狠把他推开。可他想讨她喜欢了,她就也是挺喜欢的。

程诺又问他:"你还没说呢,这怎么是你的事了?"

陈长风觉得这可能就是她说的"关键帧",可他居然在这种时候卡壳了,不知道应该怎么说。

好在程诺替他回答了。

她走到他身边,倚着桌边站着,仰头看他,手里把玩着那枝可怜的没了花头的玫瑰:"哦,我知道了,如果我跟他好了,你就不喜欢我了,是不是?"

陈长风的耳朵点了火似的,一下子就红透了。

"不是。"他把那没了"头"的花枝抽出来,拇指按刮着削了刺的花茎,"我就生气。"

说完,他又怕她没听懂,重复了一遍:"你跟他好了我就生气,不是不喜欢你了。"

生气,但是也喜欢你。

第六章
/榆木脑袋开窍了/

陈长风是从程诺房间里逃走的，他回到自己屋里觉得嗓子干，拧开瓶装水"咕咚咕咚"喝了几大口，把身上的针织衫脱下来，觉得这地暖太过燥热了。

仔细想想，程诺好像也没说什么，只是戳破了他喜欢她的事实而已，而这个事实他们之前便已经说出口过，不过那一次的气氛不好，这一次……这一次他们好像一开始也挺剑拔弩张的？

怎么忽然就变暧昧了。

而且她最后也没说清楚她跟梁云昇是什么情况，什么叫"快好了"？

陈长风脑袋上有许许多多小问号在飘，他考虑要不要去烫个泰迪卷，这样这些问号就被焊在头发上了。

无聊的冷笑话逗笑了自己，他也不知道为什么，就是，挺开心的。

可能因为程诺"撩"了他一下吧。

接下来的几天，程诺的演出陈长风场场都去看了。

票是他自己买的，他没有再见到梁云昇，网上搜梁云昇的消息也只看到了有娱乐新闻发那天他来看程诺的舞剧，但实在跟花边绯闻扯不上关系，毕竟连他俩的同框照片都没拍到。

程诺不回陈家住，陈长风也只是每次等散场了给她发张照片说自己走了。

照片里的内容不尽相同，有时候是一只玩偶熊拿着朵玫瑰，有时候是剧院外面的信箱口插一束玫瑰，还有时候是他坐在车上，手里端着朵用纸巾叠的纸玫瑰。

如果不是程诺认识了他这么多年，她真要怀疑这是什么风流阔少在追她。

他好像突然就开窍了，最近都没说让人生气的话。

人哪有不虚荣的呢，被人这么哄着的感觉，确实很不错。程诺觉得自己有点沦陷在他的玫瑰炮弹里，心里面美滋滋的。

最后一场演出结束，她从后台走出来，去坐陈长风已经等了很久的车。

他在后排靠右门的位置时不时往窗外看，看到她跑过来了，从车里把门推开，自己让出位置给她坐。

车里温暖，程诺带着一身凉气上了车，抽了抽鼻子，喟叹一声。

司机问过陈长风的指示，开车往回走。

程诺一歪头，对着陈长风伸手。

陈长风看看她，也伸出手，在她手上拍了一巴掌："干吗？"

程诺问："我的花呢？"

陈长风如果有尾巴的话，这会儿大概要翘上天了。

他从杯架里拿起保温杯，递给她："这么冷的天，卖花的老婆婆都回家了，哪有花？"

程诺不太信他的话，但又觉得他没溜儿惯了，想一出是一出的，心血来潮送了她几天花可能腻歪了，就不送了。

她心里不舒服了一下，但还是接过保温杯，拧开盖子喝了两口，温度刚刚好，不烫嘴又暖身子。

程诺又觉得陈长风还是挺好的，细节照顾得挺到位。她甚至觉得这小子是不是在搞什么欲擒故纵的推拉游戏，故意吊着她。

看程诺把保温杯盖好放回杯架上，陈长风问了句："好喝吗？"

程诺声音上挑，"嗯？"地疑问了一句。刚才有点冷，她没注意味道，就觉得热乎乎的。

陈长风拿过保温杯在手里，很快地拧开盖子喝了一口。

共用一个杯子这种事倒不在程诺的越界范围里，因为他们经常共用。

可是陈长风吸了一大口茶水，吸上来一朵花，噙在嘴上，嘟着嘴含糊不清地说："看，小发发（花花）。"

137

车窗外零星的灯光照进来,程诺艰难地辨别了一下,哦,这还是玫瑰花茶呢。

她笑了,没说话,看他的乐子。

陈长风忽然觉得有点羞耻,张嘴把那朵花咬进嘴里,嚼着吃了。

程诺好奇地问:"好吃吗?"

陈长风摇头:"不好吃。"

后来,陈长风回了家躺床上睡觉,睡到一半,幡然醒悟他当时是不是应该直接让她尝尝味道,在她问那个花好不好吃的时候。

他是说,可以从杯子里再捞一朵让她尝尝,万一她觉得好吃呢!

程诺结束了巡演想给自己放个假,也顺便看看房子,上次和爸妈见面的时候,他们商量着在中心区域买套房子,方便她住。

"毕竟不是小孩子了,总住在陈家也不方便。"程爸怕女儿"寄人篱下"受委屈。

程诺没有异议。这也是自从她上了大学以后回陈家来住得最久的一次,所以当她发现陈家一直保留着她的房间时,还有点感动。

虽然在陈家程诺住得挺自在的,但考虑到她爸的爱女之心,她还是开始看房子了。

她觉得这种事找陈长风商量准没错,毕竟他现在正在接手他爷爷的地产集团,找他买房说不定还能占个好位置打个折。

结果陈长风听她说起这个话题来,第一反应是:"你要搬出去?为什么?不想看到我吗?"

程诺:"当然不是,可这里也不是我的家,我不可能一直住在这里。"

陈长风:"有谁说你了?"

程诺:"没谁说,我就是觉得不太方便。"

陈长风:"我知道了,你爸说了。"

程诺不说话,陈长风当她默认。

这种情况陈长风就无计可施了,就像小时候他想留程诺在他家过暑假,不然就趴在门口哭,程叔叔都不跟他废话的,拎着他一个胳膊把人提起来让出通道。

陈奕安在旁边着急大叫，怕程叔叔把他哥的胳膊拽脱臼，程叔叔就特别冷酷地说一句："没事，我会按回去。"

谁敢惹"特种兵"叔叔啊。

不过陈长风也有自己的话术，他说有个在建的楼盘特别好，顺风顺水顺财神，公司自留房他给她一套，只是还得一年多才交房。

程诺点点头："我爸说期房也可以考虑，那样就先租一段时间公寓或者住酒店也行。"

说来说去，还是要搬出去。

陈长风有些沮丧，本着能拖一天是一天的原则，他答应陪她去看看楼盘，多看几家，别急着定下来，也别急着搬出去。

程诺懂他的意思。她现在看陈长风挺顺眼的，如果他一直表现良好的话，她也不是不能把他拉出"不适合恋爱对象"的黑名单。

罗可妮过生日，赵宗岐邀请陈长风他们去家里玩。

派对是赵宗岐策划的，从装饰到乐队演出都做得很用心，看起来小夫妻感情不错。

程诺没那么不开眼，在人家生日这天要去问问主角是不是面上甜心里苦，当然，如果罗可妮想倾诉的话，程诺也愿意听。

院子里架着烧烤炉在烤肉。等待的过程中，坐在这边的几个人玩起"我有你没有"的游戏，如果一方说了一个自己有的，其他人如果没有，就要弯下手指。

这种社交游戏就是要跟熟人玩，比真心话还要大冒险。

陈长风先来："我喜欢的人比我大，年龄。"

程诺没想到他上来就说这个，心突突跳，目不斜视地看着烧烤炉，不想被其他人用探寻或揶揄的目光打趣。

陈长风以为自己说的是必杀，结果在场的没有一个把指头弯下来。

赵宗岐比罗可妮小，今天不管他喜欢的人是谁，都得给妻子做足面子。还有几个女生朋友谈的都是比自己大的男朋友。

陈长风的视线扫过陈奕安——嗯？他有喜欢的人了？还比他大？

这让陈长风不由得看向程诺，心想自己是不是对弟弟关心不够，没看出来他还有这点小心思。

程诺看陈长风一直盯着自己看,声音不自觉大了一些:"看我干吗?"

陈长风看她手指不弯下来,不高兴地说:"玩游戏要诚实!"

程诺气势上不输,回怼他:"你不是知道吗,我喜欢的人比我大。"

陈长风去炉架前翻烤肉串,吐槽:"那是大吗?都老了。"他说着,还嫌弃地把一串牛肉扔进垃圾筒里,"我说这肉哈。"

陈奕安坐到程诺旁边,挡开这两人的视线,给程诺递了瓶柠檬饮料:"浪花姐,你尝尝这个兰香子,挺好喝的。"

程诺对着陈奕安嘟了嘟嘴,用口型无声跟他说:"你哥真烦。"

陈奕安对她微笑,没搭腔。

轮到另一个女生,她说:"我喜欢的人不可能和我在一起。"

程诺有点无语,就不能玩点别的吗?怎么全是情情爱爱的,她心里连具体喜欢谁都没确定呢,什么可不可能的。

她摇摆着,依旧没动作。

陈长风看她,也没动,心想怎么不可能,他觉得很有可能,必须可能。

因为程诺就坐在陈奕安旁边,陈长风顺便也就注意到了弟弟也没弯指头。什么意思呢?就是说陈奕安喜欢一个比他大的女人,而且这个人还不可能和他在一起。

陈长风在程诺和陈奕安之间看来看去,想着今晚得跟弟弟谈谈心了。

轮到赵宗岐,这家伙无耻地说:"我有可以接吻的人。"

陈奕安乖乖崽弯下来一根手指。

陈长风红着耳朵没动弹,眼睛控制着不往程诺的方向瞟。

没忍住,还是看了眼。

骗子!她怎么弯了指头!她果然玩游戏不诚实!

大家起着哄跟这些人里年纪最小的那个男生开玩笑,问他什么时候交的女朋友。罗可妮循着笑声过来,坐在赵宗岐后面的沙发背上,招呼大家进屋吃饭。

陈奕安看了眼赵宗岐握着罗可妮的手,跟罗可妮对视的时候笑笑,扭头问程诺要不要去吃烤鸭。

程诺点头,她早就不想玩这个无聊的游戏了。

陈奕安又对长风说:"大哥,你烤好了也赶紧来吃饭吧。"

这让本来打算直接跟着他们进屋的陈长风只好"负责任"地又留下来烤串了。

不是,他什么时候成赵家的厨子了?

陈长风透过玻璃门看到程诺跟陈奕安说说笑笑地在餐桌前吃东西,自己却只能吸着炭灰加西北风,要气死谁啊。

他单手掏出手机给程诺发消息:撒谎精。

程诺:哪句?

陈长风:接吻。

程诺:他又没说接吻经历,我现在就是没有可以接吻的人啊。

陈长风又去看她,虽然玻璃门挡住了声音,但他能看见她面色如常,手机放在桌子下面偶尔看一眼回他消息。

陈长风不知道她怎么能这么镇定地在人群里跟他发消息讨论这种事情。

他回她:那我也没有。

程诺:你爱有没有。

陈长风:我爱有,但没有。

程诺:报警了。

赵宗岐推开屋里的门喊陈长风进去吃饭:"我让阿姨来烤。你快来吧,瞧你脸都烤红了。"

陈长风把手机揣进兜里,正色地点点头:"这个烟是挺辣人的。"

从赵宗岐家回去以后,陈长风找弟弟谈心了。

就在琴房。

陈奕安练琴没五分钟,陈长风跟了过来,坐在他身后的单人沙发上,看手机。

陈奕安回头看看他,中断练琴:"哥,有事吗?"

陈长风:"没事,你练你的,我坐这儿玩会儿消消乐。"

陈奕安便继续练琴,把他今天出去玩的时间补回来。

141

陈长风歪着身子，姿势慵懒地玩游戏，虽然没怎么仔细听，也听得出来陈奕安心不在焉，弹错了好多音。

陈长风的脚有节奏地在地毯上敲打。

陈奕安在这细微的声音里回神，完完整整地练完了今天的一小时。

最后一个音符落下，陈奕安吐了口气，把琴盖合上，站起来转过身，背倚着琴身，问陈长风："怎么了啊？"

陈长风依旧坐着，抬头看他："是我要问你怎么了，弹的什么玩意儿？"

被大哥这么当面骂，陈奕安羞愧了一瞬间，没吱声。

陈长风清了清嗓子，一副大家长的架势，切入正题："怎么呢，想你那个爱而不得的心上人呢？"

陈奕安没想到大哥是来说这个的，脸上的羞愧被错愕取代，红了又白，白里透红。

他也只是纳罕了一下，立马就明白了陈长风的意思。

还没说话，陈奕安余光瞥到一个人影从楼梯那里上来却停在了楼梯口。是陈长风背对的方向，他看不到。

陈奕安要解释的话咽了下去，垂下眼帘，遮住自己的情绪："你知道了还问。"

陈长风心里被"果然如此"和"如何是好"两种情绪拉扯着，最后皱着眉问出来："什么时候的事啊？"

陈奕安："最近吧，没多久。"

陈长风："你怎么突然有这种念头啊？"

陈奕安："是挺挣扎。"

陈长风："那还是别挣扎了，好好做人吧。"

陈奕安直视着他哥的眼睛："哥，从小你就让着我，不管我想要什么，你都会满足我。如果妈做了好吃的布丁，我喜欢吃，你就会说你不喜欢，把你的给我。我考试没考好，你就缺考一门，让爸把火力集中在你身上。我一直把你当作最……"

"不可能。"陈奕安还没说完，陈长风就打断了他，"不可能，别的都好说，浪花不行，这不是让不让的问题。你既然自己也知道你不应该喜欢她，就赶紧放下屠刀，佛还能来度一度你。"

陈长风说着说着情绪有些激动了，站起来往前走了一步。

他比陈奕安高一点，身形更健硕，这样站到陈奕安面前很有压迫感。但他当然不会对弟弟动手。

相反，他有些歉疚："浪花确实很好，你跟她朝夕相处喜欢她也正常，但是不可以，你不可以和我抢老婆。"

"浪花姐，你什么时候成他老婆了？"陈奕安演不下去了，扭头对着门口的人问道。

陈长风这才看见程诺不知道什么时候出现在门口，手里端着个餐盘。

想到她可能听见了自己刚才的话，陈长风忽然不好意思起来，想做点什么掩饰尴尬。

他走到门口，从她手里的盘子上端起汤盅就要喝，被程诺喊停："给奕安的汤，你又没练琴，抢什么。"

"哦。"陈长风把汤盅递给陈奕安。

陈奕安喝了一口，尝出来是助眠补气的猪心汤，故意说："好像是虾仁猪心汤。"

程诺："没虾仁。"

陈奕安："哦，那就是猪心了。"

陈长风："……你俩把舌头捋直了说话。"

陈奕安笑，放下汤勺，直接端着汤盅喝了几大口，然后放回盘子上跟程诺道谢。

程诺端着餐盘又走了。

陈长风盯着程诺的背影离开琴房，眼珠子黏她身上一样。

陈奕安的声音拉回了他的神思："哥，你不用让我。"

陈长风还在看程诺的身影："你小子，还想跟我公平竞争怎么着？"

陈奕安觉得这样犯傻的哥哥挺可爱的，但也没忍心再逗他："我不和你争，我喜欢的人不是浪花姐。"

陈长风这才正眼看陈奕安，还觉得他在敷衍自己："那你喜欢的谁？比你大，还跟你没可能，你这么优秀，喜欢谁不可能……吼！不会吧！"

陈长风说着说着忽然顿悟的样子，随即不可置信地看着他："不会

143

是赵宗岐他老婆吧?"

陈奕安苦笑。

陈长风跟出去追程诺的时候,她已经把餐盘放进厨房了,陈长风没有表现的余地,只能背着手走在她身后,跟随她上楼。

楼下的灯光向上照,陈长风的影子就在程诺的脚底。

她低头看看,踩在他影子的脑袋上,故意重重踩脚。

陈长风发现了,左右躲着,程诺就左右追着踩。

转了个弯,灯光从上往下打,变成了程诺的影子落在身后。

程诺回头。

陈长风往下退了两层台阶,然后大仇得报一样原地蹦迪,也去踩她影子的脑袋。

程诺不知道说什么了。

眼看着程诺无语地快步走了,陈长风连忙跑着跟上去,在她推门进屋的时刻用胳膊别住门缝,没让她关上。

程诺抵着门,不想让他进去,他厚着脸皮求饶:"我跟你说个秘密,你松开。"

他的话成功吸引了程诺的好奇,她松开了扶手,放他进门。

陈长风关门之前还探头出去左右看了看,确定周围没有人。

"鬼鬼祟祟干什么?"程诺抱着手臂,站在他背后,没给他坐下闲聊的空间,"有什么秘密快说,说完赶紧走,我要睡觉。"

她给的空间实在不多,陈长风转过身来也只能贴着门板站,还怕声音传出去,刻意压低了问她:"你知道陈奕安喜欢谁吗?"

程诺:"谁?可妮姐?"

陈长风倒吸一口凉皮,不是,凉气,震惊地瞪大眼睛:"你怎么知道的!"

他刚才听弟弟说的时候还觉得不可思议,怎么程诺早就知道了。

程诺也只是随便猜的:"女人的第六感。上次去温泉山庄就觉得他看可妮姐的眼神挺温柔的。"

陈长风有点佩服程诺了,他语气深沉:"我们得想想办法。"

程诺纳闷:"想什么办法?给赵宗岐织顶绿帽子?"

陈长风表情惶恐:"什么啊!我是说想办法把奕安带回正道,比如,给他介绍点女孩子认识?"

程诺:"你会不会管太多了?人家想喜欢谁你都要插一脚,你是八爪鱼啊?"

陈长风:"长兄如父,我得帮他!"

程诺:"你还真是愿意给人当爹,难怪我喜欢谁你也非要管,你也等着我喊你爸爸是吧?"

陈长风忽然噤了声,倚着门站的一条腿屈起来,脚尖踩地上碾烟头一样,憋出来一句:"那不一样,你知道的。"

他这小媳妇的忸怩做派,搞得程诺刚才还要继续骂他多管闲事的腹稿给打乱了。

他态度好的时候,程诺也是能好好跟他沟通的。她劝了他一句:"奕安是成年人了,他有自己的是非判断,我不觉得我们有权利对别人的感情指手画脚。"

陈长风点点头:"你说得对。"

程诺:"嗯,你再想想,回去睡吧。"

陈长风却没走,他还有别的事要问:"你还喜欢梁云昇啊?"

一说到他们俩的事,程诺也有些不自然,她没承认也没否认。

可这样的沉默还是叫陈长风着了急:"你怎么还喜欢他啊,你都不怕他克你吗?"

程诺摇头:"真说克我的话,我爸还总觉得你跟我不合呢,'长风破浪',多不吉利。"

提到她爸,陈长风就不敢造次了。

但他也不能背个"克妻"的罪名:"那,那怎么能是破呢,那是长风拂浪,吹浪,吻……"

他没说完,被程诺顺手抓起的一个玩偶砸脸上。

程诺气恼地让他"闭嘴",不许他再提那天的事了:"说好一笔勾销了。"

什么时候说好的,他怎么不记得。

145

陈长风被程诺拿乱七八糟的东西砸过来，抱着头躲避，却没走，直到看见她连香薰炉都拿手里了，赶紧喊一声："刀下留人！"

然后他趁她冷静的那几秒钟，提了个建议："浪花，咱们打个赌吧。"

程诺没答应，听他说。

陈长风："就赌梁云昇一个月内不会来找你，你输了的话，就不要跟他好。"

程诺听这话说的，怎么很像要把梁云昇绑票了似的。她表情警惕："你要干吗？"

陈长风自然知道她的担心："放心，我是守法好公民，违法乱纪的事我不会干的。"

程诺："我赢了呢？"

陈长风："你赢了就跟我好。"

等等，等等，有点乱。

程诺理顺了一下他的话，气笑了："你耍我呢？"

陈长风也跟着嘿嘿笑："你赢了，随便你想干吗呗。"

程诺并不想接他无聊的赌约，不过她很仁慈地给他透露了一个消息："本来我是跟他约了下个月去北海道玩的。"

陈长风："好，那我就让他取消这次约会。"

程诺依旧没答应什么赌不赌的，但有点好奇了，她想知道陈长风要干吗。

地上散落着刚才她拿来扔他的"武器"，陈长风弯腰捡起来，两只手搂满怀，帮她一一放回原位。

程诺看着他做这些事，心里酸软，这感觉很难形容，莫名带点委屈。

她开口说道："陈长风，就算你喜欢我，也不代表我就要喜欢你，你知道吧？"

陈长风拿着玩偶的手顿了顿，一个投篮动作把这个玩偶扔到了床上枕头边："嗯。"

程诺不喜欢他这样淡定，但也没想要他热情地来示爱。她也不知道自己想怎样，别扭又傲娇，越被偏爱越有恃无恐。

程诺说："我已经不喜欢你了。"

她怕陈长风伤心，又怕陈长风无动于衷。

陈长风已经把她的东西归位好，要走了，出门前挠挠下巴，问她："你刚才说什么来着？"

程诺以为他在装没听见。

陈长风又说："织顶绿帽子给赵宗岐是吧？也不是不行，有时候无计可施了，就要借助一下玄学的力量。"

程诺：……这反射弧是从脚底过了一圈吧？

陈长风出去了，留程诺原地无语发呆。

没一分钟，他又重新开门，露出脸来，终于不是无动于衷的表情，愤愤地说："我说你鼻子怎么变高了，还以为你垫山根了，哼，撒谎精！"

陈长风说要让梁云昇一个月不找程诺的方式很简单，也很合法。

热心市民陈先生请税务人员去查梁云昇的账了，并主动提供了梁云昇相关的几个工作室信息。

早些年园区招商引资的时候有政策扶持，核定征收方式税率极低，现在改查账征收了，娱乐圈的工作室没几个扛得住查的，一查一个不吱声。

陈长风给梁云昇扔了个炸弹过去，对方果然应接不暇，又是临近年底，到处填窟窿焦头烂额。

陈长风其实公事也很忙，正是因为忙，才怕一不小心程诺就跟别人跑了，得给情敌找点麻烦避免被"偷家"。

程诺不是个黏人的性格，不是一定要有人陪着才行。没事的时候她还挺喜欢自己看书的，有时在家里，陈奕安练琴，她就去琴房的飘窗上坐着看书晒太阳。

陈长风有次出去开会回家回得早，看到这一幕金童玉女的闲适姿态，郁闷得要命，甚至开始考虑他爸的建议——拿着家里的钱坐吃山空，可能比他自己拼死拼活地为公司赚钱更有利于公司发展。

可他也只是恍惚了一下，回房间换了衣服以后又重新打起精神。

距离那个赌约下定已经一周了，陈长风问程诺："梁云昇没找过你吧？"

程诺看着他得意的小表情，就想踹他："不是说一个月嘛，还早呢。"

陈长风胜券在握的样子，都不避讳在弹琴的陈奕安，坐到程诺旁边的窗沿，盯着她的眼睛问："要不要加注？"

程诺扫了一眼陈奕安的方向，有点不太自然："有事出去说，别打扰奕安练琴。"

"好。"陈长风跟着程诺走出去，路过陈奕安背后的时候拍了他脑袋一巴掌，"专心练琴！"

陈奕安郁闷极了，到底是谁在打扰他的专心！

他们只是走出琴房，站在走廊里扶着栏杆，看着楼下客厅的方向继续聊。

程诺虽然在陈家住得很有归属感，跟陈家兄弟们也都混成亲人一般，可她还是尽量避免单独跟谁锁在房间里，尤其是跟陈长风，怕陈家爸妈看见了有想法。

之前跟陈奕安在琴房待着不一样，琴房是开着门的，算公共空间。

这个位置站着说话不怕被人听到，也算光明正大地给人看，没那么多暧昧情愫。

或许越是心里不那么坦荡的时候，越想坦荡地让所有人看着。

其实他们说的话全都是情爱有关。

程诺问陈长风要加什么注。

陈长风要她说喜欢他。

程诺瞪他。

陈长风妥协："好吧，那你就说你对我有一点心动。"

程诺："这算什么赌注？我就算说了，也不是真心的。"

陈长风："真心不真心，要说了才算，我就想听这个，就算你骗我我也想听。"

程诺觉得他在耍无赖，提的要求莫名其妙的。

她又问："既然是加注，如果我赢了，你要受什么惩罚？"

陈长风："你定，听你的。"

程诺对这个赌约有点感兴趣了，她笑得狡黠："你输了，下次同学聚会的时候学狗叫怎么样？"

陈长风："……不行，我只能对你学狗叫。"

程诺："你为什么说得这么奇怪？"

陈长风："谁还不知道我是你'舔狗'啊？"

程诺："我劝你别太离谱。"

陈长风："不听劝怎么的？"

程诺一拳捣他肚子上："不听劝就要挨揍。"

陈长风浮夸地喊了声"好汉饶命"，捂着肚子躲到一边："真应该把你的恶贯满盈录下来，让那些夸你是什么牡丹花、凌霄花、解语花的粉丝看看，你明明就是霸王花、食人花！看谁还喜欢你！"

程诺挥舞着拳头作势还要揍他："谁稀罕被喜欢了，你也别喜欢我，滚一边去！"

陈长风后退着，幼稚地对她做鬼脸："我就喜欢，就喜欢，你管不着，略略略。"

程诺低声骂了句"有病"，没见谁把"喜欢"表白得这么气人的。

她不理他，他觉得无趣了，又自己凑回来，继续聊之前的赌约："行，我答应你，输了我就学狗叫。"

程诺迅速变脸，拿出手机给他看："你输了，他昨晚才来找过我。"

"什么？"陈长风不相信梁云昇还有心思谈情说爱，认真地看了最近几条消息，还真是，他俩昨晚通话了半个小时。

陈长风："他找你干吗？"

程诺："好像找我帮忙，没听明白，具体的我让他跟我经纪人谈了。"

陈长风说："你答应了？你别瞎答应，我跟你说什么来着，他果然克你！这种时候拉你下水！"

程诺："我经纪人心里有数。"

陈长风："有个屁数！不行，我不放心，你把那个什么乔安娜是吧，把她电话给我，我和她聊。"

程诺把手机藏在背后，不给他碰到："我的事不要你管。"

陈长风忽然变得严肃，脸色阴沉："没跟你开玩笑，你不要惹火上身，梁云昇找你多半是要让你帮他签点假合同跑点项目账，坐牢不至于，但是你也要被牵连。"

149

程诺大概听懂了，她先声明："他没找我，我骗你的。"

她把刚才的聊天记录页面打开，戳了头像给他看详情，那是罗可妮，她故意改了个"梁云昇"的备注给他看。

说完这个，她才皱眉问陈长风："你是给他做了什么局？让人去查他的账？他犯法了吗？"

陈长风耸肩："你可别冤枉我，我费那个劲干吗。他犯不犯法我不知道，他就算犯法也跟我没关系。"

程诺沉默了一会儿，不管她还喜不喜欢梁云昇，都不想因为自己的感情给人家带去麻烦。

她跟陈长风说："好了，到此为止吧。这个赌很无聊，你不要再去为难他。"

陈长风心里有点不舒服："我没为难他，你不用这么护着他，他如果行得端坐得正，也不会有什么事。"

程诺恼了："我这是护着他吗？你现在也在陈氏做事，招惹人之前先过过脑子，多一事不如少一事，别给你爸公司惹乱子！"

陈长风听懂了，她是说怕他被人报复？

他龇牙："哦，你是护着我的。"

程诺露出嫌弃的表情："你脸真大。"

陈长风："好，那不赌了，你说你对我有一点心动。"

程诺的手指捏着裤缝绞来绞去，心想如果这时候给他一拳会不会显得太过激。

琴房里的琴声停下了。

程诺扭头往琴房走，走了两步还是想骂他一句，她猛地回头，他没收住脚，被她一头撞进怀里。

陈长风没趁机占便宜，扶了她胳膊一把，低头问她有没有事。

就看见程诺一言不发地红着脸又扭头走了。

圣诞节，李皓行就读的国际学校放假，并举办了游轮派对邀请学生和家长一起参加。

李皓行对过节没什么感觉，对去游轮上吃垃圾食品玩游戏很感兴趣，他早早就在家里跟所有家庭成员预约了时间，让他们和他一起去玩。

家里人也都宠着他，尽管是工作日，陈世羽和陈长风也都没加班，一起乘车去了码头陪小弟过节。

游轮很大很稳，在船上的时候就像在陆地上一样，丝毫感受不到摇晃。

人员到齐，游轮开动。中心舞台上有艺术老师在领着做游戏，李皓行不屑参加那种小孩子的活动，跟在陈奕安身边，和家里人一起吃饭。

他人小鬼大，看到大哥去洗手间了，立马转着圈跟家里人说悄悄话，要玩整蛊游戏。

陈长风回来餐桌的时候，就听见李皓行问他妈："大哥怎么去了那么久还没回来啊，不会迷路了吧？"

陈长风："啥眼神啊？"

李柚柚看老公："不知道，是不是公司有事，去打电话了？"

陈长风："啊？妈，我在这儿呢。"

陈世羽："公司没事。可能他吃饱了，出去转转。"

陈长风："爸？"

陈奕安的憋笑水平一向不太高，他怕自己露馅，拉着已经吃完饭的李皓行站起来："那我们去找找大哥吧。"

陈长风看着自己两个弟弟走远，扭头问坐在自己旁边的程诺："他们在搞什么？"

程诺当听不见，依旧认真地分切着盘子里的烤鱼，耐心地挑鱼刺。

陈长风伸出自己的手看了看，又把那只大手在程诺面前晃了晃。

程诺面不改色，面无表情。

陈长风有点慌了，他站起来，茫然地看着周围的一切，欢声笑语好像都和他分隔开。

他仔细考虑了所有的变数后，选择重新去一次洗手间。

程诺等陈长风走远了，才忍不住笑起来。她也不好当着陈叔叔的面问他觉不觉得自己儿子是傻子，只是不想在桌边待着憋笑了，说去甲板透透风。

陈世羽也觉得大儿子好笑，摇摇头，看向夫人，却见刚才还嬉笑的夫人有些伤感,便问:"怎么了?不舒服吗?"

李柚柚喝了口香槟:"不好玩。一会儿长风回来,别逗他了。"

她只是忽然觉得这不是游戏,从有了身体不好的奕安开始,到更小的活泼可爱的皓皓出生,大儿子是不是就一直有这种感觉呢?

被忽略的感觉。

明明是拙劣的演戏,他却居然信以为真的样子。

陈长风从洗手间再次洗了手,抽纸巾擦干,把纸巾投篮扔进垃圾桶。走出来,正好看见程诺推门出去。

他跟过去。

门外面是露天的甲板,有泳池有乐队,还有彩灯。

几个小孩在追逐打闹,有一个路过陈长风身边时忽然扑倒在地,陈长风蹲下去要扶他起来,那个小朋友自己拍拍衣服站起来跑了。

因为太急着追同伴,就好像没看见陈长风一样。

程诺就在他们对面的棉花糖摊位前,她怕被陈长风看到她的笑,赶紧转身让服务员给她做一个棉花糖。

服务员做得很用心,虽然是小小一朵,但做成了五色的花朵模样。

程诺举着做好的棉花糖往灯光明亮的乐队方向走。

陈长风跟过来,在她旁边叫她的名字。

她没反应。

陈长风:"别闹了,不好玩。"

她依旧没听见似的。

陈长风凑过来看她的表情,她做好了心理准备,觉得他肯定是要对着她大喊一声。

可他没有,他吃了一口她的棉花糖。

那么大一口,她只要不瞎,就得喊声"见鬼了"。

程诺确实无法无视棉花糖的缺口,但她是一个有专业素养的演员,信念感极强地有节奏地把棉花糖举起来摇摆,跟着乐队一起唱起歌。

陈长风的脸上写满了怀疑人生。

甲板的门又被推开,是李皓行和陈奕安出来。刚才他们被妈妈叮嘱了，李皓行是来跟大哥道歉，不该捉弄他的。

离着老远，李皓行就看见陈长风了，他朝着大哥的方向快步走过去，大喊道："大……唔唔唔。"

他还没喊出来，就被陈奕安一把捂住了嘴巴。

下一秒，他的眼睛也被二哥捂上了。

小朋友没看见，远处的陈长风忽然低头，亲在程诺的脸颊上。

程诺被偷袭，举起手来就要给对面的人一巴掌，可她手里还拿着棉花糖，而陈长风又机敏地躲闪了一下，最终巴掌没落在他脸上，只是棉花糖粘了他的头发丝。

程诺羞恼地看着他："你故意的！"

陈长风一副吃惊的模样："你看得到我了吗？吓死我了，刚才我好像突然会隐身了！"

程诺："你少来！你装的！浑蛋！"

陈长风表情疑惑，只是很快撑不住，笑了出来："好吧，我装的，谁让你先装看不见我！"

程诺不替李皓行背锅："是你弟弟提出来的，我只是配合而已。"

说这话时，李皓行他们恰好也走过来了。

想坏主意最积极的人，道歉也道得麻利，李皓行跟陈奕安一起对着陈长风弯腰鞠躬："对不起，大哥。"

李皓行仰着头，抱住陈长风的大腿："我就是想逗你玩，没想到你认真了。大哥，你伤心了吗？对不起，抱抱，love you。"

陈长风嫌他肉麻："快放开我，love 你二哥去。"

被点名的陈奕安"啊"了一声，张开手臂："需要我也抱抱你吗？"

陈长风看向程诺，程诺没有鞠躬也没有道歉，她已经得到"惩罚"了，所以她扭头就走。

陈长风推开两个弟弟，跟上去。

真是的，该抱的不抱，该 love 的不 love，净添乱！

从游轮回到家已经很晚，陈长风"路过"程诺的房间，想跟进去，被程诺用力把门甩在他面前，没让他进。

陈长风摸摸鼻子，识趣地回了房间。

然后他躺在床上给她发消息：生气了？

程诺没回他。

陈长风：错了，我错了。怎么才能消气？

程诺依旧没回。

陈长风：懂了，我现在跑你屋里学狗叫好吧。

程诺回了：滚！

陈长风：用滚的也行，不过比跑得慢，你得等等我。

程诺给他发了一坨大便的表情。

陈长风没忍住回了一个炸弹表情。

"嘭！"便便炸了满屏。

程诺又不理他了。

陈长风有些忐忑，又有点好奇：你真那么讨厌我亲你吗？

程诺看到这句话的时候，回忆起晚上陈长风凑近她的场景，他当时其实说了一句："真不理我吗？那我亲你咯。"

只是他也没给她多少时间考虑，直接就在她脸上"吧唧"了一口。

比起嘴唇最终触碰到脸上的感觉，程诺觉得好像是看着他贴上来，知道他要亲自己的时候更加悸动。

讨厌吗？

应该不。

程诺从床上捞起一只玩偶，抱在怀里才看清是只"大狗狗"。

玩偶松软，抱起来很解压，可程诺看见的却是它嘴巴张开露出来的红红的舌头。

程诺捏着它的舌头，在脸上扫了一下，没什么感觉。

她反应过来自己在干吗的时候，对自己感到一阵无语。

想起陈长风的信息还没回，程诺拿起手机，用力戳下三个字：很讨厌！

陈长风：知道了，那下次换你亲我。

程诺：想得美！

陈长风：你怎么知道？这才到哪儿，我还有想得更美的呢。

怎么突然这么不要脸了啊？虽然以前也很不要脸，但是最近好像尤其不要脸。

程诺都不知道要怎么骂他了，可手机屏幕上映照出来的她的脸，分明是在笑着的。

因为游轮上的那个无聊游戏，陈世羽陪着夫人一起反思了一夜，第二天在办公室召见了陈长风。

陈长风当着他爸的面手机不离手，说了句"有事您说就行"，就低着头回各种消息。

陈世羽提醒他："公事的话，通话或者视频会更有效率，打字传达得不到位。"

陈长风："我知道啊，这不是你要找我谈话吗？"

陈世羽无言，合着是他耽误小陈总忙了。

没听见爸爸的声音，陈长风放下手机，认真地看着他："爸，你说吧，我一会儿出去再弄。"

"嗯。"陈世羽从办公桌后面走出来，坐到儿子旁边，"最近工作强度还好吗？你妈担心你身体吃不消。"

陈长风点点头："还行，工地那边事比较多，这边不算忙。"

陈世羽不想占用他太多时间，便直奔主题："我们，我是说我和你妈，有了奕安和皓皓，会让你觉得委屈吗？"

陈长风："啊？没有啊，这是什么问题？"他一脸蒙地看着他爸，忽然一拍大腿，"有老四了？爸，牛哇你！老当益壮！"

"……别胡说八道！"陈世羽要握儿子的手改成给他一捶。

陈长风揉着自己的胳膊"那你什么意思啊？昨天晚上逗我的事吗？我说了没事，皓皓整天是有些奇思妙想，可能天才的脑子里装的东西和我们不一样吧。"

李皓行测过智商，说是神童级别的。

陈世羽看着儿子无所谓的样子，心软地说了句："你也很棒。"

陈长风："今天这是怎么了，居然夸起我来了。"

陈世羽："你小时候，其实我经常抱你的，给你泡奶粉，换纸尿裤，你还拉我手上了……"

陈长风："啊？爸你这是干吗，是不是遇到什么困难了，要'献祭'我啊？"

陈世羽忍着没骂他，继续完成夫人交代的任务，温情地说："是因为你很可爱，才让我和你妈想要再生一个孩子，像你这么可爱的孩子。"

陈长风脸红了，他也知道自己很好，但还是不习惯他爸说这些话："爸，你要是不知道怎么表达对我的爱，就，打点钱吧。"

陈世羽忍不住了："你还是小时候不会说话的时候比较可爱。"

陈长风虽然最后还是被他爸骂着出办公室的，可心情好得不得了。

他确实从来没有因为两个弟弟分走了他的爱而感到委屈，或许潜意识里会有争宠，但起码他没有明确地感受过弟弟给他造成的伤害。

但是，这不代表他不想听爸妈夸他。

谁会拒绝被人表达爱意呢？

他一整天都很快乐，快乐到得意忘形，回了家就要去招惹程诺。

年底其实有很多商业活动，可程诺刚巡演完懒得出去跑，而且又都是些可有可无的小通告，她就让乔安娜推了，想轻快地过个年。

乔安娜对她这种"不差钱"的底气也没脾气，只能照她的意思做。

所以陈长风习惯了回家就能看到程诺，今天没见到她还有点不适应。

他问阿姨，阿姨说程诺出去玩了，晚上不回来吃饭。

陈长风问："和谁出去玩了？去哪儿了啊？"

阿姨想了想："赵家那个新媳妇吧，好像说去什么夜密狂欢节？"

陈长风冷了脸，YeahMe（夜密）是个会所，之前程诺提起过，没想到还真去了。

狂欢节？

这听起来就不正经！

陈长风给赵宗岐打电话："你在哪儿？"

赵宗岐："我出差呢。大哥咋了？"

陈长风听着话筒那边推杯换盏的喧闹声，觉得这事找他没用："哦没事,我打错了。"

他已经看见刚放学回来的陈奕安在上楼了。

还得亲兄弟,陈长风揪着陈奕安的衣领就把人带上了车。

陈奕安还在状况外神游,看他哥油门踩得挺狠,紧张地抓住了扶手:"哥,去哪儿啊?"

陈长风:"夜密。"

陈奕安:"啊,去喝酒吗?"

陈长风:"你怎么知道那里是喝酒的地方,你去过?"

陈奕安:"没有没有,不是上次浪花姐说的吗?"

陈长风心里闪过一丝浮躁,她还真是会所推广大使,到处给人家宣传。

陈奕安大概懂了这个状况,但他不知道为什么要带着他:"我出现的话,浪花姐会尴尬吧?你有话好好说,这么气势汹汹的,女孩子面皮薄的。"

陈长风:"给你个表现机会,罗可妮也在那儿。"

陈奕安沉默了。

陈长风瞅了陈奕安一眼,车子进内环了,速度慢下来,他的火气也没那么大了。

陈奕安跟他哥说:"我也没法表现什么,我没有立场对她指手画脚。"

陈长风不屑:"挺纯情啊。"

陈奕安:"你喜欢浪花姐,不也是看着她喜欢别人,要跟别人谈恋爱吗?"

陈长风冷笑:"你看她谈成过吗?"

陈奕安不说话了,确实,他大哥搅和别人的感情向来是一把好手。

车子龟速开到会所,陈长风把车钥匙丢给门口的车童以后,直接去前台问罗可妮和程诺在哪间房。

前台看到这两个开着豪车来的帅哥,眼睛不自觉一亮,很有职业素养地说:"这是客人隐私,您可以联系您的朋友问是哪间房哦。"

陈长风:"你们这个破房子用了什么屏蔽墙,一点信号都没有,要是能联系得上她们,我还用问你?"

他看起来很凶,前台有些为难。

就在双方僵持的时候,陈奕安眼尖地发现了出门打电话的罗可妮,他撞撞大哥的肩膀,陈长风便也看见了,朝着罗可妮的方向走去。

陈奕安还提醒了他一声:"浪花姐出来玩的,你别惹她不开心。"

陈长风没答应。

门一开,他就像个煤气罐一样要炸。

屋里,程诺坐在沙发上,一左一右坐着漂亮的超短裙制服妹,三个人正在划拳玩"海盗船长"的游戏。

而房间一角的小舞台上,两个男公关扶着竖杆话筒在跳舞,跳的什么舞不知道,只知道这两人现在身上只穿着牛仔背带裤,上身是一点衣服都没穿。

他们的闯入让屋里安静了一瞬。

陈长风直接坐到程诺旁边,无视她的惊讶,对屋里的服务人员扬扬下巴:"怎么停了,继续啊。"

那几个人看程诺,程诺看陈长风。

陈长风对她笑:"我也来见见世面。"

程诺便也跟着笑:"你们继续跳吧,我朋友。"

陈奕安还站在门口,他感觉此地不宜久留,默默退出门外,等着罗可妮回来跟她解释一下发生了什么。

台上的两个男公关不知道要怎么办,两个人对视一眼,脚上粘了万能胶一样,就在那一亩三分地上摇头摆尾转圈圈了。

沙发上的两个"兔子警官"也有点尴尬,刚才陪程诺玩,她们还挺放得开的,现在多了个男的,反倒主动坐远了一些。

程诺感觉到了大家的拘束,叹了一口气,跟陈长风说:"你吓到他们了。"

陈长风:"我吗?我哪里吓人?"

程诺挥挥手,让服务人员先出去。

人走了,屋里清静了不少,只有刚才的舞曲音乐还开着,很有泰式风情。

程诺轻轻捶在陈长风的肩上："你怎么来了？你把我的'小兔子'吓跑了。"

陈长风看看桌子上空瓶的啤酒，不知道哪些是她喝的，哪些是罗可妮喝的。

她应该是有点醉了，脸颊上带着酡红。

陈长风没发火，但他也不高兴："来这种地方，喝醉了，吃亏了怎么办？"

程诺笑起来："吃什么亏呀？人家不出台的！"

陈长风："别气我了，脑瓜子疼。"

程诺还在笑："你为什么要生气啊？"问完了自己回答，"哦哦，你喜欢我。"

陈长风："对，我喜欢你，但你不能仗着这个就胡作非为。"

程诺："我没让你喜欢我啊，你别喜欢不就得了？"

绕来绕去，她就会拿这句话戳他痛脚。

陈长风："我不喜欢你，我去喜欢谁？"

程诺还真仔细想了想，她不知道他还有什么选项。不像她，每次对谁心动了都会告诉他。

陈长风看她发愣，更来气了。他起身，拉她的手要她起来："好了，你的狂欢节活动到此结束，跟我回去醒酒睡觉。"

程诺摇头："不，我不要跟你睡觉。"

陈长风皱眉："我是说，你自己睡觉。我真的……我跟你废这个话干吗，起来，回去。"

她软泥一样被他拖起来，靠着他却说了句："我不跟你睡觉，但我可以和你亲嘴。"

陈长风："什么？"

程诺："反正我们已经亲过了不是，多一次少一次好像也没关系。"

陈长风感觉喝醉了的程诺挺危险的，满脑子无法无天的想法。

程诺已经伸手抓住了他肚子那里的羊毛衫，指头刮过衣料，在他腹部留下搔痒的感觉。

她跃跃欲试的眼神,让陈长风也失了分寸,她说:"我不是喜欢你,我就是想要接吻,知道吧?"

她醉了,陈长风没醉。

理智告诉他应该把她推开,但他选择把理智那根弦掐断。

程诺扶着他的肩膀踮脚去亲他,不是什么纯情贴贴,她直接吻住他的嘴,带着柠檬科罗娜的酒味舌头舔他的上颚。

程诺亲过了,就退开,小声说:"不要告诉别人哦,这是我们的秘密。"

陈长风忽然想起了她刚住进陈家的时候,十几岁的少女喜欢偷吃甜食,又怕被别家的大人觉得不懂事,便拉他下水一起偷吃,给了甜头,所以心安理得地让他保守秘密。

他在爸妈那里没得到的偏爱,在程诺身上其实得到过。她对他,比起对那两个弟弟,还是不一样的。

陈长风扣着她的脖子,答应替她保密:"好,再亲一分钟。"

陈奕安站在包厢外面尽职尽责地守门,守到罗可妮打完电话回来,表情意外地问他:"你怎么也来了?"

陈奕安:"被我哥拉来的。"

罗可妮:"哦,你哥在里面?"

陈奕安:"嗯,刚把你们点的人都赶出来了,现在应该在吵架。"

罗可妮点点头:"那等他们吵一会儿,吵完我们再进去。"

陈奕安好奇:"你怎么好像知道我哥会来似的?"

罗可妮:"我在你们家跟保姆说了三遍我们要来的地方,陈长风这要是还不来的话,程诺就可以把他踢出追求者名单了。"

哟,原来是瓮中捉"哥"啊。

罗可妮还有点遗憾:"不过你们来得也太早了,还没玩够呢,帅哥才刚脱了件背心而已。"

陈奕安想到刚才穿着背带牛仔裤离开的那两个男的,笑了:"够了,我哥应该已经气昏了。"

罗可妮:"爱情嘛,就是需要一些猛火热油,boom!就引爆了。"

他们没聊多久,门就从里面打开了。

陈长风和程诺神色淡定地走出来,看着不像争执过。

程诺上前挽着罗可妮的胳膊,刚才喝酒的时候没感觉,现在走在路上才觉得这地面发软,就像没干的水泥地一样,一步一个脚印地往下陷。

他们一起去停车场,陈奕安几次看向他哥,欲言又止。

陈长风看着弟弟:"没事,很和平,没吵架。"

陈奕安路过前台,从纸巾盒里抽了两张纸给陈长风:"哥,你要不擦擦嘴?"

陈长风接过纸巾顺手就擦了,这一擦,纸上两道红印子。

陈长风把纸巾对折,又在嘴唇上擦了一圈。他擦得用力,嘴巴周围的皮肤都被他擦红了。

他还有心情胡扯:"浪花要补妆,拿不定主意用哪支口红,我帮她试了试色号。"

陈奕安:"嗯嗯,我信。"

陈长风巴掌拍在陈奕安后脑勺上,装严肃:"不许在她面前开玩笑。"

陈奕安捂着被打的脑袋:"你就是这么求人的?"

"你俩磨蹭什么呢?"罗可妮回头,看着这兄弟俩落后一大截了,喊他们快点走,"冷死了。"

陈长风迈开长腿跟上,对着陈奕安狂飞眼刀,陈奕安从容微笑着看向别处。

开车先送罗可妮回去,再载着程诺回陈家。

程诺一上车就睡得昏天黑地,等他们到了家也没醒。

陈长风将车停在地库里,陈奕安也没说话,玩着手机打算让程诺再睡会儿。

陈长风开了车窗,手肘压着窗沿,看着外面,却是问陈奕安:"你还喜欢她呢?"

陈奕安给的答案模棱两可:"大概吧。"

陈长风:"那你想怎么办?"

陈奕安:"不知道,我没想破坏她的婚姻。"

陈长风:"哦,你想熬死赵宗岐。"

"噗——"后排的程诺闭着眼听见这句笑出声。

　　陈长风回头看了看:"醒了？醒了就上楼吧，我爸妈应该都回来了。"

　　程诺"嗯"了声，按了按太阳穴，从包里拿出香水喷了喷。

　　她的伪装也只坚持了几分钟，进了家门和柚柚姨打过招呼就说有点困，回房间洗澡睡觉去了。

　　陈长风猜到了程诺第二天清醒以后会翻脸不认人，只是没想到她翻得这么彻底，跟精神分裂似的，对他说:"下次再这么乘虚而入，我会把你拉黑。"

　　陈长风:"讲讲道理吧大小姐，是你强吻我。"

　　程诺:"放屁，我都喝醉了，哪有力气强迫你。"

　　陈长风:"行行行，是我不知廉耻，低头噘嘴勾引你。"

　　一些画面侵入程诺的脑海，他好烦，描述那么具体干吗。

　　程诺觉得自己得戒酒了，一喝醉就上头，一上头就控制不住乱来。

　　她比上一次酒后还尴尬，因为这次她没法说服自己是怎么主动干出这种越界行为的。

　　为了躲陈长风，程诺跟柚柚姨说接了琴市电视台的新年活动，跑回自己家去了。

　　活动其实很简单，去台里录个祝福视频，还唱了几句歌，连酬劳都没有。

　　程爸特意在广电大厦门口等着接她，傍晚天气不错，虽然冷但依稀有点阳光。

　　程诺看到老爸穿着羊羔绒内里的皮夹克，戴个墨镜，倚着越野车，身姿挺拔得像二十多岁。

　　她把羽绒服的帽子戴上，遮住大半张脸，飞奔向她爸。

　　虽然她十几岁就去沪市读舞蹈附中，跟家里人相处时间不多。但那时候她爸基本上十天半个月就会去一趟沪市，程诺休息的时候就去酒店找她爸，一起过周末。

　　她爸没去的时候，她才住陈家。

　　程爸话不多，但对女儿很有耐心。有时她话很多，叭叭说个不停，程爸就会认真听完了问一些问题和她交流。

有时候她不想说话，程爸就安静地陪着。

比如现在。

她在副驾上闭着眼，她爸就专心开车，什么都没问。

回到家里，程爸换了衣服去做饭，让程诺先看会儿电视或者睡个觉。

程诺不累，北方暖气足，屋里面有二十多摄氏度，她从衣柜里找了件睡裙，去厨房帮她爸打下手。

程爸做饭很利索。程诺记得小时候她妈工作忙起来，都是爸爸做饭。妈妈做的饭健康，但爸爸会做炸鸡翅，好吃。

他打蛋的时候手腕转动，露出一行字号小小的刺青，花体的英文字母"Chuzhi"，是她妈妈的名字。

程诺忍不住羡慕起妈妈来："爸，你长得帅，性格好，做饭好吃，还超级爱我和妈妈。我妈上辈子一定是拯救了银河系！"

程爸把搅拌好的鸡蛋液倒进铁锅热油里，鸡蛋立马蓬松成形。他温声问："浪花恋爱了？"

程诺矢口否认："没啊！哪儿跟哪儿啊！我就是夸你而已！"

程爸笑笑，然后又皱了皱眉头："是陈长风吗？便宜那臭小子了。"

程诺有种被看破的窘然："都说没有了。哎呀，这里味道好大，我出去了！"

她躲出去还觉得脸发烫，拿手背捂了捂脸，不懂她爸怎么会那么说。观察力也有点太敏锐了吧？

妈妈打电话来，说有点事要晚点回家。

程爸问程诺："你先吃点零食，睡一会儿，等你妈来了再吃晚饭可以吗？"

程诺点头，抱着一桶综合麦片回屋里睡觉去了。

躺在儿时的床上，睡意来得特别汹涌，她才抓了一口麦片吃完，人已经歪靠着枕头睡着了。

梦里，出现的是幼年陈长风的小脸。

她环顾四周，看到的是以前住过的那套房子，房子的客厅有个很大的攀爬架，墙上装着各种扶手、凸台，还有运动吊环。

此刻，同样幼年期的她正扯着绳子荡来荡去，像个蜘蛛侠似的在屋里攀爬。

陈长风两只小手都拍红了，一直叫好着："姐姐好厉害！"

程诺笑出声，明知是梦，心跳得却特别快。

她还梦见了有小孩要欺负陈长风，她勇敢地站到他前面，结果被人推搡。

然后陈长风就把比他大的那小孩给推倒弄哭了。

一转眼，又变成她面前的是梁云昇，梁云昇要跟她说什么话，陈长风从旁边也是推了一把，把人给推倒了，拉着她的手腕就跑。

程诺跑得气喘，不跑了，问他跑什么啊。

陈长风很认真地说："不跑的话，你就跟别人跑了！"

程诺甩开他的手："我不跟别人跑，也不跟你跑。"

他们明明在说跑步的事，可陈长风却低下头来亲她，嘀咕着"亲一分钟"又"亲一分钟"……

程诺从梦里挣扎着醒过来，背后和脑门上出了一层汗，心脏跳得她发慌。

她卧室的门没关严，门外有走路的声音传来，还有爸爸跟妈妈说话的声音。

程诺擦了一把额头，下床走出去。

一出门就被端着盘子的妈妈看到。程妈把菜放到餐桌上，走过来拉着女儿的手转圈圈："哇！这不是琴市之光，风采女星程浪花小姐嘛！"

程诺抱住她妈的胳膊，撒了个娇："我好想你呀妈妈。"

一家人其乐融融地吃了饭。程爸接了个电话，好像是酒吧有人闹事。程诺让程爸去处理就好，不用管自己。

程妈不太放心，也跟着去了。

家里只剩程诺一个人，她忽然有些无聊。

她才发现自己还挺喜欢陈家那种人多热闹的氛围，好像总也不会孤单。

她下意识地给陈长风发消息，问他跨年夜怎么过。

陈长风反问她怎么过：*又去狂欢了？*

一个"又"字，搞得程诺有点不爽。

她给他打电话，说了爸妈出去自己没事干，又说梦见他了。

陈长风："我？我吗？我在你的梦里多半没有什么光辉形象。"

程诺省略了后半段，只说小时候的事："你记不记得我们家以前有很多运动设施，我爸方便我上墙爬屋练体能的，还有攀岩墙。"

陈长风："记得，曾经的'特种兵'老爸和他的'麻辣女兵'女儿。"

程诺笑了："我厉害吧！"

陈长风："超酷的。"

程诺忽然有点伤感："时间过得好快啊，我都还能记得小时候的样子。"

陈长风："看来你是想我了。"

程诺："可能有点。"

陈长风："……真的假的啊？"

程诺："因为无事可做。"

程诺听见听筒里有关车门的声音，看一眼墙上的钟表，问他："你这么晚才下班吗？刚到家？"

陈长风："哦，你不是想我吗，我来看看你。"

程诺惊讶："现在吗？你明天不用上班吗？"

陈长风："上班。"

程诺搞不清他是开玩笑还是真的要来："那你还是别来了，也没那么想你。"

陈长风："这你说了就不算了，我正好想去琴市看海。"

程诺："天这么黑，看不了海。"

她感觉他好像真打算来琴市，连声劝他："别闹了，我不跟你说了，我要去看电视了。"

陈长风的声音被风声裹挟着一起传来："你家是17栋是吧？开门，本少爷来送温暖了。"

他挂了电话，随后敲门声就响起。

165

程诺像个弹簧一样跳了出去,从猫眼里确认是陈长风,才开门放他进来。

房门内外两个季节,陈长风的出场一点都不潇洒,他都要冻成傻狗了,蹿进她家关上门跺脚。

"琴市怎么这么冷啊?离谱,再多吹会儿风我就要变成'陈长冰'了。"他西装外面穿了件呢子大衣,但是耐不住南方飞到北方的温差,还好他也只是下了出租车在小区里走了这么一段路。

程诺听着他的冷笑话,发自肺腑地笑起来。

陈长风把外套脱了,挂在手上,自己找拖鞋换:"怎么样,惊不惊喜,感不感动?是不是帅炸天了?"

程诺还带着笑意,点点头。

"行。"陈长风换好了拖鞋,把自己的鞋摆好,直起身来,轻轻拍了拍她的脑袋,"看来这次没错过你的'关键帧'。"

第七章
/地下恋爱谈得无人不知/

陈长风穿过门廊进了程诺家客厅，电视上正在播放着古装剧，剧里面女主角哭得梨花带雨，男主角拂袖离开，瞧着怪可怜。

陈长风无比自然地坐到沙发上，问程诺："你晚上吃了什么饭，给我搞点吃吧。"

"你没吃晚饭啊？"程诺先把饭厅里的草莓和橘子端给他，听他说只吃了两口飞机餐，又去泡了壶花茶拿了些饼干给他，很有接待同学的小主人风范。

陈长风喜欢草莓，他不吃她拿来的小零食，抱着果篮专情地吃草莓。

程诺坐到离他不算远的沙发拐角，胳膊搭在沙发背上，手撑着自己脑袋看他吃东西，还是觉得很不可思议："你怎么会来啊？"

他当然会来。

不是因为她说有点想他才来，而是因为他先有点想她。

想到今天回家看不见她，陈长风这个班就上得别扭不安。所以他订了机票，下班直接去机场，来到另一个城市看她。

陈长风咬着草莓，没错过她眼里闪动着的喜悦。原来让她高兴这么简单，他好像有点找到窍门了。

程诺的手机振动，她看到是她妈打的电话，接起来。

程妈："解决好了，我们现在就回去。经过小吃街，你爸问你想不想吃桥头排骨，哦，还有炸肉脂渣，还有耙耙糕。"

程诺早不像小时候那么馋这些吃的了，不过她告诉她妈："买吧买吧都买吧，陈长风来了，他没吃晚饭呢。"

她不说这话，她爸妈大概半小时回家。可听到了"陈长风"三个字，程爸油门踩得都快冒火星子了，一路疾驰，十几分钟就开了回来。

进了门，先看到陈长风面前的茶几上放了个空果篮，他给女儿精心挑选的大草莓都不翼而飞。

程爸是个不轻易外露情绪的人，但对着陈长风，真的很难控制给他好脸。

程妈就比较热情了，她提着几个袋子，去厨房找餐具摆出来，对陈长风嚷着："你程叔叔听说你没吃饭，火急火燎地买了一堆吃的，开车开得我都要晕车了。"

陈长风很有自知之明，他程叔叔这是担心家里没人，他半夜跑上门来不怀好意呢。

哼，那可冤枉他了，他老实得很，除了吃草莓就是跟程诺一起吐槽电视剧里的恶毒女配和白痴男主，什么坏事都没干。

热气腾腾的小吃摆了一茶几，原本不饿的程诺也被勾引着吃了一些。

陈长风更是不客气，在自己家都没这么敞得开怀，眼角眉梢挂着对食物礼赞的笑意。

长辈好像都很喜欢看孩子们吃东西，只是看着这两人吃得香的样子，程妈就已经笑得合不拢嘴。

陈长风已经编好理由，说是来出差的，明天看过项目就回去。

他也不是纯瞎话，公司名字、地皮位置都说得具体，还跟程妈聊了聊最新的购房政策，看起来很像是来公干的。

等到东西吃差不多了，时间也不早了。

一直没怎么说话的程爸问陈长风："你住的酒店在哪里？"

陈长风说了个机场旁边的酒店，他刚才打车过来时看见的，离程家很远很远很远。

他以为这么说了程爸就会留他在家里住。

可"特种兵"叔叔绝情地说："这么远，那你快回去吧，太晚了也不安全。"

陈长风没求助程诺，他看向了善良美丽优雅大方的程妈，厚着脸皮问："阿姨，有空房间让我借住一晚吗？睡沙发也行，这样明天上午我去项目也能近点。"

程妈笑着答应了,还在程爸腰上拧了一把,把这座冷面大佛赶走:"你不是给浪花买的瓜子嘛,炒了呗。"

程爸看程妈一眼,摸摸腰,不怎么高兴地去厨房炒瓜子了。

他今天在早市上买到个向日葵花头,将里面的生瓜子磕出来,用铁锅低温烘炒就会变成香喷喷的熟瓜子。

陈长风还没吃过这种自己炒出来的瓜子,他好奇地跟进厨房去。

眼看着程叔叔单手握着大铁锅的把手,把锅里的"瓜子们"转来转去,他就想起小时候程叔叔也能单手拎着他的胳膊把他像大摆锤一样转来转去。

"瓜子们"现在应该也像那时候的他一样开心,笑得咧开了嘴。

程爸忽然说:"让着她点。"

陈长风疑惑的眼神看向程爸。

程爸虽然一直看陈长风不顺眼,可毕竟是从小看大的,他不知道女儿的感情顺不顺利,但此刻如果他们是互相喜欢的,当爸的也只有祝福,和威胁——

"欺负她,会挨揍,知道吧?"

明明也没挨过程叔叔的揍,陈长风还是觉得脖子凉飕飕的:"知道知道,我不欺负她,我都只有被欺负的份儿。"

在程爸面前卖惨有用吗?

一点没有。

瓜子都没能多抓一把。

夜深了,程妈收拾出一间客房给陈长风,打着哈欠跟程爸回房洗漱休息去了。

程诺还坐在沙发上,倚靠着大靠背玩手机。

陈长风看看时间,十一点半,他问她:"你在等跨年吗?"

程诺其实也没等什么,就是下午睡了一觉,现在不困。

她"嗯"了一声:"我再玩会儿。你先睡吧,你明天是不是要一早回去上班?"

陈长风本来是这么打算的,但他刚才改主意了,决定真的去琴市那

169

个项目走一走,下午再飞回去。

他把自己的打算告诉了她,问她明天要不要陪自己一起,还能带着他四处走走转转。

程诺摇头:"我啊,在沪市可能还自由点,在琴市那真的没有不认识我的,我还是别出门为好。"

这话不是托大,陈长风倒是相信的,他来的时候还看到了公交车身上有她的广告大图。

他又看了看时间,刚才时间过得好快,现在指针却像是停了脚,不走了似的。

程诺看到他的动作,觉得他在陪自己等零点:"没事,你去睡吧,我只是不困,那我回房间玩手机去。"

"停下。"陈长风把胳膊一抬,手掌竖起来,像个交通警察,"你坐那儿,我陪你等。"

程诺皱眉:"你这是有什么强迫症吗?"

陈长风坐得离她近一点,声音压低:"万一你想在零点倒计时的时候和我疯狂激吻怎么办,我得候着。"

程诺第一反应是去看她爸妈的房间,门紧闭着。

她看着陈长风,也压低声音:"这么敢想,你不要命了?"

陈长风点点头:"我也觉得,我居然敢在你爸在家的时候说这种话,这不是真爱是什么?"

程诺笑得眼睛眯起来,踹他一脚:"赶紧滚去睡觉吧,我突然困了。"她没穿拖鞋,毛茸茸的地板袜像小动物的爪子,挠了他小腿一下。

"等会儿呗,十几分钟,我要第一个跟你说新年快乐。"陈长风忽然计较起仪式感,拉着她玩飞行棋磨时间,飞得太认真,都没看见分针走过了"12"。

还是程诺的手机屏幕亮了,有人掐着点给她发新年快乐。

程诺:"呀,你不是第一个了。"

陈长风直接拿过她的手机看了眼发件人:"谁呀,这么烦人!"

结果才几秒,看到了一排未读标记。

他醋溜溜地把手机放回去:"大明星是挺受欢迎的哈。"

程诺今天心情好,把手机揣在睡衣口袋里,假装没看到那些消息,给他个台阶:"快说吧,我的第一个新年祝福。"

陈长风满意了,可词穷,只想出了一句:"祝你新年快乐,每天快乐。"

他俩说话的时候,已经在关电视关落地灯准备回房间了,陈长风这样杵在阳台落地窗前跟她说着些无关风月的话,却让程诺莫名地感觉心软。

客厅已经暗了灯,只有通往卧室的走廊有光照过来。

不算太亮。

程诺向他走近一步,给他一个大大的拥抱:"你也新年快乐!"

她说完就松手了,像是一些节日祝福的礼仪,好朋友的拥抱,带着黑夜里不清白的小心思。

她松开,但没立刻回房间。

所以陈长风还能和她再聊两句:"我挺喜欢过年的,这样我能光明正大地抱你,还不担心被打。"

他说着,又张开手臂,想要再抱她一下。

人还没抱到,程爸房间传来脚步声,吓得陈长风立马打开刚才关上的壁灯,一步跳开一米五。

程诺也往卧室的方向走,路过她爸妈房门的时候侧耳倾听,没感觉有人要出来,但还是不敢逗留,小跑回自己房间了。

她关门之前,看着后脚跟上来也要回房间的陈长风,对他用口型无声说了句:"晚安!"

第二天起床,陈长风因为不用赶飞机,还赖在程家吃了顿程爸做的爱心早餐。

走的时候还穿了件程爸的爱心羽绒服。

程诺看到陈长风穿着那件衣服,虽然只是纯黑无花纹的羽绒服,却莫名地觉得他看着成熟了许多,带着些她爸的靠谱气质。

她送他到玄关看他换鞋,她家玄关是在房门外面做了个透明穹顶的花房,有一点透风。

她穿得单薄,陈长风催她进屋。

程诺没应声,好像想说什么,但其实脑子里也没什么内容,就觉得他这样匆匆来又匆匆走,心里有些怅然。

陈长风对她点点头:"我知道你想说什么。"

程诺:"啊?我想说什么?"

陈长风:"实在想说'爸爸再见'也不是不行。"

程诺:"……滚。"

她骂完他,再不留恋地跑回屋了。

陈长风在琴市约了几个经理,他无意应酬,该见的人都见过以后就打算回去了。

没想到新年第一天的机票还不太好买,最近的几班航班都售罄了。

他坐在酒店餐厅的窗前,看外面的蓝天大海,心也跟着放轻。

陈长风忽然想知道,如果他现在喊程诺来找他,她会不会答应。

他这么想,便给程诺打过去:"我机票买的是下午六点的,还有三个多小时,你要来陪我看会儿海吗?"

程诺的声音透着慵懒,应该是午睡才醒:"晚高峰容易堵车,你早点去机场等着吧。"

陈长风:"没关系,赶不上可以再买下一班。"

程诺骂着他有毛病,大冷天看什么海。

"现在外面几度啊?风大不大?"

陈长风:"还行,阳光不错,体感温度应该有十摄氏度,但你还是穿着羽绒服比较好。"

程诺又嘀咕了几句,但始终没说不想来。

陈长风挂断电话,对着玻璃窗独自笑得开心。再坚定的喜欢,也会想要诚挚的回应。

他早就说了吧,程诺喜欢他。

这片海域离程诺家不远,大概是想着他还要赶飞机,程诺来得挺快的,素面朝天没化妆,从出租车上下来的时候外套被抱在怀里,额角有些湿意。

陈长风在出租车停靠点等她。这个时间段这边人不多,他们俩都一眼就看见对方了。

程诺快步到他面前,把口罩摘了,用手给脸扇扇风:"今天怎么这么暖和,早知道就不穿秋裤了。"

"是挺热的。"陈长风也是把程爸的羽绒服抱在手里,"那边有个咖啡厅,视野挺好的,去那边吧。"

程诺没意见,她跟在他身后,还在念叨他:"你飞机六点的?赶不上你可别赖我。"

陈长风没回答她,反倒说起以前看过的动漫:"那个波妞,是不是跟宗介说过,每次去见你的时候一定是用跑的。"

程诺没印象了:"听起来很像空间说说,确定不是鲁迅说的吗?"

陈长风弯起嘴角。

她刚才见到他的时候,也是跑着来的。

程诺不想让他那么得意,提醒他:"刚才绿灯还有十秒了,我不跑的话过不来。"

随便她说什么,他当听不见。

在咖啡厅坐了一会儿,陈长风把衣物都堆在椅子上,问程诺:"出去走走?晚霞不错。"

程诺看窗外,景色确实不错,火烧云很漂亮。

她还惦记着陈长风的六点钟航班,不过看来应该是赶不上了,所以她建议他:"你先改签吧,不然后面也没票了。"

她手里端着杯消浮肿的冰咖啡,嘀嘀咕咕地跟他往沙滩方向走,没注意他怎么就停下了。

陈长风先扫了一眼她手里的咖啡,考虑到这东西如果砸脑袋上不会很舒服,就像曾经的半个棉花糖一样属于危险道具。

所以他握住了她端咖啡的那只手腕,问她:"你觉不觉得你今天话好多?"

程诺听到这话,不高兴地瞪圆眼睛:"狗咬吕……"

狗咬没咬吕洞宾呢?不知道。

但他忽然揽着她的腰,把她拉到身前,低头咬了下来。

173

陈长风亲过来的时候是做好了被她推开再甩一巴掌的准备的。他闭着眼，不是投入，是不敢看她的眼睛，怕看到她的犹豫、抗拒、怒气或是一丝丝的不情愿。

相反，程诺的眼睛睁得大大的。

那是她本来生气地瞪他的表情，却被他突然而至的吻搞得猝不及防，定格在脸上。

她愣住了，不是大脑空白，而是一时间好多想法飘过脑海。

这是他们双方都清醒下的一个吻，真正意义上的"初吻"。

她的反应代表了她对待他们关系的态度。

是推开他，继续之前的暧昧推拉；还是亲回去，承认自己愿意和他恋爱？

她还没有做出选择，陈长风已经松开她并为她发声了："你没打我，你喜欢我。"

程诺有些慌张，还有些气恼，他就不能再亲久一点吗？

给她多些时间思考，主动得出一个答案。

她没回应他的"自以为是"，动作刻板地吸了一大口手里拿的冰美式，苦味很淡，酸味居多。

冰凉的液体顺着食管流下去，冷得她只想快点回到咖啡厅取暖。

她跑得飞快，清丽的鱼尾裙摆一抖一抖的，看起来像是小美人鱼听到午夜钟声响起，急着赶回海里，怕晚一点就要变成白色的泡沫。

她明明跑得这样快，可陈长风几步就追了上来，拉拉扯扯地，问她跑什么。

程诺故意板着脸："陈长风，我不喜欢你这样，我答应做你女朋友了吗？没有吧。那你这算什么？"

陈长风没被她的冷脸唬住，他低下头看她："不喜欢吗？那你亲我干吗？"

程诺破防，给他一拳："谁亲你了！"

陈长风顾不得揉胸口挨打的地方，食指比画嘘声："你小点声，你爸在十公里外都听见了。"

程诺："听见了最好，让他把你扔海里喂鱼！"

陈长风"喊"了一声:"你幼不幼稚?"

幼稚吗?程诺想把咖啡杯里的冰块都塞到他衣领子里,告诉他什么叫幼稚。

话题跑得没边,他们争吵的内容毫无营养。

但陈长风乐在其中。

可惜时间流逝太快,他看着腕表,发现时间不早了,说要走了,问她还送不送他去机场。

程诺赌气,原本要去的,现在不想去了。

陈长风点点头:"也好,天黑了,你从机场回家不安全。走吧,去打车,你先上车,我目送你回去。"

真的打到车了,程诺又有点不甘心。她想着,要是陈长风现在耍赖,坐进她的车子里让司机开去机场,她可能也就默许了。

但陈长风没有,他把程爸的大衣塞进后排窗边给她挡风,叮嘱程诺到家后别忘了拿下车,就挥手叫司机走了。

程诺坐在车里,扭头看后车窗外的陈长风,他在看手机,大概在打下一辆车。

她感觉有些沮丧,说不清是不是不舍,只觉得他离开了,这个城市也都变得冷清。

手机振动,是陈长风发来的消息,说他上车了。

程诺不想气氛太沉重,回了个"看戏"的二哈表情包:你飞机赶不上了。

陈长风:想留我多住一晚就直说。

程诺:少挨了一顿打就这么嚣张是吧?

她都还没跟他计较海边的那个吻算怎么回事,他却主动提起来:对不起,忽然想要亲你。

程诺看着对话框,想自己该怎么回。

他又发来:下次还敢。

程诺看着这熟悉的不要脸语气,感觉自己好像从回他消息开始就是一直在笑的,因为她现在颧骨的肌肉有点酸。

她硬要说些气话，气他：没关系，新年吻嘛，你们留学生是比较open的，我理解。

陈长风过了一会儿才回，"咚咚咚"三条消息，他的回复速度大概和他的火气增长值成正比。

陈长风：我有时候其实很想问问你，你想要什么。

陈长风：想让你教教我，应该要怎么谈恋爱。

陈长风：不过现在我知道了，你好像也不会！

最后一条还特意加了个叹号。

她能想象到他手指愤怒敲击键盘的样子，心里隐约的一丝不舒服都散去了。

程诺鄙视自己真是女大不中留，回家才两天，居然就想回沪市了。

程爸程妈都没问她跟陈长风的事情，好像那天他真的只是来出差，顺路看看好朋友。

对于程诺的去留，他们也没什么意见。她在家，他们就尽量多在家待着，给她做各种好吃的。

她说要走了，他们就去采购了很多特产给她先寄去沪市，又帮她买了伴手礼送陈家众人。

直到她要离开的时候，程妈才提醒了一句："如果恋爱了的话，还是搬出去吧。你爸上次去，看到有套公寓还不错，你可以先租着住。"

程诺明白她妈的意思，是怕柚柚姨对她有看法。

她这次没再否认自己跟陈长风的关系，点点头说知道了。

也是这时候才想起问一下之前的房东，后续房屋装修得怎么样，还需不需要再补钱。

她不打算住那里了，因为牵扯交涉太多，当时有很多邻居都见过她了，继续住不太方便。

前房东回复说新装修都很好，还感谢了她的"男朋友"。

从前看别人把陈长风说成是她"男朋友"，她面无表情，不屑一顾，懒得解释。现在再看这三个字，就觉得好像有点让人脸热。

他们还没说要在一起，但彼此心知肚明，迟早会在一起，或者说现在跟在一起了好像也没什么区别，只是缺一个"口头承诺"。

在家三五日，再回陈家居然有种恍如隔世的感觉。

她的大包小包依旧是面面俱到，给每个人都带了礼物。

唯独陈长风拿到的是个空盒子。陈长风仔细看了，写着特色巧克力的包装盒子里面什么都没有，连张纸都没。他端着盒子去找"卖家"售后。

程诺理直气壮地告诉他："路上饿，就吃了。"

陈长风："十六颗的！一颗都没给我剩？你不是减肥吗，吃那么多巧克力？"

程诺拉过他一只手放在自己的腰上，郁闷地问："我哪里胖？"

她的腰比他脑袋大不了一点，舞蹈演员的身材靓得人眼晕。

手被热炉烫到一样，他把手缩回来，质问的语气柔和了很多："我是说，你也不至于都吃了吧，剩一颗给我也行啊。"

他在意的不是巧克力，是别人都有就他没有的她的心意。

程诺返身，从床头柜抽屉里拿出一颗巧克力："好吧，确实剩一颗。"

陈长风又不满足了："哪有你这样送礼的？"

他虽然这么说，但还是一把从她手里拿走那颗巧克力，怕晚一点这颗也"殒命"了似的，剥开糖纸就扔进嘴里，"吧唧吧唧"咬碎。

程诺问他："好吃吗？"

陈长风咽下去，从她柜子上摆的矿泉水里拿了一瓶，拧开盖子喝一口漱了口，才跟她说："还行吧。"

程诺知道他不爱吃巧克力，她只是觉得那个盒子好看而已。她跟陈长风说："你要是不惹我生气，每天都可以来领一颗巧克力。"

她给他看她的抽屉，里面还有很多很多糖果，包装都很精美。她控糖，但喜欢收集这些好看的小东西。

陈长风不满地问："你这是驯狗呢？"

程诺摊手："狗不能吃巧克力，不是说会死吗？"

陈长风的视线落到她的嘴上，红着耳朵说出无理要求："我不要那个，我可以来你这儿领别的。"

他说话的声音越来越小，程诺坐到了自己的椅子上，仰头看他。

她知道他在说什么了，脸也有点热，可还能装蒜："哦，我这还有你看得上的好东西呢？"

陈长风忽然蹲到她跟前，他这么大一只，蹲着也不比她坐着矮多少，眼睛平视着她："你以为我说的是接吻吗？对，也想亲你，除了亲你，还有别的，你可以装听不懂，问问我还有什么别的，我就告诉你，我还想……"

程诺直接抬起脚，对着他肩膀踹了一脚，把他踹得坐倒在地，打断了他的口无遮拦："陈长风，你真不要脸。"

陈长风顺势躺在了她的地板上，有地暖，不冷。他看着天花板，又看一眼程诺的表情，她虽然羞恼，但应该没真的动气。于是他又看向天花板，笑着说："做一个不要脸的人真开心。"

程诺给这个"开心的男人"补了一脚："好了，你快走吧，以后不要在我房间待超过十分钟，我不想被说闲话。"

陈长风露出疑惑的表情，似乎在想这家里谁会说她的闲话。

程诺不想给他解释，也解释不清，她只是警告他："在家里你正常点，反正，奇怪的话不要说，也不要动手动脚的！"

陈长风有点受伤："我很拿不出手吗？你这做派和老张对他的'小蜜'一模一样。"

程诺："老张是谁？他为什么有'小蜜'？你混的圈子果然不怎么正经。"

陈长风："你先别转移话题，你为什么怕他们说？"

程诺："你不能自己想想吗？让我借住在你家，你爸妈难道是想让我跟他们儿子胡搞瞎搞吗？这说出去多难听！"

陈长风："哦。"

他在地上滚了一圈，坐起来了，大概理解了她的担心，想安慰她说自己爸妈应该不会介意，但又怕被她当作不尊重她。

于是他退而求其次："那就是，不在家的时候，就可以了吗？"

程诺："可以什么？"

陈长风："可以谈恋爱啊。"

程诺也不知道自己为什么要笑，但肯定不是因为喜悦，她发现自己还是在意那道仪式的。

她问他:"陈长风,我们什么时候说好要谈恋爱了?"

陈长风:"你别急呀,我们这不是正在商量嘛。"

程诺被他的乐观精神状态打败,他就那么自信,飞了一趟琴市就把她感动得想嫁给他了是不是?

她伸出食指,在他的额头上戳戳戳:"商量什么!搞搞清楚,现在是你在追我,我还没同意。"

陈长风的脑门留下清凉的指印,他有些无助,不想玩这场猫和老鼠的追逐战了。

他心里门儿清,怨念地说:"不是我在追你,是你在钓我,拿个破巧克力盒子钓我。"

程诺立马否认:"我没有。"

陈长风:"有没有你自己清楚。"

程诺被他激得有点生气了,这怎么语气还威胁上了?

她吃软不吃硬,打算让他离开自己房间。

他忽然如傻狗一样拿起那个漂亮的巧克力盒子的一角,塞入自己嘴里,蹲地上仰着头跟她说:"来,来,来,拉竿,钓上来了。"

陈长风 cos 的咬钩大鱼没能获得无情钓鱼佬程诺的芳心,被踹回了自己房间。

他躺在床上想不明白哪个环节出了问题,明明在琴市的时候,他们之间那小火花噼里啪啦窜得火热,怎么回来以后她又变了个人似的,对他"横眉冷对一阳指"呢?

"对象是我,还不满意?"陈长风发出不解的疑问。

陈奕安正坐在陈长风屋里打游戏,回头看他哥一眼,带着点幸灾乐祸地揶揄:"可能她就是喜欢成熟款的吧,梁云昇那种。"

陈长风:"成熟什么时候跟年龄画等号了?"

陈奕安:"成熟确实跟年龄不画等号,哥你再过二十年也贴不上这个标签。"

陈长风瞅了眼陈奕安肩上的按摩披肩,是程诺送的。他心里嫉妒的

179

小火苗烧上了脸,不爽地跟弟弟说:"带着她送你的按摩披肩,滚开我的电竞椅。"

陈奕安面对没风度的大哥,丝毫不跟他计较,还热心地出谋划策:"我猜你可能是话太多了才惹浪花姐烦,下次只当个安静的帅哥试试。"

陈长风听进去了,但只听进去一半,他决定下次当个帅哥试试。

虽然他平时衣品也不错,但陈家众人明显感觉到陈长风最近的打扮颇为用心,每天都像只开屏孔雀似的,从头发丝到脚趾头都透露着精致。

不光家里人感觉到了,公司的女员工们最近对他的讨论度也有所攀升,尤其是陈世羽新年任命他为事业部的副总,太子爷的身价瞬间倍增,未婚女青年们跟他说话时的声音都变温柔了不少。

可程诺却领会不到帅哥的魅力,她临时起意接活赶场子去了,每天俊男美女环绕在周围,根本看不过来。

陈长风的漂亮尾巴翘上天也没用。

他又改变策略,走二十四孝好司机路线,她的那些半夜才结束的通告,他全都亲自去接人回家。

程诺不是太担心被媒体拍到,但她觉得陈长风还要上班,这么疲劳驾驶不安全:"你不怕死,我的命还挺金贵的呢。"

陈长风心里怄火,质疑她是怕被"梁老头"看到。

他给人家起的外号越发恶毒了。

程诺懒得理他。

最近的几场活动里,她确实跟梁云昇碰面过,有一次看秀时两个人还被主办方安排坐在一起。

他俩那天借着公事聊了挺多私人的天,梁云昇跟她道歉没履行约定陪她去滑雪,她摆手说没事,自己正好回家陪了父母一阵子。

梁云昇还对年后要开拍的电影表示了期待:"到时候带你去吃一家超好吃的蒲叶大餐,所有的菜都是铺在很大的叶子上,烤肉清爽不油腻。"

程诺想到两个人几次约会都是在饭店,笑着说:"咱俩都快要成饭搭子了。"

梁云昇:"饮食男女嘛,能吃到一起,才能处到一起。"

这话就有点暧昧了。你说是同事处到一起工作也行,更深层次地交往比如"处对象"也可以。

程诺没接茬。她觉得可惜，跟梁云昇的缘分也是没能同频共振到一块儿——她对他意动的时候，他当她是小孩，等他反应过来想和她发展了，她又没那么喜欢他了。

要不是陈长风那个白痴，每次吃飞醋的时候都拿梁云昇出来溜一圈，她可能想起梁云昇的次数还要更少一些。

想到陈长风，程诺扭头看看正在开车的他，闻到了他身上淡淡的雪松香。她告诉他："梁云昇前几天喷的也是这款香。"

陈长风单手扶着方向盘，另一只手伸进前面格子里掏出瓶香水看了眼颜色，柑橘香的，他对着自己衣服喷了一下，喷完又找程诺的碴儿："你离他那么近干吗？"

车厢里瞬间就弥漫着浓郁的香气。

程诺在面前挥了挥手，不习惯这么冲的味道："正常距离也闻得到。"

陈长风大概把他毕生刻薄都给了梁云昇："我说什么来着，年纪大了有老人味吧，要喷多重的香水才遮得住。"

程诺对他无理的人身攻击不予理会，抱着手臂闭上眼打瞌睡。

已经很晚了，陈长风也不吵她，由着她睡到了家才喊她起来。

喊了一声没反应，他伸出手指轻轻摸了摸她的脸，她的妆卸得不完全，脸上还有残妆，但是摸在指肚上依旧是滑嫩的。

程诺睡得不沉，感觉脸上有蚂蚁似的，用力拍了一巴掌挥开。

不疼，但是"啪"的一声很响。

陈长风浮夸地抱着自己的手："你脸上有东西，我帮你捏起来而已，下手这么重！"

程诺带点起床气："有什么？"

陈长风一脸认真："有勾人摄魄的美貌。"

程诺"喊"一声，原谅了他的唐突，解开安全带要起身的时候，又被他喊停。

听说人在午夜容易心软，陈长风想试验一下："我什么时候能转正啊？"

程诺睨了他一眼："你现在也没上岗，转什么正。"

陈长风："无合同员工可以去举报你非法压榨吗？"

程诺："这么会说，奖励你下辈子当我老公。"

陈长风："啊，你都想到下辈子还跟我在一起了吗？"

程诺："对，有什么仇怨，下辈子你再折磨我，这辈子我先享享福。"

陈长风掐着自己的脖子："啊……啊，宝鹃，我的嗓子，我嗓子怎么说不出话来了……"

程诺看他"阿巴阿巴"装哑巴，终于笑出来，抬手捏着他的腮帮，把他的嘴巴挤成鸭子嘴，然后绝情地下车回家了。

陈长风叹气，上位失败，下次再试。

晚上睡得太晚，第二天陈长风去公司也不早，快午饭时间才去，去了跑到茶歇区听员工们聊八卦。

因为是网络公司，业务部的同事们都在讨论今天霸榜的红毯明星。

陈长风拿着笔记本电脑，听他们说的时候顺便点开热搜看昨夜红毯的造型。

话题从着装慢慢到哪些明星的脸上明显动了刀子，后来还嗑起CP来。

"我听说梁云昇和程诺是因戏生情，梁云昇的下一部电影指名要程诺进组，不然不接。"一个女同事压低声音说着传闻。

他们都是干传媒的，圈内有一二同学好友再正常不过，很多故事传得都挺真。

又有个女同事说："程诺昨晚那套红色亮片裙杀疯了好吧，那个仪态，那个腰，我是女的看着都心动，哪个男的跟她搭戏爱上她太正常了。"

小陈副总放在腿上的电脑烧得有点烫，他换了条腿垫着，手指来回滑动着程诺的红毯写真。

昨天他接到她的时候，她已经卸了妆，扎着马尾穿着羽绒服。他现在看她的照片，觉得妆感挺重的，没觉得多美，就觉得她看着挺冷。

八卦还在继续，但出现了反对的声音。

有个男的说他听到的版本是程诺挺有背景的，有个男朋友很有势力，给她接的都是大制作电影，上节目也都是国字号的，商业资源好得不得了，十几年前出道即巅峰。

另一个男的接茬："那这么看，男朋友恐怕年纪不小了，估计从小就得认了个大佬做干爹吧。"

女同事还惋惜了一下，如果大佬不放手的话，她的"梁程美景"岂不是要不"be"？

陈长风本来还在审视程诺那条拖尾裙有多不挡风，再回神的时候发现这谣已经造得没边了，咳了一声清了清嗓子。

大家的视线立马转向他。

陈长风扫了一圈刚才胡说八道的那几个员工的工牌，也没发火，只是淡然地说了句："她确实有个干爹，来头不小。"

众人竖起耳朵，太子爷的消息渠道肯定更靠谱啊。

陈长风指了指董事长办公室的方向，压低声音说："她干爹啊，是你们陈董。"

茶歇区响起了倒吸凉气的声音，有人喝水烫着嘴了。

陈长风说完，露出个笑来，合上他手里的笔记本电脑，单手拎着起身离开，留下一屋子表情各异、惴惴不安的同事。

陈长风回了自己的办公室。他现在也有单独的房间了，回去把电脑扔沙发上，扯开领带坐在转椅上生闷气。

他一直不喜欢程诺混娱乐圈就是因为这个，不只是圈里面关系乱，还要承受这种莫须有的脏水，谁都能嚼你两句舌头。

他皱着眉头，给程诺打电话。

程诺接起来，问他有什么事："我在医院呢。"

陈长风坐直了身子："怎么回事？病了？昨晚冻感冒了是不是？"

程诺："没，来打疫苗，HPV。"

陈长风放松下来："哦，打好了吗？"

程诺："还没，刚到，应该很快。"

陈长风："打针怕不怕？要不要我闪现去医院？这题我会，给你'宝宝呼呼，痛痛飞飞'。"

程诺笑着嫌弃他："陈长风，别恶心我！"

陈长风还没完："要是护士扎针扎疼了你，我就质问她是不是容嬷嬷转世。"

程诺："人家护士造了什么孽，要被你这么恶心啊？行了不说了，我要去打针了。"

陈长风给她打着气喊着口号挂断了电话，放下手机以后，自己都忘了刚才在生气的事。

程诺打完针没在医院留观，回自己车上坐着待了半小时，因为太无聊随手翻了翻餐厅，找到一家做粥很出名的店铺地址发给陈长风：晚上想喝粥。

这就是不想在家吃，想约他出去吃的意思了。

陈长风立马回复：你怎么知道我今天想喝粥，过分心有灵犀了哈！

程诺看着他的回复弯唇，她想起来梁云昇说的那句话，能吃到一起，才能处到一起。

相识这么多年她能不知道吗，陈长风一点都不喜欢喝粥。

晚上程诺开车来公司接陈长风，她穿着普通的卫衣和运动裤，戴了棒球帽和黑框平光眼镜，依旧没化妆，看起来十分低调。

陈长风坐到副驾上开她玩笑："跟女明星吃个饭真不容易，吃饭五分钟，乔装打扮两小时。"

程诺推了推眼镜框："那你以为呢，偷着乐吧。"

他没跟她说今天在公司听到的风言风语，因为知道这种话她只怕听得比自己更多，没必要再给她添堵。

她找的饭店，没有包间，环境倒是够幽暗，一个个卡座都有屏风隔开，吃起饭来还算私密。

他们没什么交流，只是静静对坐着吃东西。程诺真的只喝了一小锅粥，吃完就不再动碗筷了。

她等着陈长风吃好，撑着脑袋说困了。

陈长风问："疫苗反应？"

程诺摇头："可能昨天没休息好。"

回去换陈长风开车。他看程诺没精神，又不太想立马回家，接手方向盘以后导到一片海景观光区。

他车开得稳，程诺好像只有坐陈长风和她爸开的车才会睡得安心。

车里放着她喜欢的歌单。程诺睡了不知道多久，忽然睁开眼，入眼只看到黑漆漆的一片盘山小路。

程诺吓了一跳："这是哪儿啊？"

陈长风的声音听着也不是特别坚定："去海边啊，这导航导的什么阴间路？"

程诺："……你不说这句还没那么恐怖。"

陈长风大灯开着，只觉得这山路越开越荒凉，抬手把车门锁上了。

程诺："你不知道年底的时候盗贼比较猖狂吗？这要是突然蹿出来几个抢劫的，把我们的车砸了怎么办？"

陈长风："你别说了，我怕怕。"

刚说完，一只不知道什么鸟飞了过去，给本就鬼魅的夜色增添更多惊悚。

程诺："赶紧开下去找道回家吧。"

陈长风不说话了，加一脚油门开出山路去，路过一个挺大的度假酒店，还安慰程诺："你看，这不是荒山野岭，这真是景区，只是晚上比较吓人而已……"

再往后开，道路变得宽阔明亮，两个人的心情也没那么紧绷了。

程诺又忍不住念叨他："你怎么想的，大半夜来看海。"

陈长风："我这不是觉得在海边你会有故乡的感觉嘛。大海啊大海，是我生长的地方……"

程诺听着他跑调的歌声，堵住耳朵："别唱了，一会儿招来野狼了。"

陈长风立马噤声，感觉真有这种可能性。

他正经了几秒："我刚才还在想，如果真的遇到危险，我得把我的银行卡密码告诉你，这样你下半辈子应该能衣食无忧了。"

程诺："你现在也可以告诉我。"

陈长风分神看了她一眼："你亲我一口我就告诉你。"

他为什么想让她有故乡的感觉呢，因为他还执念地觉得她在故乡的

185

时候好像更容易喜欢他。

程诺:"你这是危险驾驶。"

陈长风便把车停靠在大路边,打开双闪。

这路上没什么车经过,色胆包天的人让暗夜都变成粉色星空。

程诺看他伸着脸等挨亲,心念一动,问了他一个问题:"地下情,你接受吗?"

陈长风的脸又靠过来几分:"地狱情都没问题。"

他没有正形,她笑得肚子疼。

她觉得他真是个傻子,她明明说的是气话,气他从来没正式正经地提出交往,拿没名没分的地下情暗讽,他却一副不在乎的样子。

程诺逗他,尽管这可能把自己的真心也赔进去:"行,那今天就是咱们正式偷偷恋爱第一天。"

这么矛盾的两个词摆一块儿,陈长风居然没听出来有什么问题,兴高采烈地在手机备忘录里标记纪念日。

程诺瞄了一眼,他日程标题写的是"地下情与勇士"。

关于正式告白这件事,陈长风真的没意识到他之前那么多次说"喜欢",在程诺眼里都不算数。

他以为自己每次都说得很认真,那就是告白了。

哪里知道美少女想要天空彩虹热气球外加土味情话一箩筐。

他兀自沉浸在自己终于跟程诺在一起了的喜悦中,甚至带了点害羞,也不向程诺索吻了,老老实实开车回家想让她好好休息,怕她以为自己不尊重她,跟她谈恋爱只想着些肤浅的肌肤之亲。

虽然他确实是在想。

程诺心情就有些复杂了,好像是开了一个玩笑,却不小心说了真心话一样。

羞恼之外,还有些甜蜜的悸动。

第一样不同的就是他下车的时候来拉了她的手,宽大的手掌包裹住她的整只手,干燥温热。

也就车库那几步路,进了电梯陈长风就松开了她,把手插进裤兜里。

程诺的手上还留着他的温度。她记不清上次他们俩手拉手走路是多大时候的事了，可能是上小学时过马路，又好像是初中时有次去爬山他在前面拉了她一段。

她站在身后看着他的后脑勺，发觉他比小时候高了好多，最初认识他的时候他好像还没她高。

眼看着他的耳朵越来越红，程诺被陈长风忽然转头抱怨了句："你不是不要公开的吗，干吗一直偷看我！"

程诺哄他似的，对他笑笑："喜欢你呀，喜欢看你。"

这话"轰隆"一声在陈长风耳边炸响，他的脖子这下也跟着红了。没想到程诺忽然就对他甜言蜜语，糖衣炮弹轰得他丢盔弃甲。

"那，你这样，要是被人看出来了可不怪我。"

程诺觉得他这样挺有意思的，厚脸皮原来听不得情话，她随便说说他就手足无措——她还是更喜欢掌控节奏的感觉。

于是对于这份"地下情"，她忽然觉得有意思了起来。

她故意给他施加压力："那不行，我管不住自己，你要帮我啊，反正如果我们的关系被人知道了的话，那就终止吧。我不想影响我的事业，也不想你家里人对我有看法。"

他们已经出了电梯，程诺给陈长风抛出个难题就不管了，直接穿过客厅往房间走。

也不给陈长风机会问清楚，那要到什么时机才能公开。

陈长风想追去问她的时候，被他爸先喊去了书房。

书房相比其他房间冷清一些，能让人理性思考。

但陈长风依旧在走神想着程诺。

陈世羽看着心不在焉的儿子，喝着茶让自己心平气和别骂脏话。

等陈长风偶然和他爸对视上了，他爸才开口："大少爷，你是对我有什么不满吗？"

陈长风："呃，我没啊。"

陈世羽说："那你能跟我解释一下，造我和程诺的谣有什么良苦用心吗？"

陈长风想起他吓唬那些人的时候随口说的他爸是程诺干爹的事，不想重复他们说的关于程诺的难听话,只对他爸笑着说了一句:"你就默认了呗,就当给她做个靠山。你以前不是也想过认她当干女儿吗?"

陈世羽换了一泡茶,不想跟他掰扯"干爹"这个称号会给自己带来什么负面绯闻,只说了和他有关的隐患:"她要真是跟我认了干亲,跟你算怎么回事?你们姐弟在一起说出去好听了?"

陈长风心虚地问:"你怎么知道我们在一起了啊?"

陈世羽不知道,他只是假设,不过现在他知道了。

他看着儿子不说话。

陈长风也意识到自己说漏嘴了,再想想程诺的"威胁",慌张地凑到他爸面前:"爸,你得给我保密,跟妈也不能说……不然我就告诉她你跟王秘书的事!"

陈世羽忍不住了:"放屁,我跟王秘书有什么事?"

陈长风:"对,我就跟我妈说,你跟王秘书什么事都没有。"

陈世羽拉开抽屉,要找他那根吃灰很久的戒尺。

陈长风耳聪目明,先一步用身体挡住他,服软认错:"爸,爸,我就是跟你解释一下我为什么那么说。干爹跟未来公公也没什么区别对吧,程诺不是你女儿也胜似你女儿了。你别动气,更别动手,咱们有话好好说。"

陈世羽踹了他一脚:"滚吧,谈个恋爱还贼头贼脑的,就这点出息。"

陈长风委屈,不过离开书房前再三求他爸保证,要替他保守秘密。

出了书房已经挺晚了,想到程诺今天不太舒服,他没有直接去她房间找她,先给她发了条消息问她:睡了没?

程诺隔了会儿才回他:刚洗漱完。

陈长风:我去看看你?

程诺:不了吧,这么晚了。明天见。

人就在不远的隔壁房间,陈长风克服了很久才止住去见她的念头。

他从来没有这么期待过第二天的天能早点亮。

可惜事与愿违,第二天阴天下雨,陈长风受天气影响没能早早起床,等到睁开眼的时候已经比平时晚了半小时。

他火速爬起床，平时都要洗个澡再出去，今天只洗了脸就跑下楼吃饭。

却没有在饭桌上见到程诺。

陈长风问陈奕安："浪花今天不吃早饭吗？"

陈奕安并不清楚，他抬头看向程诺的房间，回忆了一下："她是不是一早就出去了？我早上好像听到了门响。"

陈长风用嘴叼着烧饼给程诺发消息：你去哪儿了啊？

程诺没回他。

陈长风郁闷极了。他食不知味地吃了早饭，换了衣服离开家前还在看手机消息。

没回没回，小骗子失踪了。

这条期待的回复直到快中午了他才收到。

程诺无辜的语气说：啊？我刚起床。

怎么有人可以过得这么潇洒？

怎么有人刚谈了恋爱还能睡得着觉的？

他气哼哼，问她晚上想吃什么。

程诺还是觉得在外面吃不方便，回说就在家里吃吧。

陈长风正在外面开会，没再回她了，因为心里并不高兴。

他忍着，装着，完成了工作，吃完了晚饭，应付了家庭欢聚时光。

然后他在程诺去洗手间洗手的时候跟过去，问出了自己心里憋着的疑问："你是不是后悔了？"

刚恋爱的尴尬期，总是患得患失，觉得她想要变卦。

程诺看了一眼门外，对他噘噘嘴，示意外面有人。

陈长风也回头看了一眼，是李皓行在操控赛车到处跑，吵死了。他觉得妈妈过分溺爱小弟了，他打算要"替妈行道"，把李皓行的遥控车没收。

陈长风跟着李皓行跑到犄角旮旯的楼梯间，抄起他的大赛车义正词严地命令他："以后不许在家里玩，只能在院子里玩，不然会撞坏家具。"

李皓行平时都在院子里玩，他委屈："外面在下雨。"

陈长风："那就不要今天玩。"

189

李皓行："我就想今天玩。"
　　陈长风："你都十一岁了，要理解人不是想得到什么就能得到的。"
　　李皓行："哦，就好像你想当我姐夫但不一定就能当成。"
　　陈长风："嘿，臭小子，我能和你一样吗？我已经是了。"
　　他得意忘形，嘴上没个把门的，在小弟面前放松了警惕。
　　李皓行张着嘴巴看他，忽然扭头要跑："妈妈！妈！"
　　陈长风扔了赛车抱起李皓行，试图对他进行催眠："祖宗，祖宗别叫，嘘，我吹牛的，你忘掉忘掉，不许出去瞎说听见没？"
　　李皓行笑得像个小坏蛋，点点头："我要玩赛车。"
　　陈长风立马把赛车放回他面前："你玩。"
　　李皓行又提出要求："给我买奥特曼。"
　　陈长风："买，你去挑了发我。"
　　李皓行暂时还想不到其他想要的，但他知道自己拿捏住大哥的把柄了，只要他替大哥保密，大哥就得对他唯命是从。
　　他很满意，遥控着赛车跑开了。

　　陈长风"赶"鸡不成蚀把米，郁闷地去了程诺的房间。
　　程诺打开门看到他，刚要开口，他先发制人："十分钟，我知道，我待一会儿就走。"
　　程诺想了想："要不我去你房间吧。"
　　他房间里玩的东西多，平时弟弟们也喜欢去他房间，这样看着还不突兀。
　　陈长风点点头，没敢把自己已经走漏风声的事告诉她。
　　程诺觉得他好像今天有点沉闷，想到刚才他问自己的那句话，即使是逗他玩，也是真的想跟他在一起的，不想他胡思乱想。
　　她跟着他进了屋，就先说："我没有后悔啊，为什么这么问？"
　　陈长风的房间有阳台，落地窗外面是依旧淅淅沥沥的雨水，无端带着些伤感。
　　他坐到阳台的摇椅上，看着雨帘，说："我早上没见到你。"
　　程诺："因为你睡懒觉了啊。"

陈长风：啊？谁睡得更懒啊？

程诺："我今天起得可早了，以为你要去跑步，结果在客厅等了半天你都没起，我就去睡回笼觉了。"

是这样吗？

陈长风的不开心飞到九霄云外，他立马露出笑脸："哦，你找我有事吗？"

程诺看他满怀期待的表情，抬脚一下一下踩他摇椅的弯脚，让他来回摇摆。

隔着玻璃能听到雨声，隔着敞开的房门能看到走廊的情形——他们为了避嫌，没关门。

这一刻，走廊好像离他们很远，雨幕却好像离他们很近，空气里都是潮湿的心意。

程诺踩停了摇椅，看着他的眼睛："我以为是你找我有事呢。"

她说完，从阳台往屋里走，走到房间的正中央。陈长风的房间四四方方，这个位置空着没放置东西，从斜侧的门口路过也看不到这个角度。

陈长风跟着她走过去，走到她身边，低头看她。

两个人都没说话。

但是程诺冲他笑了。

陈长风像被按下开关，低下头凑到她嘴边，给她亲自己。

这个位置如此隐秘，又如此坦荡。

他们大胆地偷偷接吻，还想要欲盖弥彰地敞着房门证明清白，一分钟的亲密都像坐过山车一样惊心动魄。

程诺的手抓着他胳膊，在听到外面不知道从哪里传过来的脚步声时松开了他，过了会儿发现是虚惊一场，探手去摸他心口的位置，感受到了擂鼓一样激烈的跳动。

他问她："好玩吗？"

程诺点头。

陈长风却觉得心里堵着一口气，具体是气什么他还没想清楚，但他选择先咬她一口解解气。

程诺皱着眉看自己手背上被咬出来的一圈牙印，嫌弃地在他衣服上

191

擦了擦："我要回去了。"

她真的说走就走，走到门口时被他一把拉住。陈长风觉得刚才证明清白的时间够长了，接下来可以是短暂的"不清白"时间。

他把程诺推到门口的墙边，用脚尖把房门带上，然后推着程诺的一只手压在她头顶的墙上，又去亲她。

他没有什么技巧，只是亲她。

程诺揪着他的耳朵让他冷静。

陈长风退开一点距离："好吧，你回去吧。"

程诺要走，才觉得像喝醉酒一样脚软。

她看了眼陈长风，他把门给她打开一条缝，问她："怎么了，不想走啊？"

程诺便像入海的鱼，贴着门缝溜走了。

陈长风原本是要帮程诺遮掩，不让其他人知道他们在谈恋爱，结果现在还要把其他人知道了的秘密在程诺面前瞒着，双面间谍当得他好心累。

临近春节，程诺要回琴市过年，陈长风倒计时着又开始不舍。地下情虽然折磨，可也真快乐，他每天看见她就高兴，还能找没人的时候亲她一口，高兴加倍。

目前陈长风能挖掘出的恋爱的优势就是这一条，其他好像没什么不同，甚至因为有了男朋友的身份，她怼他的时候更凶了。

但是亲她一口，就能够让他快乐一宿。

下班时间到，陈长风敲他爸的办公室门，邀请他爸一起回家。

陈世羽头都没抬，要加班。

陈长风脚底抹油想溜，结果被老爸喊着一起留下。

陈长风"丧气脸"："爸，有什么事咱们回家谈不行吗？家里人还等着我们呢。"

陈世羽："你妈今天参加活动去了。"

陈长风："那你没人等，我有人等啊。"

陈世羽："你妈把程诺也带去了。"

欸？他居然不知道这事，程诺没跟他说。

陈长风无可奈何地坐到沙发上，一边给程诺发消息询问，一边问他爸有何贵干。

陈世羽给了他一份表格，上面是陈氏地产过完年就打算集体离职的 M5 以上的管理层。

挺长一串名单，不乏之前他爸说可以为他所用的那几位元老。

陈长风皱眉："他们是打算跟着姑妈出去另立炉灶？"

陈世羽把另一份报告给他："已经攒起局来了。"

陈长风想到不久前看的年报，有些生气："这么有骨气要'清君侧'，干吗不直接现在辞职，还惦记着年终奖和分红那几块钱呢？"

这是人之常情，没人会和自己的钱过不去。陈世羽不在意那个，他担心的是这般大阵仗会搞得陈氏股价下跌，那才是更致命的威胁。

陈长风想到姑妈为了和他争公司，连他是私生子这样的传言都放出去了，就觉得这些年好像从来没看清过她。

明明小时候她也很亲近地抱着他喂饭玩耍过，何至于就到今天这个局面。

他虚心请教他爸，现在要怎么办。

陈世羽想让他去试试"招安"其中几个副总，他们的弱点表格里都写得清楚，要一一击破并不是没有可能。

父子俩又谈了些公司的事情，简单吃了点东西，各自开了几个电话会议后才回家。

陈长风进门就喊"妈"，李皓行跑出卧室在楼上扶着栏杆告诉他"妈不在家"。

话音才落，家里大门开了，李柚柚和程诺手拉着手一起回来。

陈长风观察了一番，他妈脸色还正常，程诺好像眼周有些红，不像眼影，像喝了酒。

果然，李柚柚跟程诺说："快去睡吧。早知道你酒量这么差，一口都不让你喝。"

程诺"嘿嘿"一笑，扶着楼梯上楼去了。

陈长风跟他妈敷衍地说了几句话打了个招呼，也紧跟着跑上楼。

他走在程诺后面，隔着两层台阶，防备她脚滑滚下来。

还好，她虽然走得慢，但还是稳稳当当地走上去了。

走到她房门口的时候，她回头看了他一眼，头往后仰，脑袋轻轻碰碰他胸口，一触即分，用这种特别的方式跟他说晚安。

陈长风抬脚想跟着她进屋。

他进之前先扭头看楼下，看到他妈仰着脸对他笑，笑得他心虚。他脚尖转个方向，走回自己房间。

躺在床上，陈长风捂着胸口还在回味程诺"头槌"他的那一下，像只小猫挠了他一爪子，又软又萌。

他给她发的消息她没回，多半是睡着了。

她喝醉以后特别爱睡觉。

陈长风忽然有些不放心，她会不会醉得太厉害，连被子都没盖就睡着了呢？

越想越觉得她不靠谱，陈长风蹑手蹑脚地起身，摸黑去了程诺房间。

程诺的房门没反锁，他按压着门把手，努力不制造出响动，慢慢推开门进去。

屋里不黑，因为程诺没拉窗帘，窗外有路灯的光，也有月光洒进屋里。

而她果然如自己所想的那样，衣服没换被子没盖，直接扑在床上就趴着睡着了。

陈长风打开手机手电筒，照着脚下的路。他怕有声响，出来的时候没穿鞋，现在踩在地毯上更是无声无息。

他坐到她的床沿边，用手机灯光照向她的脸。她感觉到亮光，抓蚊子一样伸手在空中乱抓了一通，然后嘟囔着转了个身，背对着他。

陈长风伸手挠了挠她的后背，想把人叫起来。

程诺没醒，但她翻身面朝着他，用力踹了他两脚，不知道是做梦还是有意识地骂他："陈长风，你烦不烦！"

陈长风笑着，拉开被子给她盖上，又起身去拉上窗帘。屋里更黑了，他的眼睛适应了一会儿黑暗，才往外走，路过床边的时候还在她脸上偷亲了一口。

程诺第二天起来时，对于自己是怎么盖被这事完全没印象了，只记得半夜被蚊子咬，跟陈长风发消息吐槽讨厌的蚊子冬天还不下班，要把它们全都流放到北方冻死它们。

陈长风做好事不留名，全都推到蚊子身上去。

没有程诺的春节似乎没什么好说的，陈长风忙到除夕下午，晚上去爷爷家过年。

在那里，遇到了来送年礼的姑妈家的表哥表姐，公司里闹得不愉快，在老人面前倒是不约而同地装友善。

陈世羽叮嘱过陈长风，爷爷年纪大了，不要拿这些事情扰乱他的好心情。

陈长风明白眼前的局面正是姑妈觉得爷爷"偏心"自己才造成的，他这个祸首当好乖孙子就可以了，不要惹是生非。

可他不招人，偏有人要凑上来招惹他。

表姐问陈奕安怎么没看到他们家的"小童养媳"，陈奕安知道她说的是程诺，但觉得这称呼从她嘴里说出来不怎么尊重，便装听不懂地开玩笑："表姐说的是谁的呀，皓皓那个小青梅昨天还来我们家送樱桃来着。"

表姐轻蔑地一笑："就你们那个浪花姐啊。不过我确实不知道她是跟你好还是跟长风好，也可能你们三个人一起好？"

陈奕安脸色一黑，还没说话，陈长风从后面走过来了："表姐你是不是偷着吃'走走'的屎了啊？"

"走走"是姑妈家的布偶猫。

表姐被陈长风这么指着鼻子骂嘴臭，还骂得这么粗鄙，她冷哼一声："哟，这么护着自己的小情人呢。"

陈长风："那能不护着嘛，我巴结了二十年她才肯正眼瞧瞧我，人家对钱一点不感兴趣，听了你的屁话再给气跑了我找谁说理去。"

表姐感觉他在说她巴着钱，更气愤了："你清高，你别来抢我们家的股份呀。"

陈长风："哦？陈氏的股份什么时候成王家的了？"

195

"你!"表姐指着他,气结,没想到他真敢跟自己呛声,连日来积攒的憋屈都化成一声冷笑,"你等着,有你哭的时候。"

陈奕安看着表姐离开的背影,有些担忧地问他哥:"咱们两家一定要闹得这么难看吗?"

陈长风:"本来还想着缓和点的,现在我觉得,她还是少分点钱少吃点肉吧,嘴这么臭。"

陈奕安看着大哥维护程诺的样子,不陌生。从小大哥就是这么护短的,这个"短"也包括他这个弟弟,谁要是欺负了他和程诺,准没好果子吃。

陈奕安还想跟大哥聊几句开导他一下,陈长风却已经拿起手机跟程诺告状去了。

陈奕安发誓他不是故意看到大哥手机屏幕的,可他还是一眼就扫到了陈长风发的那条:嘤嘤嘤,老婆,有人打我!

陈奕安心里闪过一排问号。

他冷静了三秒钟,拍拍陈长风的肩:"哥,你要不换个防偷窥膜吧。"

陈长风扭头,"掉马"掉习惯了,他都不觉得被陈奕安发现是多大事了,何况弟弟一直知道自己的态度。

陈长风点点头:"好主意。保密哈,我们的事没跟别人说。"

陈奕安无语,说不说的,还有谁看不出来他哥这个"恋爱脑"吗?

陈长风盼星星盼月亮,盼到初五总算迎回来了程诺。

她不是自己回的,还有她爸妈也一起来了,带着礼物感谢陈家对女儿的照顾,在陈家吃了顿家宴,打算这两天帮程诺搬家的。

吃饭时李柚柚还在挽留程诺,说有她在还能陪自己逛逛街参加活动,房间空着也是空着,住在这里多热闹。

陈长风在旁边听得频频点头。

程诺踩他一脚,让他闭嘴。

陈世羽瞅了儿子一眼,傻小子,当着人家爸妈还不知道收敛一点,人家怎么可能放心让程诺继续在这里住。

李柚柚看程诺自己也说找好房子了,没再勉强,只说最近过年闲着,多多来家里找她玩。

李皓行嘴快，跟程诺通风报信："对呀，浪花姐你不在家的时候，那个林姐姐来辅导我英语，你来陪我妈玩，别让她来了。"

大家笑笑，只是个小插曲，都没放在心上。

可是一向对人名不敏感的程诺，这次倒是对"林姐姐"上了心，她记得，之前陈家想让陈长风去相亲的那个轮胎公司的千金就姓林。

晚饭散场，程诺爸妈回酒店去睡了，程诺还留在陈家，她这两天要收拾行李。

陈长风巴巴跟着进她房间："真要走啊？"

程诺："嗯，总住在这里不方便，也妨碍你跟林姐姐交往。"

陈长风瞪大眼："谁？什么玩意儿？"

他问完，想起来李皓行的称呼，又自问自答："你说林夏？我什么时候跟她交往了？"

程诺："你家不是挺想撮合你俩的吗？"

陈长风："我们家最近是跟林家有些业务往来，走得比较勤，但都是公事，你别多想啊。"

程诺："哦。"

她踩着凳子把顶上柜子里的床单被套先抱下来，打算装箱。

陈长风站到她凳子底下，抱着她的腰把她搬下来："你别'哦'，有事说事。"

程诺把四件套扔到一边的沙发上，人还被他举着，脚不沾地。

她手撑着他的肩，挣扎着跳下来，满不在乎地说："我没事啊，你不都说清楚了嘛。"

陈长风不准她走，拎着她后衣领把人拽回自己身边："你不高兴了，你吃醋了？你吃也吃点好的啊，我跟林夏总共只见过一次，说了三句话，'你好。''辛苦你了。''我弟弟挺皮的，他不听话直接揍一顿就行。'"

程诺对他笑笑，勾了勾他的下巴："乖。"

陈长风却觉得那笑容并未传达到眼底，让他心里一慌。

说曹操曹操到，第二天林家的人又来家里了，程诺听见了直接没出房门，也省了他们的寒暄客套。

197

林家人并没留下吃饭，午饭的时候程诺才下楼，刚坐下就听到李柚柚在说林家妈妈提出来的要不要结个亲家。

　　程诺看向陈长风。陈长风心虚地看向饭碗，他今天真是第一次听到这事，搞得昨晚跟程诺的保证显得无比苍白。

　　陈奕安这时候也坐过来了，陈长风抓住救命稻草，问弟弟："你记不记得以前看《还珠格格》看到尔泰替尔康娶塞娅公主的时候，你说过什么？"

　　陈奕安一脸茫然。

　　陈长风点点头："现在就是你报恩的时候了。"

　　陈奕安看向他妈，他妈一脸看好戏的模样。

　　他哪里记得他小时候说过什么，而且报恩是什么意思？

　　陈长风对着他迷茫的表情，抓着他的手给出了答案："替我去联姻吧！"

　　陈奕安郁闷地推开他哥："大清还没亡吗？"

第八章
/我对你的喜欢没有条件/

程诺吃过午饭就把行李都收拾好了。细碎的小物件很多,她没打算一趟带走,只把必要的生活用品先打包好,其他的可以以后来的时候再拿一些,或者就放在这里也没关系,反正柚柚姨说这个屋子一直给她留着,不让外人住。

陈长风又去她房间了,这次把门给关上,想说点两个人的悄悄话。

程诺只看了他一眼,就把行李箱推到门口要走。

陈长风堵着门,不让她走。

程诺冷冷地说:"让开。"

陈长风哄她:"你也听我妈说了,那只是林家提出来的,又不是我提的,我跟林夏真的不熟。"

程诺扶着拉杆:"嗯,你还挺有魅力的,见了一面说了三句话人家就想嫁给你。"

陈长风这次没顾上臭美,他夺过程诺手里的拉杆箱放到一旁,伸手握住她的手,捏着晃了晃:"你看网上那么多人喜欢你想娶你,我也没跟你生气啊。"

程诺说了句:"胡搅蛮缠。"

还是要走。

陈长风也委屈上了,他借着这股劲把心里憋着的话说出来:"是,我胡搅蛮缠,你就是躲不过去被我缠才跟我在一起。"

程诺皱眉:"什么?"

陈长风:"不是吗?你只是喜欢我喜欢你的感觉,你对我的喜欢是有条件的,我讨你开心了,你就喜欢喜欢我,我一旦哪里表现不好,你就中止你的喜欢。我算什么呢？你养的猫养的狗养的小王八，不高兴了随时扔掉。"

程诺："你是这么想的？"

陈长风不总是这么想的，他只是偶尔会有一点担忧，尤其是程诺跟他置气的时候，他就想到她说的，为了不影响她的事业和名声，一旦他们的关系被人发现，就要中断。

他觉得程诺不会那么无情，可程诺不理他的时候他又很慌。

如果他们一直是朋友，他可以坚信他们是一辈子的朋友，永远不会失去彼此。

可他们现在是情侣了，他连"分了手的话能不能再继续当朋友"都不敢期待。

陈长风没回答她的问题。

他指控她："你不就是经常把分手挂嘴边吗？"

程诺心里的火由醋酸变成苦涩，她发现他还是一如既往地厉害，知道怎么样一句话把她惹毛。

她一把将他推开，笑着跟他说："说得也没错。我玩够了，不想玩了，你滚吧，小猫小狗小王八。"

陈长风拉住她的手腕："什么意思？"

程诺甩开他的手，把门打开前告诉他："意思就是这破恋爱我不想谈了，分手吧，懂了吗？"

陈长风两只手举起来，堵住耳朵，不听。

程诺才不管他听不听，拉着箱子就出去了。他不是说她总把分手挂嘴上吗？那她就挂一次试试。

陈奕安在楼梯上看到程诺一脸怒气地走出来，心想这是又跟大哥吵架了，上前去帮她提那个巨大的行李箱，问道："姐，你怎么走，我送你吧？"

程诺没拒绝，她的车被她妈开走了，而她现在并不想让陈长风送自己。

陈奕安开车的时候，程诺坐在副驾上玩手机P图，他偷看了她几次，感觉她情绪稳定了一些,才出声:"是我哥又惹你了?"

程诺愤愤地说:"还能是谁。他那个狗脾气,你又不是不知道,他真应该改名叫'陈狗疯'!"

陈奕安笑了,笑完又问:"那你还喜欢他什么啊?"

程诺对着手机屏幕上自己的照片发呆。喜欢他什么呢?他说得好像也没错,她最喜欢的就是"他喜欢她"。

陈奕安看她没吭声,替她回答:"是不是觉得习惯了啊?其实我觉得习惯也没什么不好,男人或者女人,谁是谁的一根肋骨,在身上的时候好好的不觉得有什么重要,真的断了折了消失了,那得多疼呀。"

程诺静了一晌:"看不出来,你还是个情感大师,是不是偷着谈恋爱了没告诉我们。"

陈奕安:"我才没你们那么无聊。"

程诺听到这话,脸有点红。她倒没否认自己和陈长风的恋情,也没说气话告诉他自己刚跟陈长风分手。

她还有点好奇:"你以前答应过你哥什么啊,报恩什么的?"

陈奕安今天也是被迫想起来儿时的玩笑话。那时候他也很喜欢程诺,看到塞娅抢亲那一段剧情,就很有义气地告诉他哥,如果有一天有人要拆散浪花姐和她的童养夫大哥,他就挺身而出英勇献身——"来报答浪花姐的恩情。"

程诺:"啊?我?我有什么恩情?"

陈奕安:"上小学的时候,我哥虽然让着我,在外面也罩着我,但是在家偶尔还是会跟我吵架抢东西的,每次你在的时候都会向着我,还会把他带走去玩别的,让我少挨了很多揍。我有时候还会想,你要是我亲姐就好了。"

程诺还真不记得这些事了,她印象里的陈奕安就是一直很乖很安静,和陈长风那只皮猴截然不同。

陈奕安将车停在她的新小区。程诺解开安全带,伸手拍拍他的头:"我就是你亲姐。"

陈奕安帮她把行李搬上楼。程诺妈妈已经在家等着了,保洁刚刚清理完卫生要离开,程诺妈妈没空招呼陈奕安,让他下次再来玩,还给他兜里揣了一把瓜子。

陈奕安便不打扰她们母女搬家，先离开了。

等人走了，程妈陪女儿一起收拾卧室，合作套被单。

程诺想起昨天陈叔叔夸赞妈妈工作能力强的那些话，忍不住问她："妈你后悔吗？如果你当年没回老家，一直在沪市跟着陈叔叔干的话，说不定现在也是女富豪了。"

程妈一抖被套："不后悔，我现在也过得很好。"

程诺点点头："也对，你找了个好老头。我爸呢，去哪儿了？"

程妈："他去附近转转，帮你摸排一下情况。"

程诺觉得她爸更好了，但她也很好奇："你为什么没嫁给陈叔叔啊？"

程妈："因为你爸更帅。"

程诺又点头赞同，她爸直到现在都很帅。

程妈："再说了，我要是嫁到陈家，不就没有你跟陈长风什么事了嘛。"

一说起陈长风，程诺就来气。

她觉得如果她有三分"作"，陈长风就有九十七分"作"。

程妈对他们小朋友吵来吵去这种事是不掺和的，也没有什么感情建议要给女儿，甚至还不靠谱地说了句："眼光放开点，我看奕安也不错嘛。"

刚进家门的陈奕安狂打喷嚏。

迎面撞上了面色不豫的陈长风，陈长风问他："她到新家了？"

陈奕安："嗯，阿姨在家。"

陈长风又问："她跟你说什么了没？"

陈奕安回忆了一下，把程诺骂大哥是狗的那一段略去了，只挑最后一句："她说她是我亲姐。"

陈长风听了却肝颤了下，这算什么？

跟他要分手，要撇清关系，然后转头跟他弟弟承诺还是亲姐弟，是真打算不跟他来往了呗。

202

他郁闷极了,回了房间,把助理发给他的两份会议纪要倒着看完,看完以后,还是没忍住给程诺发了条消息:我收回我的话,你也收回你的话。

程诺没理他。

陈长风去了程诺的房间,想找找看她有没有重要东西落下了,他去给她送。

这房间里充满了她的生活气息,即使她搬走了,留下的小摆件也好像还在等她回家。

"长风,你在这儿干吗呢?"李柚柚跟着阿姨来程诺的房间,要看看怎么帮她归置清洁,却看到了长子坐在程诺床上发愣。

她指挥阿姨把新的床品先铺上,就让阿姨去忙别的了,她要跟儿子说说话。

陈长风却不太想跟妈妈谈心,他现在心里正乱着,不愿意让人看出来自己的难过,哪怕那难过已经摆在脸上了。

他抢先一步离开,说有公事,离开前还跟他妈说:"你要是真看上林夏了,让奕安娶她去,我反正没看上。"

说完,他不等他妈回答,就跑没影儿了。

没有程诺在的家,陈长风觉得又空虚又压抑,还不如在公司待着加班。

程诺已经搬出去两天了,也失联两天了。

陈长风有些忐忑,不知道她是不是真的说了那句分手就算分了。

他后来又给她发过消息,问她在干吗,她也没回。

陈长风忍不下去了,跟陈奕安问了她新家的地址,没到下班时间就早退了,赶在早高峰之前去了程诺的新家。

他把车停在小区外面就下来往里跑,因为他看见程叔叔了。

程爸听到脚步声,回头看了他一眼,也没停下来,继续往前走。

陈长风跟上去,跟到楼下了,程爸才停下,仰头看着三楼的平台。

陈长风和他一起仰头:"叔叔,你在看什么啊?"

程爸指了指程诺住的那个房子,有一个门是朝着平台开的,虽然很

203

方便在平台散步通风，但也有一些安全隐患，程爸正在考虑要不要把那个门封了。

他跟陈长风说："你试试能不能爬上去。"

陈长风："啊？怎么爬啊？"

程爸走到墙外的一个管道前，敲了敲："顺着这个。"

他说完，还给陈长风演示了一下，踩着壁沿，攀着管子，很容易就向上爬了一大截。

程爸跳下来，拍了拍双手的灰，让陈长风试试看："我去楼上接你。"

他说完就走了。

陈长风得了吩咐也不敢不从，抬头看着这五六米多高的平台，心一横，自恃体能还不错，摩拳擦掌地就抱着钢管往上爬。

爬了没多久，头顶忽然有亮光在晃动，他回头看光源，看到两个保安大哥歪着头拿手电筒照他，对他大喝一声："你干吗呢？"

陈长风卡在半路，爬是不好继续爬了，无奈地退回到地上。

保安盘问他，他想解释自己是来看女朋友的，可随后又考虑到不能随便把程诺的信息透露出去，不然她还得继续搬家。

程叔叔又不在身边，也没个能解救他的人。最后他咬死了自己是在攀岩锻炼身体，被当成变态教育了一顿，落荒而逃。

陈长风坐回车里就赶紧开走，开出一段路去，才停在路边跟程诺吐槽自己刚刚的悲惨遭遇，并合理怀疑程叔叔是不是故意搞自己。

消息依旧如石沉大海。

程诺其实都看到了，不回他而已。

她爸回了家也没说在楼下遇见陈长风了，只是去了一趟天台，朝楼下看了一会儿，再进屋的时候就说还是把天台那个通道装个防盗门封了比较好。

程诺没意见，反正她也不打算在天台养花养草或是安个秋千晒太阳，那样太容易曝光自己。

程爸这几天给她手绘了个小区周边地图，哪条路上有监控、路灯亮，哪家早餐店开得早，哪家夜宵送外卖店里环境干净，他都给标注好了。

程诺由着爸妈替她打点好一切，她自己则是又收拾出拍戏的行李，要进组去,今晚就飞。

陈长风在路边久等程诺的信息没等到,失望地又回了公司。
这次他在茶水间碰到了上次八卦程诺和梁云昇关系的女员工,女员工见到他还有些尴尬地躲着走,他却把人拦下来,给她安排了个新任务:"再刷到程诺跟梁云昇一起出活动的消息直接转发给我。"
那女员工惴惴不安地点点头。
第二天她就发给陈长风剧组在边陲小城开机仪式的新闻,程诺虽然没在中间,但是站在梁云昇右手边,举着红包笑得灿烂。
陈长风心塞了。
她跑那么远的地方去拍戏,都不跟他说一声了?
陈长风也有脾气,他追着她那么久了,她根本不珍惜他,对他可有可无,没把他放心里。
当他是什么很廉价的人吗?爱分就分吧,他也不去贴她了!
这么想着,他的脸色却更难看了,回到家饭都不吃就一头扎进自己的房间,戴上耳机打游戏。
没多久,他妈端了一碗草莓上来,坐到沙发上等他。
陈长风把游戏退了,摘下耳机看他妈:"有事吗?我不饿,不吃了。"
李柚柚叹了口气,虽然觉得主要是儿子不会谈恋爱的问题,但也有点内疚那天自己直接转述了林夏妈妈的话,给小情侣添了点堵。
可就这么点小事,陈长风居然用了这么多天还没搞定吗?
陈长风看着他妈表情几度变化,不知道她想说什么,但怕她又提跟林家联姻的事,直接挑明了:"有件事我一直没跟你说,我跟浪花在一起了,你知道的,我喜欢她,我才不跟莫名其妙的人结婚。"
李柚柚:"我知道。"
陈长风不意外,他妈那么聪明的人,说不定是最早察觉到他的心意的。
可李柚柚说:"浪花跟我说过。"
陈长风要把耳机拿起来的手愣住了,不确定地问:"你说她跟你说过?什么时候?"

李柚柚:"就是那天我们一起去参加舞会,回来的时候她在车上跟我说的,说她看上你了,给我当儿媳妇好不好。"

陈长风都没等他妈再具体说说程诺怎么说的,直接去拿外套,要去千里之外追女朋友了。

可陈长风的追妻之旅还没开始就已经结束,他在自己家楼梯上溜达了一圈,重新又回了房间,跟还没离开的妈妈说:"今晚没有去伽市的航班了,我明早再去。"

李柚柚"哦"了一声:"那你加油。"

既然走不了,陈长风便想听听他妈多说点程诺的事:"她那天为什么说这个啊?"

李柚柚回忆了一下程诺拉着自己胳膊说话的表情:"大概是喝了点酒,有点醉了,没遮掩住。"

陈长风记得她喝醉了,那天晚上还是他给她盖的被呢。

他又问:"她还说什么了?妈你别挤牙膏呀,都跟我说说。"

李柚柚:"就是我说起你不开窍,不知道什么时候能给我领个媳妇回来。浪花就突然问我她怎么样,说她看上你了,要给我当儿媳妇。我说:'好啊,你什么时候来当?'她就嘿嘿笑,说你俩正好着呢。"

确实也没说几句,不过李柚柚当时还是挺惊讶的,没想到程诺会这么跟她说。

陈长风不满足也不满意:"妈,你怎么不早跟我说啊?"

李柚柚:"我跟你说什么啊?问你知不知道你们俩正好着呢?这话不应该是你跟我说吗?"

陈长风噎住,又抱怨:"你都知道了,还说什么联姻!"

李柚柚:"我只是说林家提了联姻,我又没说我答应了啊,这不是提醒你们林家有这个心,后面合作还是什么的也好好打算一下怎么处理啊。"

陈长风说不过他妈,他承认自己有些迁怒了,归根究底,把女朋友气跑了的还是他。

程诺不是完全不在意他。

她在他的家人面前承认过他。

还有什么台阶比这更好下呢？这简直是游乐园的旋转滑梯，他恨不得立马就跳下去，迎接"海洋球们"的温柔暴打。

胸口有什么情愫呼之欲出，他太想立马见到程诺了，如果见不到，起码让他跟程诺说说话，他保证态度诚恳地道歉，让他当什么猫猫狗狗小乌龟的，他也没意见。

他只想联系到她。

陈长风给程诺打电话，打到十七个，她终于接了。

原来她没有拉黑他，十七个就是她的上限了。

程诺接起来，先出了声："喂，什么事？"

陈长风："你终于理我了！"

程诺："我怕你把我手机打没电，我还在片场。"

陈长风："好辛苦。我明天去探班可以吗？"

程诺没应声。

陈长风："我已经买了明天最早的航班了，你忙完把地址发我哈，不然我怕我迷路被拐卖，听说那边不太平。"

程诺："我还有工作，先挂了。"

她说完真的就挂了，原本也没想和他聊天，只是拿到手机的时候看到这么多未接来电吓一跳，以为他出了什么事。

程诺把手机揣起来，有些纠结。要让他来看她吗？她还没想好见不见他。

说实话，气好像已经没那么气了，这些天完全是顺着惯性不理他，连之前吵架的原因都有点记不清了，但就是忍不了一点委屈。

现在他低头求饶了，她又觉得……她好像也是想他的。

小城没有高楼，不知道是否因此不挡风，夜里出奇地冷。

程诺裹着军大衣，依旧冷得手脚发木，终于拍完了最后一条，她抱着热水袋就往宾馆跑。

片场附近的住宿条件不怎么好，剧组包下来的宾馆看着很有年代感，门头叫"春风招待所"。

207

程诺这两天都是拍完夜场倒头就睡,今天因为陈长风的电话有些失眠,不知道要不要把地址发给他。

如果大少爷看到这破板床,是不是会不管不顾拉着她就回去啊?

她还在胡乱想着的时候,听到门外有些声音,因为夜里太静了,几句说话声也回响不停。

程诺有些警惕地跳下床,她衣服还都没换,穿得严实,趴在猫眼上看外面。

看到走廊里站着副导演,还有个背对她这边的人影,应该是梁云昇。

她听到了他们的笑声。

过了一会儿,有人来敲她的房门,是梁云昇。

程诺对他虽然已经没有萌动的感情,但也不至于就生出防备,开了门,看他一只手里端着一瓶红酒,另一只手的手指间夹着两个高脚杯。

他对程诺笑笑,推门的手却是不容置疑的:"屋里说。"

程诺有些疑惑,还是放他进来。

他进门以后却没往里走,而是贴着门看外面,看了一会儿,才走到床头柜边把酒放下,拉过一旁的椅子坐下。

梁云昇问程诺:"你之前跟江枇熟吗?"

程诺在脑子里过了一番,才把江枇这个名字跟那个副导演对上号,摇摇头:"不认识。"

梁云昇又问:"这两天他对你有没有什么特别的行为举止?"

程诺依旧摇头,不过她好像有点明白他的意思了:"他看上我了?想追我?"

"追"字说得比较委婉,这些片场情缘哪有走心的,程诺想到那个副导一脸横肉的样子,有些恶寒。

梁云昇开了酒瓶,给自己倒了一杯,不多,他习惯睡前喝两口。

他晃着杯子醒酒:"可能吧。"

程诺的戏份预计两周就能杀青,她并不想在这段时间惹任何是非,但也有些无语:"我看起来挺好欺负吗?"

梁云昇:"也有些人,是野心比较大。"

程诺:"野心大也找个高枝啊,一个副导演有什么好巴结的。"

梁云昇看向她因为愤怒而表情生动的脸，问了句："我算高枝吗？"

程诺和他对视，直到他端起杯子喝了口酒把视线隔开，她才说："梁老师，你可别骄傲，先拿个影帝大满贯再说高不高的事。"

梁云昇笑了笑："好。"

他虽然带了两个杯子来，却并不打算让她碰酒，自己那杯喝完了，看看时间，又给自己倒了杯，不急着喝，反而拿起剧本来背词。

都后半夜了，程诺已经困了，问他能不能回自己房间去勤奋，别在她面前"卷"了。

梁云昇："我现在走，他可能还会来。我再过一个小时走，他之后应该也不会来了。"

程诺思考了一下，有理。

她还挺信任梁云昇的，把他手里自己的那份剧本抽走："咱俩的本子不一样，你别看乱了，要不你坐着眯会儿吧，我一小时后叫你。"

她说完，给他拿了件大衣搭着腿，又调了个闹钟。

屋里的空调"嗡嗡"作响，制热效果却很一般，窗边还有个热油汀，给房间里提供了一些小功率的温暖，催得人昏昏欲睡。

说要守着闹钟的人，自己反倒先盖着被子迷糊过去了。

梁云昇看着程诺的睡颜，不知道该不该高兴她这么放心他。

时间过得真快，程诺的一小时闹钟响起来，她闭着眼摸出手机关掉，卷了卷身上的被子，继续睡。

梁云昇替她把大灯关了，只留一盏台灯，从她房间离开。

程诺什么都没听见，一觉睡到天亮，才被手机振动吵醒。

是陈长风发的消息，还有他在伽市机场的自拍照：我来了，真不管我啊？

程诺到底不忍心让他白跑一趟，发了招待所的定位给他，发完依旧困顿，跟他说自己要睡觉，就又继续迷糊了。

这次陈长风识趣了，没有再打扰她好眠，到了招待所，听说剧组已经包了这里所有房间，就到附近的一家看起来还算干净的大饭店等着。

程诺再醒来的时候已经该吃午饭了，她今天没有戏要拍，可以休息调整，才会如此放任自己睡懒觉。

看到陈长风发来的照片，他已经吃上了，她也觉得有些饿，套上衣服去找他。

白天的伽市日光足，春季温度适宜，她只穿了件棒球服，手插在兜里走去那家饭店。

店里人不多，陈长风在里面显得尤为扎眼。

程诺走到他对面的座位坐下，从筷子笼里抽了一双一次性筷子，先插了个小笼包吃。

陈长风抬头，看到她随手扎的马尾辫，像看到了高中时候起晚了来不及梳洗就去上学的那个她。

他给她舀了碗汤："昨晚几点结束的啊？"

程诺："两点收的工，不过那谁去找我喝酒了，三点多才睡吧。"

陈长风听她语焉不详地说起那个人名，立马心领神会她说的是谁。他咬着牙，用手掌捂嘴咳了一声，摊开手掌给她看："瞧见没？"

程诺看他手上空空如也："瞧见什么？"

陈长风："我的心尖血。"

程诺不理他，起身走到一旁的饮料柜里拿了包当地特色的奶饮料，然后坐在窗边的板凳上，喝着饮料看天上飘过去的云。

陈长风不记得从哪里看来的句子，现在脱口而出："你看云的时候很近，看我的时候很远。"

程诺咬着吸管，终于正眼看他了："你来干吗啊？"

陈长风："想你了，想你想得难受。"

程诺："难受就别想了。"

陈长风："好狠心一女的哇。"

程诺心里其实已经在笑了，面上却不显："你又不是第一天认识我，我就这样。"

陈长风去拉她的手，她躲开了，脑袋转着看向四周。

这里的确不是什么适合说话的地方，程诺简单吃了点东西，就回住处了，陈长风沉默地跟在她身后，小心观察着她的表情。

通过观察，陈长风发现她挺漂亮的。

她拿着房卡刷门，余光看到他盯着自己笑，终于也憋不住跟着露出笑意来："你笑什么？"

陈长风先把她推进屋里，关上门才贴过去紧紧把她抱住，头埋在她颈肩处用力吸一口气。闻到属于她的味道，他小声告饶："我真的知道错了，你别生气了，别不理我。"

程诺觉得脖子痒，推了他一把，没推动，只好任由他抱着："你哪里错了？"

这个问题陈长风说出口的时候就想到她会问，但他一时居然没想好到底是哪里错："我应该是错得比较离谱，太多了说不清，你可以点出来，哪里不对点哪里。"

他说完，把她垂在两侧的手给拉起来，拉到自己后腰上让她抱着自己，接着又低下头垫在她肩上："你不想我吗？"

他的声音里充满了期待，程诺很想恶意地摧毁他的期待，说自己根本不想他。

可又不想违心地把他推开。

于是她收紧了在他腰上的手，钻进他衣服里对着他的腰侧用力拧了一把："想我你怎么不找我？"

陈长风冤枉，他明明找她了，但他知道现在不能和她讲理，他说什么都是没道理的，最好就是闭嘴。

闭嘴的方式有很多，他选择吻住她。

原来恋爱中的情侣是会有肌肤饥渴症的，要紧紧贴着对方，听到彼此"咚咚"的心跳才舒服。

陈长风此行是来认错的，他态度良好，积极求罚："怎么样能让你消气，你说。"

门后挂着条细窄的羊毛围巾，程诺抽下来，要把他的手绑起来。他配合着把手腕送到她面前，懂事地说："不用这么麻烦，你想干什么我都会听话的，绝对不反抗。"

程诺已经把围巾一圈一圈绕过他的手，收紧，系上。

她坐到床边，看着他："我就是想把你捆上，罚站。"

就只是这样，没有其他的了。

陈长风两只手向里转一圈，然后这样那样，试着去解开这个看起来并不复杂的绳结。

居然解不开！

他一边尝试一边问她："你这打结手法够专业啊？"

程诺："拍戏的时候看到过老乡绑猪脚，学会了。"

陈长风："……聪明蛋，真是会举一反三。"

刚刚还旖旎的气氛因为"绑猪脚"的游戏被迫中止，陈长风试了很久，结果越挣越紧了。

他认输，举起手来："老婆，解开！"

好像他们在一起没两天，他就突然喊她"老婆"了，他脸皮厚叫得出口，程诺每次听到却还是会有些不自然。

终于，她看到他手腕磨红了，替他解开绳结放开了他。

但她依旧觉得这个游戏好玩，所以她又如法炮制，把他脚踝也给绑到一起了。

陈长风："我已经找到窍门了。"

程诺："嗯？"

陈长风伸出手去，把脚上的扣一下就给解开了。

程诺：……忘了他还可以用手了。

陈长风看着程诺呆住的表情，躺倒在床上哈哈大笑，觉得她犯傻犯得太逗了。

程诺瞥他一眼，不喜欢他这嚣张的样子，拉着他胳膊咬了一口，咬完又"噗噜噗噜"地在她咬的牙印上用嘴吹气。

陈长风又疼又痒，笑着翻身抽手，不怎么结实的床板"嘎吱嘎吱"响了好几声。他被这声音刺得皱起眉头，进屋这么久，终于认真打量了屋内的陈设，然后眉头皱得更深了："你这跟的什么垃圾剧组。"

程诺就知道他要嫌弃这里。她下床去，把所有取暖设备都打开，让陈长风能暖和点，别冻感冒了。

陈长风却对她的工作环境产生了质疑。听说她在片场都是在梁云昇的房车上补妆和上厕所时，他很懊恼自己前几天和她冷战，什么情况都不知道。他给助理打电话,让助理立马安排两辆房车,一辆给程诺用,一辆就留这儿给剧组工作人员用。

吩咐完了,他又拉踩了程诺的经纪人几句:"你那个什么安娜怎么这么不专业,不跟着你就罢了,后勤都没给你安排好。"

程诺安静地听他抱怨,等他说完了,托着腮问:"这么好,你帮了我,我要怎么谢你呀?"

陈长风这些年帮她做的事可不少,凡是用钱能解决的问题,在他们之间根本谈不上一个"谢"字。

她说得好听,是敲打他,说她还没完全原谅他,才要跟他客气。

陈长风双手投降,给她又叩拜又作揖,说:"姐姐,你怎么样才能高兴?"

程诺抬手拍拍嘴,打了个呵欠:"没想好,但我困了,想睡觉,你开个伴奏给我唱歌吧,要抒情的。"

最怕不言不语,有求的话陈长风必定听话。他手机打开唱歌软件,拖张椅子坐在程诺床边,唱歌哄她睡觉。

程诺昨晚睡得不好,这下有人陪着了,很快就迷糊过去,梦里温暖快乐,好像什么心事都没了。

陈长风又唱完一首,伸手在程诺眼前晃了晃,确认她睡熟了,自己这一路奔波也觉得有些困乏,轻手轻脚地上了床,隔着被子把她抱进了怀里,和她一起补觉。

天色暗沉的时候,他和程诺神奇地同步伸了个懒腰,他问:"睡醒了吗?"

程诺懒懒的,回答的是"饿了"。

陈长风:"我去买点吃的来。"

程诺:"你今天不回去吗?"

陈长风本来也没计划今天走:"飞机一天就两班,晚上没有。"

程诺"哦"了一声,又重复道:"我好饿。"

陈长风已经在穿外套了,手一顿:"你说过了啊,我这就去买吃的,你是饿傻了吗?"

213

程诺抬腿踢了他后背一脚,他还是不说话的时候比较讨她欢心。

刚从酒店出去,迎面遇到了回来的梁云昇。

梁云昇是拍戏间隙回来休息,他穿着卫衣运动裤,看起来挺年轻的,一点没有陈长风吐槽的"老人味"。

而梁云昇也看向了他,毕竟他外形还挺出挑的,看起来也不像是本地的人。

梁云昇觉得陈长风有些面熟,一时间却想不起来在哪里见过,还以为是哪个新人演员,以前可能合作拍过戏。

陈长风没跟梁云昇打招呼,趾高气扬地跑走了,给梁云昇一种莫名的傲慢感觉。

陈长风依旧去了中午那家饭店,这是附近最大的一家店。他点了几个清淡的菜,又拿了几包程诺中午喝过的奶饮料,等待的过程中先拆了一包自己喝。

确实挺好喝的。

陈长风坐在窗边等着,给程诺发消息,问她还有没有要买的。

忽然听到隔壁桌有个男的在跟人发语音,陈长风也不知怎的,就直觉他在说程诺。

那个男的说:"昨晚上我本来要找她,梁云昇说找她对对戏,对个屁啊,还拿着酒去的,我也没听见他再出来。"

那个男的还说:"今天下午我又看见个男的进她房间了,一下午没出来,能是什么事。"

最后那个男的猥琐地笑:"还有十来天呢,你看吧,我肯定得手。"

陈长风站起来,要往那个男的那边走,这时老板喊他说饭菜做好了。

他吸了一大口饮料,把包装袋扔到垃圾桶里,去前台拿了打包好的饭菜,又看了隔壁桌那男的一眼。

陈长风先回了招待所。

这次他拿了房卡,进门把吃的摆出来,招呼程诺下床吃饭。

程诺吃饭的时候,他忽然问了句:"你们组里,有没有不长眼的那种男的，对你心怀不轨之类的。"

程诺："梁云昇人真挺好的，你别老骂人家了。"

陈长风："嗯，不说他，别的有吗？"

程诺看了看他，不知道他为什么这么问，但是也没瞒着他，就像她以前遇到苍蝇臭虫也会告诉他一样。她跟他说了住隔壁的副导演好像不是什么好东西。

陈长风点点头表示知道了，看她吃得差不多了，才起来："你再吃会儿，我出去一趟。"

程诺皱眉，拉他手："你干吗去？"

陈长风只是拍了拍她的手背："你别管了，听见什么都别出来，老实在屋里待着。"

程诺感觉他是要找那个副导演的碴儿，可这种阴私根本摆不到台面上，而且也没发生什么事，他根本不占理。

男女力量悬殊，陈长风平时被程诺压制，那是他乐意挨她的打，可他真要是想干什么，她根本拦不住他。

她不许他去，也不听他的话，陈长风干脆拿她的围巾把她的手绑上了，把人按在沙发上，自己就出去了。

也赶巧，陈长风刚出门，就碰见买晚饭回来的那个副导演。

陈长风都没跟他废话，直接把人拖到楼梯间给揍了一顿。

揍完了，陈长风也没说为什么揍他，还很好心地问他："你需要报警吗？"

江副导被吓傻了，摸着鼻子里流出来的血，惊恐地摇头。

陈长风抬头看看四周房顶，破宾馆连个监控都没有："真不报啊？不报我可走了啊。"

江副导连连点头，战战兢兢地挪移着躲到垃圾桶旁边，想要有个防身之处。

他身上疼得厉害，只想赶紧去医院，生怕这个神经病男的再打他。

陈长风走了，走去楼下，找了个没人的地方先给他老子打电话"自首"："我在伽市，打了个人。"

陈世羽的声音拔高了不知道多少度："多大了你，处理问题的方式还是这么简单粗暴，脑子长着是摆设吗？几年前这样，现在还这样！"

陈长风不想听他爸骂他："就跟你说一声，你赶紧解决吧。"

他坑爹坑得倒是心安理得。

挂了电话，陈长风又回程诺那边，路过楼梯间的时候已经没见到副导演了，不知道他是去医院了还是去警局了。

房间里，程诺并没有在尝试解开绳结，就靠着沙发出神。

陈长风一进门先过去给她解开，揉了揉她的手腕："如果，我要是给你把这个戏搅黄了，你会不会生我气啊？"

程诺看着他搭在自己手腕上的手，骨节那里都破皮了，沾着血，也不知道是他的还是谁的。

她撇撇嘴，觉得他真气人，又不忍心骂他："黄了就黄了呗……你的手疼不疼啊？"

程诺的行李里有应急的小药箱，她掰断三根消毒棉棒给陈长风的伤口擦拭，抱着他的右手，表情严肃地轻轻涂药。

陈长风一点疼都吃不了，"哇啦哇啦"地叫唤："好疼好疼好疼！青天大老爷饶命啊，我都招！"

程诺不为所动，也没被他的笑话逗笑，表情不变地处理完他的伤口，又给他贴好了创可贴。

他们俩在屋里温馨上药，陈世羽却忙着给逆子收拾烂摊子，唯恐这时候闹出什么丑闻，被有心人抓着把柄无限放大。

他联系了伽市的朋友，朋友立马派律师和保镖赶去陈长风身边，首要任务是寻求私下解决的方案，不要扩大事态，同时还得防备着对方打击报复。

在老爸朋友的人到来之前，陈长风虽然没有轻易采取行动，却做好了对方会报警的准备。他问程诺："我要是被警察叔叔带走的话，你会去给我送探监饭吗？"

程诺没想到这么严重，心里有点慌："啊，会留案底吗？那会不会影响孩子以后考公考编啊？"

陈长风脸上的表情变幻多彩，最后对她竖了个大拇指："不愧是琴市之星。"

程诺不跟他开玩笑了,她也知道他小时候叛逆期那阵子经常惹是生非:"那时候不都能摆平嘛。要不然我去找江枇吧,私下协商给他点赔偿,让他闭嘴。"

"别。"陈长风阻止她,"这事你不要出面,就当不知道,一个泥点子也别溅到你身上,该怎么拍戏就怎么拍,拍完了早点回家。"

他还跟她说:"上次我去警察局还是未成年呢。"

他一说,她也想起来了,就是她十八岁生日那天,他跑去打架。

程诺有些不高兴地问他:"你都成年了,就不能成熟一点吗?总是这么冲动,早晚要吃亏。"

陈长风觉得自己已经很成熟了,上次在公司听人说她闲话,他都没动手,这次也是,只在无人的角落稍微给了对方一点教训,而且还把程诺择出去没拉她下水,考虑多周到。

类似的话他爸已经骂了,他不想听程诺训他,躺在她的腿上哼唧:"别说了,哎呀,手疼。"

程诺心慌慌的,不知道接下来会发生什么,一向敞亮的人生轨迹好像突然被乌云笼罩,看不清前路。

陈长风的电话响了,他爸打来电话给他发布了指示,才说完,手机被他妈夺过去:"儿子,你受伤没?"

陈长风:"没,放心啊妈,我这身肌肉不是白练的。"

那边开着公放,陈世羽对他咆哮:"你还挺骄傲啊!"

陈长风把手机挪开,远离耳朵。

李柚柚:"没受伤就好,一会儿律师来了你听他的……长风啊,有句话我是认同你爸的,六年前你还是孩子,行为举止不过脑子就罢了,现在你都踏入社会了,怎么处理问题的方式还是这么粗暴呢?"

陈长风认错:"确实粗暴了点,但是解气……那男的骚扰浪花。"

李柚柚沉默了,听到这话她就懂了,为什么陈长风明明已经在很多事上显现出来有筹略的能力,却还能做出这样的莽撞行为。

挂了电话,在一旁听着的程诺有点不安:"叔叔阿姨会不会觉得我是红颜祸水啊?"

陈长风点点头："实至名归。"

程诺的嘴角向下垮："虽然确实是因我而起，但我也不想你爸妈对我有芥蒂，你这样，我也不喜欢。"

陈长风用食指和拇指捏着她的嘴角两端，向上抵着，给她撑出了个比哭还难看的笑容："不会，他们不会迁怒你，他们都很喜欢你。"

他发现今晚的程诺有点不够洒脱，不过他挺高兴的，毕竟她反常的多愁善感也都是为他。

他俩腻歪着贴在一起说了些废话，直到陈长风再次接到电话，他才穿上外套准备离开。

走之前，他跟程诺又叮嘱："拿出你的演技来啊程女士，今天你在房间睡了一天，没见过任何人。"

程诺点点头。

陈长风"骚包"地对她抛了个飞吻，跑出门去了。

程诺躲在窗帘后面看窗外，看到他上了一辆黑色轿车，消失在夜幕之下。

程诺依着陈长风所说，第二天照旧去片场拍戏，在那里，她见到了自己助理跟她介绍的"经纪人终于运过来"的房车。

梁云昇来她这车上找她聊天，指着不远处那辆同规格的房车，跟她说："你公司老板挺会做人啊，还赞助了工作人员一辆。"

程诺淡淡道："不知道，没跟我说。"

梁云昇欲言又止，他昨天晚上终于想起来了，在路上见到的那个男人是他在程诺的舞剧巡演时打过照面的。

所以那个男人应该是来找程诺的。

今早听闻江枇出了点小状况，组里临时换了副导演，梁云昇便又想到了昨天的偶遇，总觉得两者有点关系。

他跟程诺笑了笑："这下你拍起来就舒心多了。"

不知是说车还是说人。

程诺当作听不懂，针锋相对地回了句："总共也没几天戏。说实话，要不是你力荐，我都不一定接这戏。"

梁云昇并没有把她的不友善放在心上，挺宽厚地跟她说："对呀，所以我得照顾好你。"

刺猬程诺闻言，察觉自己有些过激了，又收回了戒备与攻击，祈愿说："我就想着快点拍好了，回家去。这里的饭菜吃不惯。"

她想得简单，戏拍得也认真。

头两天她不敢跟陈长风发消息，怕会给他添乱，心里却无时无刻不在惦记着他，好像拍过的乱世佳人戏份，现在才懂得那种面上强颜欢笑，内心忐忑不安的感觉。

后来是陈长风主动联系的她，就说了三个字：搞定了。

程诺不知道他们具体怎么搞定的，只是既然他这么说了，她相信应该就没什么问题了。

她跟陈长风说：你以后不能再跟人打架了！

陈长风：嗯。

程诺觉得他有些冷淡，还有些不放心：你不会是已经被抓进去了，现在放风了才能跟我说两句话吧？

陈长风给她发了张自己在会议室开会的实时照片，他拍的是自己看到的视角，所以画面里出现了陈世羽对着镜头皱眉的严肃表情。

程诺赶紧说：你干正事吧！我很快就回去了！

当心里有了期盼，做起事来好像就觉得时间流逝得特别快。

江枇消失了一段时间以后又出现了，此时距离程诺杀青也不过还有两天。

程诺坐在房车上喝热姜汤，透红窗户看到了江枇那鼻青脸肿的恢复期"猪头"时，心惊了一下。

她知道江枇是导演的什么亲戚，只是不清楚他这是要继续回来工作还是怎么样。

手指无意识地用力过了头，纸杯被她捏变了形，杯口盖子边缘挤出来一些姜汤。

助理喊了她一声，她才回神，沉默着抽了两张纸，低头把落到地上的姜汤擦干净。

219

"这一场拍了十三遍了吧,真服气。"梁云昇的声音在她头上响起。

他穿着剧里面的衣服,皮夹克和飞行员镜帽,看起来是那种小镇的机车青年。

程诺没有跟他一起吐槽拖进度的女演员,她的视线还在江枕那边,也不遮掩地问梁云昇:"他来干吗的?"

梁云昇跟她助理商量了句:"你去门口溜达溜达好吗?"

助理看程诺,程诺点头,他才下车去。

房车的小客厅里就只剩了他们俩。

梁云昇:"他来求芒导让他继续跟组。"

程诺:"芒导说什么?"

梁云昇:"芒导说他惹了不该惹的人,还是在家好好养身体吧,省得喝醉了又摔伤了。"

程诺没说话。

梁云昇便也沉默着看向她。

程诺忽然转过头,对着梁云昇露出笑脸:"你好八卦啊,还去偷听人家墙角。"

梁云昇:"没良心了吧,我为了谁。"

程诺心情看着不错,没大没小地拍了拍梁云昇的肩:"回沪市我请你吃饭,你请我吃的那个不好吃,我带你吃好的!"

拍摄就这么顺利完成了,不知道是不是程诺的错觉,她总感觉导演好像对她挺宽容的,经常一条就过了。

也可能她不是主角,不必抠得那么精细吧。

从前工作结束了,她会有如释重负的感觉,却从来没有这种归心似箭的急切。

凌晨杀了青,她通宵收拾好行李,第二天坐了最早的航班飞回沪市。

程诺爸妈已经回去了,她的新房子里只剩她一个人,安静得让人难过。

困顿疲倦的女人先好好泡了个澡,补了个觉又化了个精致的妆,带着给柚柚姨买的伽市特产就去了陈家。

这次再进陈家的门,感觉有些不一样了,毕竟陈长风在伽市闹的那一出,很难说服陈家人他只是为好朋友出个头。

李柚柚接到程诺电话说想过来的时候,正在公司接待一个客户,她让程诺先过去,晚上想吃什么跟做饭的阿姨说,自己忙完就回家。

所以程诺到陈家的时候,陈家众人没有一个在家。

程诺不自在地上了楼,去她原来住的房间,想收拾一下看有没有要带走的,结果一进门,看到了她床上摆着一圈一圈的玩偶。

看了看,都是她的,要不是一起摆出来,她自己都不知道什么时候有这么多玩偶了。

这些玩偶是从小到大排列的,堆得像多米诺骨牌,推倒第一个,后面的便都应声倒地。

能摆出这么无聊的游戏的,应该只有陈长风。

程诺笑着把那些玩偶又立起来,摆成原来的样子。

"咚咚咚!"有人敲她的房门。

程诺回头,看到是陈奕安回来了。

他对她笑笑:"看你玩得挺开心的,怕突然叫你吓到你。"

程诺把最后一个大玩偶摆好,往外面走:"你放学啦?"

他俩一起去客厅坐着吃水果。陈奕安跟她说起大哥被爸爸罚着做报表,几乎快要住在公司里了,累得黑眼圈像大熊猫一样焊在眼周。

程诺今天回来没跟陈长风说,想给他一个惊喜来着,现在却很怀疑会不会根本见不到他。

她问陈奕安:"陈叔叔是不是很生气啊?"

陈奕安剥葡萄:"我哥打架的事吗?是挺生气的,我哥回来了还被他拿戒尺打了一顿。"

他压低声音,悄悄说:"打的还是屁股。"说完,把葡萄送到嘴边吃了,掩饰笑意。

程诺并不知道陈长风挨了他爸的打,现在想来已经康复了,但她还是有些不落忍。

她又问陈奕安:"那你觉得,你爸妈会不会生我的气啊?"

陈奕安不解:"生你的气干吗,又不是你让他去打架的。"

221

程诺:"毕竟是因为我……"

陈奕安:"这也不是第一次了啊。"

他说完,忽然想到什么,闭了嘴。

而程诺,有点没明白他说的是什么意思,疑惑地看着他。

陈奕安又拿起一颗葡萄,很认真地剥着,果肉上的筋络都快被他给抠掉。

她一直看着他。

陈奕安终于开口,问她:"我哥没跟你说过,他当年为什么出国吗?"

程诺看着陈奕安,她没直接回答"有"或者"没有",而是表情淡定地吃了颗樱桃:"他惹毛了陈叔叔,被丢出去锻炼锻炼也挺好的。"

陈奕安却抽纸擦手,不再透露分毫:"姐,你别想套我话,不是什么大事。但是,如果我哥不愿意跟你说的话,我也不会说的,诈我没用。"

程诺听到这话,一秒变了脸,成了凶狠大姐,拧着陈奕安的耳朵要真相:"你话说一半,是想急死谁?你今天不说也得说,不然我就跟陈长风说你跟我告白了,还抱我了,哦,干脆说你亲我了好了。"

陈奕安:"……这么没人性的谎话你也说得出来?"

程诺:"快说,不然今天屁股开花的人就是你。"

陈奕安被她言语威胁外加行为虐待,为了保住小命,只好把他哥给出卖了:"就是有个人造你谣还是什么的,他把人给打了,我爸后来把事摆平了,交换条件是他老老实实出国待几年。"

他说的这一段过往,程诺毫不知情,听完有些怔愣地松开手。

陈奕安趁机赶紧躲到另一侧的沙发去,害怕离近了这位姐又胡说八道让他哥揍他。

他说出来以后心里其实是有点懊悔的,这毕竟是大哥自己的事,大哥不想告诉程诺的话一定有大哥自己的理由,现在被自己泄密了,总归不太好。

陈奕安想让程诺装不知道,可看程诺明显要打破砂锅问到底的样子,又只好跟她说:"我知道的已经都告诉你了。这事家里从来没聊起过,那时候我在上学,知道得也不多,都是偷听爸妈的只言片语自己猜的,你还想知道什么的话,问我哥吧。"

反正他是逃不过被大哥骂一顿的命运了。

门口有些声音,是李柚柚回来了。

陈奕安见到亲人,终于有借口躲过去,脑子里琢磨着最近有什么办法避着点他哥。

程诺也敛了表情,做出乖巧的样子去跟柚柚姨打招呼,拿出自己买的特产一样样地给她介绍。

"好,好,让张姨收拾起来,明天做给我吃。"李柚柚拉着程诺的手,打量周围没人,才小心地问,"在外面受委屈了,没吃亏吧?"

程诺摇摇头。

她想说是陈长风小题大做了,又觉得这样好像是背刺他,沉默着,又摇了摇头。

这么看着,倒像是真受了不小的委屈。

李柚柚没再问她细节,反正她那个暴脾气的儿子应该已经把人和事都解决好了。

程诺在柚柚姨的带领下,去厨房打了个下手,一起把晚饭料理好。

因为得了夫人的提前吩咐,陈世羽今天没让陈长风加班,跟他乘同一辆车回来的。

陈世羽先进的门,看到程诺点了点头,去换衣服前跟夫人说:"车胎爆了,长风在换胎。"

李柚柚一脸难以理解:"换胎?他会换吗?"

陈世羽:"他说他会。"

程诺觉得好笑,她想去看看他怎么换车胎,换了鞋按电梯,恰好电梯门打开,是陈长风。

他刚才帮着司机换胎才开了个头,忽然发现了程诺的车,猜到是她回来了,丢下扳手就往家跑。

手上有机油,怕弄脏她的衣服,陈长风没有拥抱她,只悄悄看了眼客厅的方向,感觉没人能看到这里,飞快地在她嘴上啄了一口,又退开。

"你怎么这么快就上来了?"程诺见到他,才觉得自己很想他,要不是场合不对,她一定软骨头倚在他身上。

陈长风没回答她，反问道："你怎么没跟我说你要来？"

程诺："我想来就来咯。"

"长风！先去洗手，饭凉了！"李柚柚在饭厅喊他，怕他俩在玄关磨叽太久，又被他爸教训。

这位陈老板最近看儿子可是格外不顺眼。

程诺偷偷地揪了陈长风腮帮子一把，先跑回去坐下了。

饭桌上，李柚柚跟丈夫介绍着哪道菜是程诺做的，其实她也没出多少力，都是阿姨备好了菜，她翻炒一下而已。

陈世羽对逆子没好脸色，对程诺还是一贯和蔼的，夸她那道葱爆海参炒得火候正好，味道也好。

陈长风不说话，只把每道她妈说的程诺做的菜都吃了小半盘。

陈世羽："瞧瞧你那没吃饱过饭的样子，谁饿着你了？"

陈长风就趁机告状："妈，我爸中午给我安排了好多活儿，不让我吃饭！"

李柚柚站在丈夫的一边说话："可能觉得你最近长胖了，要控制饮食吧。"

陈长风吃瘪，他哪里胖了！

程诺感受着熟悉的家庭氛围，好像来之前那种不安的感觉消散了不少。

吃完饭，李皓行被李柚柚丢给丈夫去辅导功课，她则带着三个"儿女"一起打麻将。

李柚柚叼着红参饮料袋，给程诺跳牌："还是你在好，你不在他们都不陪我玩。你在外面住得舒服吗？不舒服就回来住啊，我们不告诉你爸妈就得了呗。"

程诺一边理牌一边回着柚柚姨的话："住得挺舒服的，我没事的时候多来看您。"

陈长风在桌子底下轻轻踢她的脚，意思是也多来看看他。

程诺抬脚把他的鞋踩在脚下，不让他乱动。陈长风干脆把脚从拖鞋里抽出来，又踩在她的鞋上，暗暗较劲。

陈奕安无视他们的小动作,他眼观鼻鼻观心,还在计划着要怎么躲出去几天避着他哥。

时间不早了,几个小辈各自"进贡"了一些牌钱,哄得李柚柚高兴了以后,程诺提出要回家了。

李柚柚:"这么晚了,长风你送送她吧。"

陈长风:"嗯嗯!"

他就等这句话呢。

因为程诺开车来的,陈长风就直接上了她的副驾驶。

程诺:"不是你送我吗?"

陈长风:"那你过来,我开。"

程诺:"算了,我开吧。但是你这样怎么回来?打车吗?"

陈长风:"好狠的心,这么晚你不留我住下吗?"

程诺启动了车子,沉默片刻:"我那儿没地方住,你要睡沙发吗?"

车库的门打开,他们的车子开出去,又渐次通过花园和大门,上了外面的公路。

陈长风这才把伪装卸下来,口出狂言:"你要是想在沙发上睡,我就睡沙发。"

程诺没空回应他,也懒得骂他,脚踩油门提速回家。

才进家门,陈长风就从背后贴过来,把她拥抱在胸前亲她的脸颊。

程诺心里还揣着事,可她不得不承认,从今晚见到他的那刻起,她就在渴望他能这样抱紧她、亲吻她。

过去的事也重要,但远不及此刻面前的人是他更重要。

程诺转过身来,主动踮起脚搂着他的脖子,犹豫着问:"你一会儿回去吗?"

陈长风笑了:"你不让我回我就不回了。"

程诺:"少赖我身上,我让你回。"

陈长风已经拿起手机来,看她一眼:"让我回我也不回。"

他给他妈打电话:"浪花到家了,我直接去公司,有个策划案还有点问题,我今晚不回去就住公司了。嗯,知道,有被子。"

225

他这几天偶尔也会在公司住,不管他妈信不信,反正这理由够冠冕堂皇。

程诺听着他打电话,捏着他的衬衣扣子玩。

陈长风挂断电话,握住她的手:"搞定。"

程诺踮起脚,温柔地用鼻子蹭蹭他的鼻子:"那你今晚还要去公司吗?"

陈长风:"去毛线公司。"

程诺:"哦,那我们还有很多时间。"

她拉着他坐到沙发上,倚靠在一起,思维跳跃地问他:"你怎么会换轮胎啊?"

陈长风:"啊?那个挺简单的啊,上学的时候我有辆破代步车,经常出故障,小毛病我就自己修了。"

他爸把他扔到国外可不是让他享福的,吃穿用度都跟普通留学生差不多,他也着实掌握了不少生活技能。

程诺描摹着他的眉毛:"你在国外是不是挺辛苦的?"

陈长风:"辛苦谈不上,就是有时候挺想家的。"

他说到这里,拉下她的手指亲了亲:"也想你。"

程诺垂下眼眸,没吭声。

陈长风回想她刚才问的那几句话,有点咂摸出味来了:"是不是有人跟你说什么了?我妈?奕安?"

程诺出卖他弟弟是从不嘴软的:"奕安说,你是因为我才打人,因为我才被你爸送出国的。"

陈长风不会骗她,他承认:"这么说也行吧。不过我爸早就看我不顺眼,拿了个幌子吓唬我罢了。"

程诺问:"你打了谁啊?"

陈长风:"刘峰。"

程诺回忆了一会儿,才想起来这个名字是谁,她都是用代号的:"我们高中那个篮球队长?"

陈长风:"嗯。"

高中的时候，篮球队长总想约程诺喝奶茶，懵懂少女跟人家打了赌，说他比赛能赢得冠军的话就请他喝奶茶，为了看他比赛还错过了陈长风的新年演出，把陈长风气了好长一段时间。

不过，后来被陈长风打小报告跟程爸说了，程诺就再没提过奶茶的事了。

再后来她都没跟那人见过面，也没听到过他的消息，只记得他好像跟自己考到了一个大学。

程诺算算时间，那时候陈长风还在上高二，她讽刺了句："你真厉害，还敢打高年级的呢。"

陈长风不言语。

她又问："你为什么打他啊？他造什么谣了？说跟我在一起过？"

陈长风不爱听这种话题："都是过去的事了，你提那些干吗呢，不说了。"

程诺却很想知道关于自己的"秘密"，她晃着他的手："你跟我说嘛……"

程诺撒娇可比她打人致命多了。

陈长风藏不住了，话已至此，干脆把当年的事告诉她："那天你过生日，正好是高考完返校日，我就去你学校找你，想帮你搬东西。在学校超市前面的空地，那里有小凳子可以坐，我在那里等着的时候，听到刘峰跟其他人说起你来，说了些不好听的，还说拍了你的私人照片，要给其他人看，我就跟他打了一顿，把他手机砸了。"

程诺吃惊极了："怎么可能？"

陈长风："嗯，他花钱找人P的。"

程诺有点不知道要说什么。

陈长风也不知道这种时候要怎么哄她，他只能用力抱住她，像抱住当初那个愤怒的自己。

第九章
/他的喜欢从很早就开始/

第二天还得上班,也为了圆昨晚跟他妈撒的那个谎,陈长风早早就起了床。

没想到程诺竟然起得比他还早,穿着睡衣在开放式厨房里做早饭,煮了牛奶燕麦粥,煎了培根蛋,还洗了一袋即食的蔬菜沙拉。

陈长风感动地坐在岛台上边吃边夸她:"要不怎么说你是琴市之星呢,善良美丽、勤劳勇敢的女人,琴市有你更美好!"

程诺做这些总共也就十几分钟,而且一会儿陈长风去上班了她还可以睡回笼觉,她不觉得有什么可说的,给他用另外的小碗又盛了一碗粥放在旁边晾着,就托着腮看他吃饭。

陈长风觉得这场景过分温馨了,像新婚夫妻似的。他吞了一大口羽衣甘蓝,抱歉地跟她说:"虽然我也很想搞'从此君王不早朝'那一套,但是有个'太上皇'盯着我,我还得去打工。"

程诺对他笑:"加油哦。"

她温婉得让陈长风不太适应,贱骨头总想着被骂两句才得劲似的。

在早高峰之前,他打车到了公司,换了放在办公室的备用衬衣,洗了把脸,这时才听到保洁阿姨来开灯拖地的脚步声。

陈长风看策划案看不进去,脑子还搁在程诺家没带过来。

他给程诺发消息:当初我爸一直计划着送我出国,我妈舍不得我罢了,那时候我又不干什么好事,书也不好好读,就算没有刘峰,也会是李峰王峰,早晚要出事的,碰巧了而已。

他又说:老头子还要感谢你呢,要不是因为这事,他没理由送我出去改造,我还不知道会混成个什么样子。

他还说：这么说我也得感谢你。西门大官人，快受奴家一拜！

他说了这么多，程诺只回了句：好，知道了。

程诺确实知道了，他就是不想让她有心理负担，就像之前从来没有告诉她一样。

她觉得陈长风真的是个心很软的人。有的人会通过让别人愧疚来获得"成就感"，包括很多打着爱的名义绑架儿女的父母。

可陈长风遇到问题从来是从自身找原因，绝不会甩锅给任何人。

小时候妈妈陪伴陈奕安的时间更久，要陪他去各地看病。他妈对他表达歉意，他摸不着头脑地问："你为啥抱歉？因为把我生养得太健康了吗？"

青春期他讨厌学习，只想打游戏看漫画到处翻墙翘课。刚生完小弟的他妈又表达歉意，认为他在用这种方式引起关注，他满不在乎地说："关皓皓啥事啊，他呜呜啊啊连话都不会说，又不是他指使我逃学的。"

还有他总捉弄和惹怒的程诺，他为她做的任何事，都基于"我乐意"，他那么随心所欲地插手她的事情，她不生他的气他就已经觉得开心了。

因为知道他是一个很好的人，所以程诺跟他吵了这么多年，却从来没有真的讨厌过他。

程诺确实很了解陈长风，但是她不知道，陈长风依旧没说完全部的故事。

那一年，李柚柚和陈世羽在对待儿子的教育问题上存在分歧，只要陈长风自己不想出国，那么李柚柚就会想办法让他在国内读书，她坚信自己的儿子只是顽皮了些，真要想学习了，随时赶得及。

就像陈奕安也无原则地相信大哥想做的事一定能做成一样。

在这种环境里生活的陈长风，实在是陈世羽这个当爸的也无法左右的铁板一块。

所以陈世羽卑劣地利用了程诺——儿子的心上人，来胁迫儿子做出选择。

那时候程诺刚高考完，她已经通过了心仪大学的艺考校考，文化分也绰绰有余，志愿录取对她而言是板上钉钉的事。

可陈世羽告诉陈长风，如果打人的事摆不平，闹大了，舞蹈附中可能会给程诺处分，影响她毕业，而且大学也可能因为程诺的"坏名声"收回他们发放的合格证。

就是说，这事有可能影响到程诺上大学。

更严重的是，刘峰把程诺那几张P的图片发在什么论坛里了，如果在网络上进一步传播，对她的名声也会造成伤害，毕竟网友不会甄别那到底是不是真的。

小霸王陈长风被他爸镇住了，他觉得他爸不至于对浪花袖手旁观，可又怕这个商人本性的男人为了自己的儿子真就牺牲别人的女儿。

他的人生可以摆烂，但程诺的前途他赌不起。

所以为了让他爸出手把所有祸患解决，他同意了出国留学的决定，并且主动劝服了他妈。

陈世羽只是想让儿子改邪归正，离开现在极度舒适的生活圈子，好好学习好好生活，并不是想跟他反目成仇。

所以，在刘峰的事情告一段落，程诺也如愿收到大学录取通知书后，陈世羽亲自送陈长风去美国，陪他安顿好，离开前一天跟他再次谈心。

陈世羽没管儿子怨不怨恨自己，只告诉他："你想要保护你在意的人，首先要让自己有保护人的能力。强健的体魄是第一步，如果你的拳头够硬，你当然也可以把欺负你的人打倒。但你还需要脑子，需要谋略，需要善后的本领，需要足够的钱和足够的权力，你可以对这些不屑一顾，然后看着你喜欢的人遭遇困境却无能为力。"

陈世羽的话还是给陈长风挺大震撼的，他虽然是被逼着出国的，可也没继续混日子，真的开始上课学习、锻炼身体，为的是有一天再遇到类似的事情时不那么被动。

没想到还真被他给遇到了。

几年前他出手打架，伤敌一千自损八百，现在他出手已经是单方面揍人了。

几年前他进了警局才被通知家长，现在他知道主动让他爸善后了——这就是他这些年管理能力的长进，他的谋略是把难题扔给有办法的人，该拼爹时就拼爹。

陈长风在国外生活得并不轻松，陈世羽控制他的生活费，他有时候还会去中餐馆打工赚外快，看到朋友圈里程诺晒的那些精致生活和好吃的小馆子，他会觉得羡慕，羡慕程诺身边的朋友。

但是这些陈长风都没跟程诺说过，他依旧是她眼里的笨蛋少爷，嘴硬得能替代被孙猴子偷走的那根定海神针给龙王顶着天。

陈长风吹飞额前的碎发，臭屁地想，嗯，成熟男人是这样的。

因为程诺回来了，陈长风工作起来好像也有劲头了，在会议室里看着他老子那张刻薄的嘴脸都能露出恬淡的微笑。

陈世羽还能不知道这小子昨晚跑哪儿去了吗，他心情有些复杂，散了会留陈长风训话："浪花，毕竟和其他人不一样，在咱们家长大的，你要是想好了，就认真点。"

陈长风："我认真啊，我哪里不认真了？"

陈世羽："我怕你终于得偿所愿了，发现和自己想象中的不一样。"

陈长风："是不一样，比想象中的还幸福。"

他笑得嘴都要咧到耳根了，陈世羽看不惯他那两排大白牙，挥挥手让他去搞材料，走前提醒了句："对了，最近先低调点，浪花也是。"

林家想要联姻，被陈家婉拒后有些拿乔，原本该达成的合作一直不够顺利，长风姑妈又带走了一批高管另立山头，搞得风生水起的，陈氏地产股价持续低迷。

但这些都坏不了陈长风的好心情，他处理完手上的项目，把任务都安排下去以后就提前半小时早退了。

他都没跟程诺打招呼，悄悄跑去她家，在楼下才按门铃。

程诺从可视电话里看到他，果然很震惊，解锁以后就在家门口开个门缝等他。

陈长风都没等电梯，从楼梯间跑上去，反正她家楼层低。

程诺听到安全通道门被推开，转头看到他，自己都不知道眼里已经流露出笑意："你跑什么啊？"

陈长风看一眼手上的表，点点头告诉她："时间不多，小程同志，咱们速战速决。"

231

程诺还没来得及反应，就被他拉着手腕亲上了。

待到夕阳西沉，陈长风该回家了，他的衬衣被岛台上喝剩下的半杯羽衣甘蓝蔬菜汁给沾染脏，问程诺借衣服。

程诺去衣柜里找自己大号的长袖T恤扔给他。

陈长风套上了，左看右看觉得这衣服有点面熟："这怎么好像是我以前的？"

程诺："哦，就是你的。有次去你家吃饭穿的裙子，结果突然来例假弄脏了，你妈拿了你的干净衣服给我穿。"

陈长风笑得鸡贼："哎哟，我妈怎么不拿她的给你？是不是你主动要的？然后偷偷珍藏，时不时拿出来穿一下，感觉像我抱着你。"

程诺："你戏太多了，闭嘴。"

陈长风还没完："只有衣服吗？还藏着什么了？比如什么用半根的铅笔，衣服掉下来的纽扣，唉，本少爷完全理解你这种少女怀春的小心思，别害臊。"

程诺觉得他才是少女本人吧，脑补这么多："描述得这么详细，你藏过我的啊？"

她只是惯例怼一句，结果他脸红了。

程诺："……真藏了啊？藏什么了，我听听有多离谱。"

陈长风："也没多离谱，都是你送我的东西，我就收起来了。"

程诺："那你脸红什么？"

陈长风是个诚实的人："就有次我着急穿校服，从烘干机里直接拿的，结果在衣服里发现有个粉色的发带圈……"

应该是她的发绳不小心落在衣服里了，跟他校服混在了一起。

陈长风捂脸："然后我就占为己有了。"

还真是很少女粉的往事啊。

陈长风虽然可以穿着"自己的"衣服回去，可他觉得这无异于掩耳盗铃，他妈肯定知道他是从程诺这儿离开的，既然如此，他干脆就跟家里打了电话，说不回去吃了："浪花说要请我吃饭。"

程诺从他沙发旁边经过，他刚挂电话，她就在他脑袋上敲了一下："请你吃毛栗子！"

陈长风单手保护好自己聪明的脑壳，拿着手机搜附近的饭店："我好饿，叫个外卖吧？或者我去楼下买点吃的拿回来吃。"

程诺拉开岛台下面的抽屉，抽出一张手绘地图给他："我爸画的。你想吃什么，看看。"

陈长风拜读了一下岳父大人的手迹，叹为观止："还得是咱爸，牛啊。"

他找到一家标了大拇指图案的葱油饼店："我想吃这个。"

程诺都行，她这几天没工作，可以略微放纵。她说拌点沙拉配菜，陈长风便一个人下楼买饭去了。

程爸画的地图，比手机导航更一目了然，陈长风寻路觅食都省了不少时间。

他提着买好的餐食回来时，走到楼下无意识地抬头看了看上面的平台，已经把平台门给封上了。

他也就看了半分钟，结果又遇上了巡逻的保安。保安大哥记性挺好，还记得这个行为诡异、鬼鬼祟祟的男人，大喝一声："哎！这里不能攀岩锻炼啊！你哪户的啊，是我们小区业主吗？"

刚好程诺给他开了大门的锁，陈长风对保安敬了个礼，大步流星地进了楼栋，丢下一句："我是你们业主的上门女婿。"

大哥满脸问号，觉得这男的果然是脑子有点问题。

晚饭吃完，天也黑了，陈长风想故技重施跟他妈说今天继续住公司，程诺阻拦了他："是你傻还是你觉得柚柚姨傻？"

借口确实拙劣了些，但这不是为了替她维护名声嘛，他还记着程诺要"地下恋"的吩咐呢。

程诺听了更无语了："你觉得现在还有人不知道咱们俩的关系吗？"

陈长风挠头，破罐破摔了："既然如此，我直接搬出来住你这里吧！"

程诺："行，我爸经常来给我送吃的，你不怕被他撞见打你一顿，就住。"

陈长风勇敢地回答:"我当然不怕挨打,我只怕叔叔手疼!嘻,不住就不住,我多往这边跑几趟呗。"

他的衣服已经烘干了,换好衣服却还是磨磨蹭蹭不想走,坐在地毯上抱着程诺的腿假装哭号:"浪花,浪花你别走,浪花,没有你我可怎么活啊!"

程诺抬脚轻轻踢开他:"你好吵啊。算了,我今晚没什么事,我送你回去吧。"

陈长风即刻爬起来:"好的!"

他把他的车停在这儿了,坐她的车回家。

车子经过程诺大学的时候,她看了眼时间不算太晚,主动问他:"你晚上吃饱了吗?这儿有家冷锅串串还不错,你要不要吃?"

"吃吃吃!"陈长风对一切能多跟她待一会儿的事都很感兴趣。

程诺把车停到附近,戴上口罩、帽子和陈长风一起下车。

店里没什么人,陈长风表示了质疑:"你说好吃,怎么没生意呢?"

程诺还没回答,店老板听见了先不高兴了:"我们生意好着呢,这会儿不在饭点,人家都吃完了,你看等他们下了晚课,排练完,人还多。"

程诺当初也是跟同学排完节目,一起吃夜宵发现的这家店。

担心一会儿遇到学生大军,他们挑好了串串打包带去车上吃。

程诺换了个"餐饮观景位",把车开去隔壁使馆区的那条街边停下,打开车窗,跟陈长风一起分享美食。

春夜的温度已经回暖,不凉不闷最适合这么窝着吃小吃。

车窗外,街对面是一排老洋房店铺,路边的梧桐树上挂满灯串,偶尔有骑自行车的人经过,"叮叮当当"按着车铃。

程诺只吃了几串,还是印象中熟悉的味道。她问陈长风:"好吃吗?"

陈长风点头:"挺好吃的。"

程诺又跟他介绍自己学校附近其他的好吃的店:"有家鸭血粉丝搭配拇指生煎的,绝了,我上学的时候几乎每周都要去吃一次。"

陈长风:"那家我知道,我吃过,还不错。"

程诺:"咦?你什么时候吃过?"

她疑惑。这几年陈长风在国内的日子屈指可数,她说的也不是什么大牌连锁店，就居民区楼下的一个小店面而已。

陈长风把最后一串牛肚吃完，抽纸擦嘴，把垃圾系好："我看你发过朋友圈，过年回家的时候就去尝了尝。"

物理层面的，他距离她的生活实在太远，除了偶尔跟她聊天，只能从她发的状态里窥得一二她的喜好，不至于完全跟她的世界脱节。

程诺听他这么说，脑子里就想象出他关注着自己的朋友圈，然后悄悄走她走过的路、吃她吃过的东西。

怎么感觉他还挺"纯情小狗"的。

他下车去扔垃圾，她看着他的背影，挺括的西装外套跟她记忆里松松垮垮的校服实在对不上号。

她今天太多次回忆起曾经了，连带着心情也像他爱吃的草莓一样，酸酸甜甜的，勾带着些年少心动的气泡，一震荡，"咕噜咕噜"就要满溢出来。

陈长风扔完垃圾跑回来，意犹未尽地问："还要再吃点什么吗？"

程诺发动车子，开往新的目的地："有家巧克力也很好吃。"

陈长风不爱吃巧克力，但他很高兴地挥挥手："哟吼——巧克力，出发！"

这次的店在商场，陈长风自己下去买的，走之前跟她打赌，说自己肯定能挑到她喜欢吃的款式。

程诺拭目以待。

结果他提了十几个袋子回来，把店里每一样巧克力都买了点。

陈长风："有钱，任性。"

程诺无语地挑出她最喜欢的两款，又看了看标签，留了一款新出的口味，把剩下的放到后座："你拿回去给皓皓吃吧。"

陈长风就是那么打算的："你说哪个好吃，我也尝尝。"

程诺正在剥一颗包裹着冻干草莓的白巧克力，她含着半个在嘴里用牙轻轻咬着，指指自己，示意这个最好吃。

陈长风盯着她的嘴巴，好像因为吃过辣的串串，她的嘴唇比平时要厚一些，虽然没涂口红，但也挺红润的。

他问："你这种纯粹的勾引行为，算怎么回事？"

程诺闻言，舌尖一勾，把巧克力勾嘴里吃："哦，你不喜欢？"

陈长风的视线在她的眼睛和嘴唇之间徘徊："喜欢是喜欢，但容易把持不住。"

程诺把冻干草莓含化了，咬两下咽了下去，凑过去拍拍他的脸："没看出来，你还挺有自制力。"

陈长风系上安全带："是有自知之明，万一丢了你的脸，倒霉的不还是我。"

这次出发，他们没再在路上停留，一路开回了家。程诺离陈家还有二百米远的时候就停了车，跟他说："你跑回去吧。"

陈长风："为什么？"

程诺："避嫌。"

陈长风："你不能因为勾引失败就报复我！"

程诺白了他一眼，就几步路，又不是几里路，哪里算报复。她只是觉得如果进了陈家院子，还得上楼去打招呼，来来回回太折腾了。

程诺："我有点累，还得开夜路，你跟你妈说一声就得了，我不上去了。"

陈长风固执地认为她是因为自己没跟她在商场的停车广场亲嘴才这样，拒不下车。

程诺没办法，只好把大少爷送进了大门。

陈长风还不下车："你说得对，不能疲劳驾驶，我送你回去！"

程诺无语。

好吧，他不是懒，他就是不想跟她分开。

程诺吓唬他："我很在意边界感和个人空间，如果你太黏我，我会很快就厌烦的。"

陈长风："你不会。"

程诺："我会。"

陈长风："你果然还在生气，好吧好吧，来，亲亲亲。"

门口就有无死角的监控，亲他个大头鬼。

程诺把他脑袋拍开，不和他闹了，先下车去家里跟柚柚姨说了声，也没坐就要走。李柚柚没强留，给她拿了两箱水果和海鲜："昨天要给你带回去吃的,忘说了。"

程诺想到昨天跟陈长风小别重逢,走得匆匆忙忙的,就觉得脸红。

程诺才回家,陈长风的十几条消息就弹出来,详细汇报了一下未来三天他的工作行程,表示自己很忙,绝不是什么腻腻歪歪的黏人精。

最后,他说:明天下班我来找你。

程诺:明天晚上我约了可妮逛街。

陈长风:那我明天陪你俩逛街。

程诺:那我们还怎么说悄悄话。

陈长风:你们悄悄说,我不偷听。

程诺没答应他,刚还说自己不是黏人精,这都快成黏豆包了,还不黏呢。

她几分钟没回,他又发来消息:刚看了下,明天晚上我有个视频会要开,没空陪你了,等你们结束了我去接你吧。为表歉意,看上什么直接刷我的卡,明天给你送过去,密码121221。

程诺没对刷他的卡有什么触动,对这个密码有些好奇:这是谁的生日?

一时间好多狗血情节在她脑子里交织。她非常确认,这不是陈家任何一个人的生日,更不是她的,如果他敢搞出什么留学期间白月光的戏码,她肯定会打爆他的狗头。

陈长风:是世界末日。

程诺:[问号.jpg]

陈长风:提醒自己及时行乐,别等到人都没了,钱还没花完。

怎么又"中二"又哲人的。

陈长风的电话追过来:"太有道理了,明晚我去接你,然后在你那儿住,我们要及时行乐,不能等人都没了,爱还没……"

程诺:"好了可以了,闭嘴吧陈长风,有时候我觉得人还是需要维持一个人的基本素质的。"

陈长风:"老婆骂我没素质,呜呜。"

关于黏豆包小陈的事迹，程诺第二天全都吐槽给罗可妮听了。

罗可妮一边听一边笑，笑得脸疼："你这是赤裸裸的炫耀吧，欺负我们这种已婚空房妇女！"

程诺："啊？赵宗岐有问题？"

罗可妮笑得更厉害了："他听见了得来追杀你。他就是太忙了，经常到处出差。"

程诺几次把话憋回去，又实在好奇："那你们，是开放式的关系？"

罗可妮笑着皱眉："倒也没有。我家可是书香门第，总不能真招个男公关回去吧。"

程诺又问她："那你幸福吗？"

罗可妮："结婚前我不就跟你说过了吗？比起缥缈的爱情，我能获得的更多，既然是我自己选择的，我觉得挺满意的。"

程诺想跟罗可妮说爱情也没那么缥缈，起码自己认识的就有个人喜欢她。可程诺没有说，每个人都有自己的秘密和选择，她没权利替别人做决定。

就像所有人都说陈长风喜欢她，可是在陈长风自己开口告诉她之前，别人说的都算不得数。

喜欢，未必要在一起。

罗可妮试了一身新裙子，出来时看程诺表情有些发呆，以为她还在想男朋友，拿胳膊肘拐拐她："要不你问问他吃饭了没吧，喊他来吃饭，顺便给我们买单。"

程诺觉得自己最近跟他吃的饭够多了，想安静点吃东西，掏出包里的卡，是他上午让助理送来给她的："心意在就行，人来不来的不重要。"

待在公司加班的陈长风打了个重重的喷嚏，拿起旁边的西装穿上，揉着鼻子给程诺发消息：晚上冷，没穿外套的话买件穿。

刚发完，助理敲门进来，"老板，林夏上热搜了。"

陈长风一脸不豫："她又不是你老板娘，上热搜关你什么事？"

助理："呃……和奕安一起上的。"

陈长风："谁？"

助理："您弟弟。"

陈长风沉下脸来:"把热搜压下去。"

这事原本第一个应该通知到陈世羽那里的,可是大老板今天受邀参加政要会议,事急从权,舆情部只好先汇报给小老板了。

陈长风看着平板电脑里陈奕安和林夏的同框照片,一张是不久前林夏去他们家,陈奕安送她出门的;一张是陈奕安和林夏同台演出的,看标注是两年前在伦敦的一次交流演出,林夏是学校交响乐团的小提琴手,就坐在陈奕安的钢琴前方。

陈长风有点蒙了,没听弟弟说他们以前认识啊。再看第一张照片,感觉能拍到也不容易,应该是有人故意蹲守的。

想到陈、林两家公司一直推不下去的合同,陈长风忽然有些拿不准主意了,看营销号"郎才女貌"的统一口径,怎么感觉像他爸或者林家买的热搜呢?

他跟助理再次确认了一遍:"真不是咱们自己投的吗?"

助理很确定:"不是。"

陈长风捏捏下巴:"那就先撤下来。"

他给程诺打电话,说没法去接她了,要先回家处理奕安的事情。

程诺听他简单说完,心里也挺沉重,挂了电话,脸上还带着忧虑的表情。

罗可妮切着牛排,小心地打量她的神情:"陈长风出事了?"

程诺摇头:"奕安好像是被利用了。"

她俩拿起手机,把热度还没撤干净的八卦一起翻了一遍。

罗可妮:"这不挺好的嘛,两人看着挺般配的。"

程诺也是第一次见到林家小姐的正脸,长得是挺有气质,但比起陈奕安那张帅得不像一个次元的脸来看,还是差点意思。

她之前没关注过林夏的消息,从网上才知道林夏在一家世界五百强的企业做总助,个人IP挺火的,粉丝不少。

罗可妮已经在看林夏的高光混剪了,看完又说了一遍:"真挺配的。"

这话从她嘴里说出来,让程诺有点替陈奕安抱不平:"但是奕安不一定喜欢她啊。"

罗可妮拖长腔"嗯"了一声:"我怎么觉得会是他喜欢的类型呢,他应该是喜欢那种生命力旺盛的女生吧,像仙人球?"

程诺沉默。

还真被她说对了,陈奕安确实喜欢那种会开花的多肉,他自己不养,但他路过花园里的多肉时会多看两眼,还会跟程诺赞叹它们"长得真好"。

程诺问罗可妮:"你怎么知道的?"

罗可妮:"做人事工作的,首先要会看人啊。"

程诺不死心:"就这样吗?没带什么私人情绪?"

罗可妮不解:"你说的这话怎么怪怪的?"

程诺撇嘴:"你不是会看人吗,那怎么看不出来奕安喜欢你呢?"

藏了那么久,终于还是捅破了这层窗户纸。程诺说完就有些后悔,但覆水难收,她现在更想知道罗可妮是怎么想的。

事实是,罗可妮从来没想过,她甚至觉得离谱:"他跟你说的?"

程诺摇头:"他没说,但是我看得出来,他看你的眼神很温柔。"

罗可妮听到不是陈奕安说的,便坚定地否认:"那你这看人的水平不行啊,他那双桃花眼看谁不温柔?我还说他看你的时候柔情似水呢。"

程诺反应强烈:"那不可能!我们一起长大的,情同手足。"

罗可妮哂笑:"你跟陈长风还一起长大的呢,有什么不可能的。"

程诺听得脑子有些乱,挥手打断她:"快别说了,我俩是真跟亲姐弟一样,你说得我要生理性反胃了。"

"好吧。"罗可妮回到上一个问题,"我觉得我对这方面的信号接收还是挺敏感的,反正我的雷达没有响过。一个人喜欢你,藏得再好也会有忍不住的亲近行为,他对我,就很客气很有礼貌啊,我不认为他喜欢我的话能藏那么深。"

程诺被罗可妮说得也有点动摇了,因为陈奕安好像的确从没公开表达过喜欢可妮姐。她一直以为是他为了保护罗可妮的名声,可是想想,真喜欢一个人的话确实很难藏得那么好吧。

此刻的陈家客厅,陈奕安正在和妈妈喝茶聊天,神色自如。

陈长风今天化身"陈旋风",冲进家门就要找陈奕安质问:"你跟那个'塞娅公主'到底什么情况?"

陈奕安正在给他妈冲泡陈皮洛神花茶,看他哥嘴唇都干得起皮了,给陈长风也倒了一杯热茶:"哥,别急,先坐下喝口水。"

陈长风端起茶碗一口闷了,闷完一秒才又伸着舌头"噗噗噗":"你小子,要烫死我啊。"

李柚柚赶紧给他又倒了碗凉白开,让他缓缓,等他静下来了才无语地对着长子摇头:"刚刚我们还说你姑妈根本不用挑拨,就你这个脾气,自己能安稳活着都不容易。"

陈长风听到了关键词,水喝完,咬着小瓷碗的碗沿倒扣在嘴上,想明白了,是姑妈搞的鬼。

陈奕安把跟他妈说的话又重复了一遍给大哥:"姑妈今天去我们学校讲坛了,她以新公司的名义赞助了个奖学金,结束以后我们校长喊我去了办公室,姑妈说是因为我才选择在我们学校建奖学金的。"

陈长风:"那她挺阔绰啊,咱爸都没想着给你们学校赞助点。"

陈奕安:"就是说啊。升米恩斗米仇,我当时就觉得给我架那么高不是什么好事。离开办公室以后姑妈请我喝茶,才说了真正目的,她说想帮我。"

陈长风:"帮你什么?帮你找对象?"

陈奕安:"帮我拿回应该属于我的地位和权力。"

陈长风:"……你其实是重生秦始皇是吧,下一句没让你 v 她 50(微信转账五十元)?"

陈奕安的正经事说不下去,被他哥逗笑了。

李柚柚替陈奕安把话接下去:"你姑妈不相信奕安对公司事务一点都没野心,觉得是你爸对他不公正,把好资源全给了你,所以她替奕安鸣不平,想要帮他造势争权,今天的绯闻就是她送的开门礼。"

陈长风这次是真的听明白了,就是他姑妈先来挑拨一下奕安和他爸的父子关系,再来分裂一下他们的兄弟之情,要支持奕安跟他争公司权益,最好两败俱伤,或者奕安抢到话语权,成为姑妈台前的傀儡。

陈奕安跟陈长风开玩笑:"我觉得姑妈的计划挺周详的,要不我假意答应,顺水推舟跟林家联姻,趁机拿到姑妈的资源,到时候我成了集团 CEO，但是阳奉阴违全听你的，这咱俩不赢麻了。"

陈长风敲了弟弟脑袋一下："你在这儿演无间道呢？麻什么麻。多大点事啊，我能让你因为这个就去献身？"

陈奕安摸头："你好霸权，怎么不问问'尔泰'是不是心甘情愿去和亲呢！"

陈长风："别说'尔泰'了，就是'列夫托尔斯泰'心甘情愿，那也跟你没关系，我不可能牺牲你的幸福。"

李柚柚在旁边"海豹鼓掌"："哥哥这一分钟真帅！"

陈长风追加一句："哎，你小子，没谈过恋爱，不知道跟喜欢的人在一起多快乐。"

这话怎么听着像是赤裸裸的炫耀？有对象了不起是吧！

陈奕安耸肩："好吧，我知道的都跟你说了，后面怎么处理你看着办吧，姑妈再找我的话我会告诉你，你需要我传什么话也可以跟我说。"

陈长风："什么都不用说，你好好练琴就行了。对了，还有，你之前跟林夏认识，一起演出过？怎么她来家里的时候，没听你说过？"

陈奕安回答："哦，不记得了。看到那张照片才知道见过，当时乐团人太多，对她没什么印象。"

陈长风信了，还怕弟弟有心理负担，拍拍弟弟的肩安慰道："别慌，小麻烦。"

确实不是太大的风浪，不是推手推的话根本无人在意。

而事件的两个当事人，却在风波平息没多久的一个午后约见在咖啡馆里。

陈奕安穿着白色磨毛衬衣和跟袖口蓝色镶边条纹同色的休闲裤，戴了副无框眼镜，提前几分钟坐进角落位置。

林夏落座时躬身去戳了戳他的镜腿，笑道："哟，你这是做了变装？还挺谨慎。"

陈奕安露出厌烦的表情，从来温柔有礼的人，此刻对着林夏却不太有耐心："有什么事快说，我还要回去练琴。"

林夏："这么勤奋呀。我没什么事，就是想你了，喊你出来见见面。"

陈奕安起身就要走，被她一把拉住手腕："装什么，你不想见我的话，我一条短信就能把你约出来？"

陈奕安冷笑，居高临下地站着，刻薄地看着她说："我以为你有正事跟我说，看来我想多了，你还是一样地无聊。这次又是跟谁打赌了，我姑妈？哦对了，你男朋友知道吗？"

林夏做出无辜的表情："分了呀，我现在单身呢。"

陈奕安确定她没什么正事了，一眼都不想看她这欺骗性的外表。

光风霁月的男人丢下一句"关我屁事"的粗口，头也不回地离开了。

其实姑妈不止一次找过陈奕安，他念着彼此是亲人，一直也没跟她把关系搞得太僵，听她说大哥坏话也只是当作玩笑，反正陈长风在他心里的地位无人能撼动。

至于说到让他掌权，他更是推说自己身体不好，一点班也加不了。没想到姑妈仍不死心，不知道是不是得了林家授意，直接就想透露联姻的风声，推他到风口浪尖，就算激化不了兄弟矛盾，也要在陈长风心里种下怀疑的种子。

可惜姑妈不知道，陈奕安与所有人为善，但他最讨厌的，偏偏就是林夏。

讨厌到直接跟他大哥告状，把水面下的冰山一起掀翻，让陈长风去跟姑妈斗法，别再拉他入局。

陈长风在护弟弟的时候还是很雷厉风行的，热搜压下去很容易，发点通稿模糊视线，推说两家子女是朋友就行。

还有跟林家的合作，这次再不扯皮了，陈长风主动退一步，让了几分利，把合同推完。

只是林家看似赢了博弈，却也没在陈氏得着多大便宜。

因为陈长风直接把陈氏地产的公司架构做了大刀阔斧的削减。他早就跟他爸达成共识，地产泡沫撑不了几年，夕阳产业不尽早转型没有生路，只是之前公司业务冗杂，尾大不掉，转型牵扯的利益方太多。

倒是姑妈这次的挑衅，逼着陈长风"冲冠一怒"了。

陈家老爷子是在一个月后才收到消息的，得知自己一辈子的心血被

243

陈长风就这么卖的卖、改的改，他拄着拐杖杀去公司，要亲自教训这孽障。

陈长风提前得了风声，先走一步，跑到程诺家里求庇护："姐姐帮我躲两天！"

程诺对于收留陈长风这件事犹豫不定，再三跟他确认："你皮厚，打就打了，不会连累我也挨揍吧？"

陈长风被她问了几遍，都要难过了："女人，你的爱就是这么肤浅，这么经不起考验吗？"

程诺："能不肤浅吗？我大几万的护理做着呢，这皮肤可白嫩。"

陈长风摸了摸她的脸蛋，确实白嫩。

这一打岔，刚才讨论的问题是什么都差点忘了。

程诺又劝了他一次："你还是去你爷爷那里认个错吧，一笔写不出两个陈字，他不会真打死你的。"

陈长风："一笔确实写不出两个陈字，陈字有七画，一笔一个陈字都写不出来。"

程诺看他咬死了要赖在她家，再次搬出她爸来震慑："你可想好了，我爸揍你不比你爷爷轻。"

陈长风："怎么全世界都要取我狗命的样子？伸脖子一刀，缩脖子也是一刀，算了，我死也要做风流鬼，我就住这里了！"

程诺点点头："那行吧，正好过两天我出去跑活动，你给我看看家打扫打扫卫生。"

陈长风傻眼，目的达成了，但是怎么和想象中不太一样？

不管怎么说，陈长风还是住下了。

之前的半个月他都在进行公司改革，忙到飞起，根本没空来找香香女朋友，每天也就只是吃饭的空闲时间跟程诺打个电话发个消息，告诉她自己这个男朋友的存在。

现在终于又能贴到女朋友了，他居然还有点久违的不好意思。看着她站在炉灶前煮意面的身影，他想亲近又怕惹她烦，于是放声高歌："我可以抱你吗爱人？"

程诺回头，举起手里的捞面勺威胁他："再玩烂梗我真的会踢飞你！"

陈长风便凑过去，从身后熊抱住她，露出心满意足的傻笑："收到！闭嘴！我说我！"

已经是春暖花开，程诺歇了这么久，乔安娜隔三岔五就要丢个通告过来给她看看有没有兴趣，终于，她决定接个高奢的大秀，顺便去买点裙子和包。

活动在海外，陈长风蠢蠢欲动，说要陪她一起。

可是公司还有烂摊子等他收拾——虽然他考虑过让他爸来善后并且也大胆地提出来这个方案了，但结果就是他被他爸挂断电话并拉黑。

陈长风万分不舍要跟程诺分别这件事，想多跟她待待。反正要躲清静，他就真的不出门了，待在程诺家跟她一起做饭看电影做家务，看日出日落云卷云舒。

微风和煦的午后，窗外飘进来不知名的花的甜香，程诺忽然说想要吃桃子。

小区外面就有水果店，他俩穿着家常的T恤和运动裤下楼去买水果，还挑了个包甜的大西瓜。

回来的路上，程诺又看上了隔壁低卡燕麦冰激凌，要了一个地球形状的蓝绿色甜筒，走在路上就开吃了。

陈长风手机响，他看到来电显示是他妈，立马接起来。还好没什么事，只是李柚柚女士关心他衣食住行习不习惯。

陈长风歪着头，把手机用左边肩膀跟耳朵夹着，把右手拎着的大西瓜袋子一起放到左手上，这样空着的右手就能去牵程诺了。

他又说了几句，便告诉他妈在外面不方便说话，把电话挂断了。

然后他扭头跟程诺说："我妈怕我给你添麻烦，叫我给你交房租。"

程诺花他的钱倒是毫不手软，不过还是先称赞了柚柚姨几句："阿姨太周到了，昨天还送来那么多海鲜呢。"程诺舔了口冰激凌，"本来发了海参，这么着，今晚再给你做条鱼吃。"

陈长风有些没反应过来："为什么吃鱼？"

程诺没等他发散出什么乱七八糟的想法，直接告诉他答案："因为鱼的舌头短！"

嫌他舌头长、废话多呢。

陈长风:"了解,'吻我,别说话'对不对?"

程诺真希望有人能掐断陈长风的网线,别让他再上网学些有的没的了。

他俩吵吵闹闹地回了家,瓜切开才吃到一半,程诺忽然收到了梁云昇的消息,说他回沪来跑通告,提前收工了,问她要不要一起吃晚饭。

程诺还记得自己说过要请他一顿,于是答应了,并迅速锁定一家饭店发给他,再去冲个澡开始美美地挑衣服化妆。

陈长风听她说是要去跟梁云昇吃饭,就差把"幽怨"两个字刻脑门上了。

他问:"可以带着我吗?"

程诺:"不太好。"

陈长风:"我不说话,只吃饭。"

程诺:"那更怪。"

陈长风:"我坐你们隔壁吃饭,然后跟你一起回来。"

程诺其实预感梁云昇找她有事,或者至少是有话对她说,所以不太想让陈长风去裹乱。

她拿化妆刷在脸上扫来扫去,故意有些冷淡地跟他说:"保持舒适距离,尊重个人空间,OK?"

当她这样说话的时候,陈长风是不会再耍赖的。

果然,陈长风不甘心地答应了。

他握着原本准备做葱烧海参的大葱,一脸忧愁地说:"你走吧,去花花世界迷了眼吧,我会带着我们的孩子吃垃圾拧螺丝织方便面,等你来接我们的。"

程诺手一抖差点画歪唇线。

她绷不住,善良地建议他:"也别一直吃垃圾,织方便面的时候看没人就偷吃两口啊。"

在陈长风的臭脸中,程诺还是绝情地自己开车出门赴宴了。

陈长风当然知道程诺现在对梁云昇应该没什么多余想法了，只是知道归知道，心里还是别扭。

梁云昇就像陈长风眼里的蟑螂，不致命，但致郁。

梁云昇还不知道自己又在被陈长风扣上新帽子，他比程诺早一些到了饭店，在包厢里喝着茶，等程诺来点菜。

程诺选的是一家融合菜的饭店，口味偏她家乡菜，主打的是各式海鲜。她选这里倒也不是这里多么好吃，而是这儿离梁云昇接通告的大厦比较近，环境好，价格高。

她在陈家长大，虽然商场上的谋略没学到，但深谙请人吃饭也是一门学问。

跟罗可妮出去玩，她都会挑网红店、特色店，小姐妹吃不了多少，但拍照好看。

跟陈长风吃饭，就是很高级的可以，苍蝇馆子也可以，她觉得想吃第二次的都会带他去试试。陈长风总说："自己人，随便点。"

跟重视的朋友吃饭，就只挑贵的不挑对的，因为贵价菜通常不至于踩雷难吃。

现在，梁云昇已经是她重视但不亲近的朋友了。

开往饭店的路上，她才发现自己对他的态度转变，也发现了他请她吃饭的时候，其实一直是把她当"自己人"的。

程诺有些唏嘘，甚至自我怀疑了一会儿是不是太冷血无情，明明去年这时候还对他五迷三道的呢。

坐到梁云昇对面，让他点了主菜，程诺又加了几道招牌菜，便让服务生退出去不用在这边服务了。

他给她斟茶，她双手接过来，问："戏拍得顺利吗？还没杀青吧？"

梁云昇摇摇头，说："还没拍完，我跟剧组请了两天假，明天还要飞回去。"

程诺："辛苦辛苦，我拍完回来睡了好几天才解乏。"

"工作而已，不辛苦。"梁云昇给她拿了盒茶叶，"在伽市看你喜欢喝，给你又带了盒。"

247

程诺才发现自己正在喝的就是他带来的伽市的茶，连声道谢。

梁云昇不是个爱八卦的人，敬业且嘴严，但他还是跟程诺讲了个她离开后的小故事："江枇退组以后，有个女演员在片场闹过，说是她的戏份本来不止这么点，现在砍得跟群演没区别了。"

程诺没问是哪个女演员，她想梁云昇也不会说的，她只问："江枇的关系户啊？"

梁云昇没给正面回答："说不好，有可能。"

程诺好奇："那江枇退了这个组，跟别的组去了吗？不会真就歇着了吧？"

梁云昇笑得像狐狸一样："这你问我啊？我也不知道，你不如问问你男朋友。"

从他口里说出"男朋友"三个字，还是让程诺有点不适应。

不过她也知道天下没有不透风的墙，就江枇挨打这事，总是会有些闲言碎语的，不爆出来摆到明面上就算了，她身后有不好惹的人是肯定透出去了，男朋友总比金主好听。

她没吱声，梁云昇问她："小浪花，现在过得开心吗？"

程诺诚实地点点头："挺好的。"

梁云昇皱眉笑："你这让我怎么接呀？"

程诺装傻："啊？那你是想我过得不幸吗？"

梁云昇："我希望我能让你过得更开心。"

他不是没察觉到她的仰慕，也不是对她毫无感觉，只是在心安理得地收着她的喜欢的同时，还纠结着事业的发展。

他虽然不算流量明星，但单身的形象也还是更有利于他的戏路。

只是发现她的眼睛里不再装着自己的时候，他的大脑又被酸涩的占有欲支配，想要挽回点什么。

服务生敲门来上菜，煽情对话结束，两人无声品菜，等人离开了，刚才谈话的气氛也中断难以继续了。

程诺和他聊起自己马上要去的大秀，问他有没有什么想要的礼物，她送他。

"谢谢你一直都很照顾我。"

梁云昇的失态只有那一瞬间，过后又是滴水不漏的友善前辈了。他一直过分清醒，所以难能展开需要冲动的爱情。

如果程诺说她过得不好，他或许还有几分英雄瘾发作，可她过得快乐，他便给不了她更多——他连身份都不能给。

这份从来没人宣之于口的暗恋，在灯火辉煌的夜景下落幕。

程诺晚上没喝酒，吃完饭自己开车回去的，还有十分钟到家的时候给陈长风发了条信息。

一进小区果然看到他正在自家门洞前杵着。

陈长风穿的还是白天时穿的短袖衣服，这会儿被风吹着，冷得跳脚。

他搓着手指挥她倒车入库，她一下车他就拿他冰冰凉的手来挽她胳膊："怎么这么冷，快回家快回家。"

程诺骂他："觉得冷你不会上楼穿件衣服啊？"

陈长风："万一你正好回来了，没看到我在等你，我之前不是白挨冻了？"

程诺："不愧是职场老滑头。"

陈长风："我爸的好儿子罢了。"

她进了家门，看厨房干干净净不像吃过饭，猜陈长风晚上光吃醋去了，主动开口："你织的方便面呢？还有没有了，给我下点吃，我晚上没吃饱。"

"是不是对着'小鲜肉'吃习惯了，看着'老腊肉'难以下咽？"陈长风嘚嘚瑟瑟地去开冰箱门，方便面没有，但是有鲜面条，他拿了一袋出来去给她煮。

程诺在洗手间换衣服卸妆，一直听着他嘀咕着说梁云昇坏话，真是没风度极了。

但她觉得莫名好笑，他骂人真挺有天赋的。

等她收拾妥当，坐到饭厅里，他已经端了两大碗热气腾腾的面条上桌了。

面上卧了个荷包蛋，他自己那碗卧了两个蛋。

陈长风讲解道："这就是你抛夫弃子会野男人的惩罚。"

正好程诺也吃不下那么多。

只是将筷子插进碗底，翻腾出来，面条不多，海参倒是不少。

陈长风冷哼一声，这次没解释。

也没什么好解释的，她提前泡发了海参，不就是自己想吃吗，他做好了给她留着而已。

程诺咬着筷子，对还在气鼓鼓的陈长风笑。他可真爱搞偷偷对她好这一套啊，心软跟嘴硬成正比，除了她也不知道谁还受得了这狗脾气。

陈长风："你今天对梁老头笑了吗？"

程诺表情严肃："没有，我对他不假辞色、冷若冰霜。"

陈长风满意了："现在知道野花没有家花香了吧，下不为例啊。"

程诺："嗯。"

陈长风觉得她过分好说话了，探头问："你不会真做了对不起我的事吧？"

程诺冷脸："滚。"

陈长风这才放心："好的好的。"

程诺跟陈长风在一起的时候总有说不完的话，或者应该反过来说，陈长风跟她在一起时一直叭叭个不停。

她只需要偶尔接个话茬，他就能把单口相声会开到跨年。

陈长风不只是程诺的男朋友，也是她无话不说的树洞，她略带伤感地告诉他："我跟梁云昇的故事结束了。"

陈长风作为她这段暗恋经历的忠实听众，忍着爆粗口的冲动，拍拍她的肩："谁年轻的时候没看走过眼呢，没关系，挥别错的才能跟我相逢。"

程诺躺在他怀里，感慨的却是另一个男人："其实梁云昇真挺好的，要不是你捣乱，说不定我还能……"

陈长风打断她："不可能。浪花，你是不是觉得我不会真对你发火？老虎不发威你当我是小猪佩奇？"

程诺拧他肚子上的肉："你怎么敢对我大呼小叫？"

陈长风吸着冷气往后躲，捉着她的手不让她伤害自己，龇牙咧嘴地放狠话："反正你死心吧，有我在，你跟哪个男的都不可能。"

他这么霸道地宣示正宫地位，程诺却开始怀念起还没跟他好的时候，那会儿他又喜欢她但又对她的感情没法插手，只能跟她爸打小报告的样子，让人觉得挺可爱的。

她沉浸在回忆里没说话，陈长风却以为她还在伤感跟梁云昇的告别，心情有点复杂，安慰是一句都说不出口的，甚至想去论坛投稿问问老婆这样还算不算爱他。

又过了几分钟，陈长风搂住程诺咬她耳朵："可以了啊，这么久，肖邦都给你弹完一首《夜曲》纪念你死去的爱情了。"

他的嘴唇热热的，碰到她的皮肤让她觉得手臂起了鸡皮疙瘩。

程诺抬起那只手，从他胳膊底下穿过去，搂住他的肩："我的爱情才没死，我抱着它呢。"

昏暗的台灯光也藏不住陈长风那一脸荡漾的笑。

他们拥抱在一起，闭着眼睛准备入眠，只是在睡着前又漫无边际地聊到了陈奕安的事情。

程诺说起她跟罗可妮的对话，有些认同罗可妮的观点，当事人如果都丝毫感觉不到对方的爱意的话，那会不会是他们这两个外人会错了意。

程诺问："是奕安跟你说他喜欢可妮姐吗？"

陈长风："是啊，那天咱们不是去赵宗岐家玩，回来我问他……"

他说到一半，想了想当日的情境，忽然发现了新大陆似的："哎哎，是我问他：'不会是赵宗岐他老婆吧？'他没否认，但是也没承认！你知道吧，臭小子就是露出那种高深莫测、尽在掌握的奸笑。"

程诺："你形容你弟弟能不能有点好话？"

陈长风："这还不是好话？听起来多有智慧。"

他俩又合计了一会儿，在讨论弟弟的八卦问题上无比兴奋，瞌睡都给聊没了。

程诺："林夏是不是也比奕安大两岁啊？难道奕安说的喜欢是她？"

陈长风："也可能是学校的学姐？这小子，居然诓我！"

他想直接给弟弟打电话，问弟弟到底喜欢谁。

程诺按着他的手机："奕安又不是你儿子，你爸都没你爱多管闲事！他自己的感情，想说就说了啊，你干吗逼他，你看你逼了人家也不告诉你实话。"

陈长风叹了口气，年纪轻轻居然萌生出一股老父亲操心不孝子的惆怅。

程诺在一旁吐槽他："是不是突然理解了你爸？"

陈长风握拳："还是得生女儿，我又不像我爸那样'作恶多端'，我肯定能生得出女儿！"

程诺：……想给他录下来发陈叔叔听，看他能被揍哭几次。

程诺飞去国外参加活动，陈长风也不在家躲着了，去了公司处理纠纷。

老地产公司改组工作接近完成，新公司侧重发展智能家居，接连策划了几场概念发布会，由陈长风主持演讲，一派商业新贵的精英派头。

他还把林夏也给挖来了新公司，拿着他爸公司的资源狠狠砸，把林夏捧成了头部主播，不带货，卖概念。

挖人倒也不是这几天才起的意，早在处理林夏和陈奕安的绯闻时，陈长风就跟林家达成共识，风波平息后林夏来陈氏集团，继续打造她的个人IP，也因此，林家借坡下驴签了原有合同，支持陈长风的改革。

商人重利，利益驱使才是最稳固的同盟，比联姻更靠谱。

程诺连工作带旅游地在国外玩了半个月，期间只给陈长风发了些团队拍的漂亮照片，知道他忙，都没怎么打电话。

她回国这天倒是没搞惊喜，告诉陈长风自己航班到达时间，问他去不去接自己。

陈长风说"接"，提前去了机场，抱着电脑插着上网卡，坐在车里开了一个小时的会。

她去的时候只带了一个大行李箱，回来的时候拖了三个。

司机开车，陈长风在后座一只手握着程诺的手，另一只手还拿着手机单手回信息。

程诺见识到了他的忙，没有打扰，翻出自己等飞机无聊的时候买的指甲油，捏着他的手指开始涂。

于是，等他们到了程诺家楼下，陈长风把手机揣进兜里，要帮程诺提行李的时候，才发现自己的左手已经变成非常精致的透明胶底星星闪片款指甲了。

他低头看她。她朝他粲然一笑，伸手要钱："工本费八十八，良心卖家，童叟无欺！"

陈长风："不骗老人小孩，专骗人傻钱多的大帅哥是吧？"

程诺皱鼻子："陈长风，你能不能有一分钟不自恋啊？"

陈长风："哪里自恋，我多谦虚，没有炫耀我的智商。"

程诺："那会不会是因为确实也没什么能炫耀的？"

司机乐呵呵地跟在后面听他们斗嘴，把行李送到电梯上以后，很有眼色地开车离开了。

一路互怼的小情侣，开门进屋以后安静了两秒，灯都没开，就在漆黑的玄关抱到一起亲了起来。

陈长风咬她鼻子："你不是说你厌蠢吗？嫌弃我不聪明还亲我亲得这么起劲？"

程诺的心跳乱七八糟的，她深呼吸平复着躁动，还要调侃他："你得感恩，上天是公平的，你这张脸能看得过去，全是用你智商换的。"

"啪——"陈长风把她身后墙上的灯按开了。

突如其来的亮光照得程诺睁不开眼，她用力闭了一下眼睛才又睁开，嗔怪他："干吗？"

陈长风露出疑惑的表情："看看我的老婆为什么聪明又漂亮，上天在你这儿开挂了是吧？"

谁不喜欢听夸奖呢，程诺额头抵到他肩上，蹭了蹭："想你了。"

就在陈长风又低头要亲她的时候，她的肚子发出了"咕噜噜"的叫声。

两人一起笑出来。陈长风昨天才过来给她冰箱塞满了水果和蔬菜，现在就拿出来清洗了给她做个果蔬奶酪沙拉。

他工作久了，也有点饿，坐在旁边和她一起吃。

程诺跟他讲着自己买回来的礼物都是怎么分的，陈长风只关心他自己的："虽然我确实不在意你买的东西贵不贵，但是如果你还拿什么巧克力盒子来敷衍我的话，我哭给你看。"

程诺:"给你买了几条领带和腰带。"

嗯,这听起来还比较像样,很像一个贤惠的妻子给丈夫准备的礼物。

程诺已经吃饱,打算最后收尾吃颗草莓,才咬了一口"草莓尖尖",就告诉陈长风:"哇,这草莓好甜。"

她把他最喜欢的草莓咬在嘴里,嘟着嘴对他发出邀请。

浪漫电影里,该是他倾身含住露在外面的半颗草莓,也含住草莓味的她。

现实里,他看着她的嘴,抬起手轻轻捣了"草莓屁股"一拳,把草莓捅她嘴里了。

陈长风:"对不起,太可爱了,像鸭子,没忍住。"

程诺:有大病?

第十章
/我的喜欢，岁岁年年/

早上还有个会议要参加，陈长风没睡几个小时就起了，程诺睡得蒙蒙的，没能给他做早饭，自己抱着被子坐在床头发呆醒神。

陈长风把被子给她围好，往她被窝里塞了个毛绒玩具叫她抱着继续睡。

清早接觉容易得很，他还没出门她就又睡熟了。

芙蓉帐暖，晨风料峭，他打车去上班的时候心里全是怨念，想要等公司步入正轨以后就跟程诺出去旅游，这个班他是一天都不想上了。

可世事从不如人愿，改革开头难，中间难，后段难上加难。

季度财报出来以后，陈老爷子又气得犯了一次高血压，住院住了好多天。

晚辈们轮番去医院照顾老人家，陈长风这个长孙却是被陈世羽安排在最后。

老爷子一见到陈长风就拿着拐棍砸床架，问他是不是要来给自己再续两天院的。

陈长风这回是真孙子，蹲在床边被爷爷抽了几棍子，心里想着他爸是不是故意的，挑老爷子身体恢复好了有力气揍人的时候派他来。

等爷爷气消了，也可能是打他打得手没劲了，陈长风给爷爷倒杯温水哄着老爷子喝，态度恳切地问："爷爷，您到底是因为哪一点生气？您说，我解释给您听。"

老爷子一开口就呼哧带喘的："我不听。"

陈长风："也是，您老英明神武，哪有不明白的，用不着我解释，我爸肯定也都说给您听了。"

255

老爷子不买账,依旧是满面怒容。

陈长风在爷爷威严的表情里,却看到了生命流逝的垂暮。

说句不孝顺的,他不知道这双锐利的眼睛还能散发多久的精光了。

祖孙俩头一次正式对话,陈长风本来不想说虚的,却因为直观地感受到爷爷的衰老,最后还是顺着老人的面子,满脸真诚地说:"我知道了,您不是生我改革公司业务的气,是气我没照顾好姑妈他们是不是?"

老爷子终于给了他一个正眼。

陈长风便继续说:"我初来乍到,姑妈和表哥都帮了我不少,教我应该怎么面对各种突发状况,我知道他们也都是……嘻,不说了,反正我知道,我们是一家人。您现在这么生气,是觉得我把公司拆得七零八落了,亏待了姑妈一家,您心疼他们是吧?"

陈长风把表哥他们使的绊子都美化成了对他的指导,说起来还带着点委屈,他爸说他这样很不职业。

陈长风知道爷爷是在顺着心意立完遗嘱以后又后悔了,人老了心又软,曾经看不惯姑妈家的做派,想着保全陈氏就得牺牲女儿的利益,可现在又想起来女儿这些年的好,还没等着要补偿他们,儿女两家已经为了遗产闹得分崩离析。

老爷子不会怪自己当初决断失误,也不愿意再苛责受了委屈的女儿,于是便把火气撒在了"乱改革"的孙子身上。

陈长风早都跟他爸商量好了,现在把解决方案递到爷爷面前,请他指示:"陈氏入股姑妈的新公司,把陈氏保留的原来的业务还给姑妈去做,邀请她迁址回总部大楼来,以后我只负责新业务板块,两家并一家,还是陈氏集团,您看这样行吗?"

兜了这么大一圈子,让外人看了不少笑话,也认清了利益面前昔日至亲变仇人的嘴脸,陈世羽父子选择破财息事宁人,替老爷子的"偏袒"买单,毕竟这事一开始也是因为老爷子先偏心了儿子才引起的。

在陈长风的"悉心照料"下,老爷子第二天红光满面地出院了,给儿女两家发了通知,要他们回老宅吃团圆饭。

陈长风给程诺发消息,问她要不要去。

程诺不是很感兴趣，倒也没有很排斥，只是问他：你需要我去吗？

陈长风：一个事业失意的年轻人，确实挺需要表现得情场得意一些。

程诺回了个"喵喵点头"的表情包。

上次去老宅，还是庆祝老爷子大寿，坐柚柚姨的车去的。这次再去，身份变了，虽然没有特意公开，但她跟陈长风手拉手一起进的大门，连陈长风他爸都多看了两眼。

这是团圆饭，也是和解饭。陈君合跟陈世羽先是吵了几句，喝了点酒又感伤地互相道歉和道谢，最后握手言和，还要一起把陈氏做大做强。

老爷子满意地看着儿女和好了，想想又觉得好像对孙子有些亏欠，不能明着跟他说，便把补偿都给了程诺："之前长风他爸说要给你的那套别墅，喜欢吗？长风说你在市区工作方便，我给你挑了套公馆，改天让长风带你看看合不合眼缘。"

程诺也没想到，每次来老宅都能收获新宅，受宠若惊地跟爷爷道谢，有点不太敢收这么大的礼。

陈长风在一边佯装吃醋："爷爷，您送她房子记得先立个字据，要是跟我分手，就不给她了！"

老爷子"哼"一声："跟你分手了那是你没出息留不住人，关她的房子什么事！"

陈长风郁闷极了。

姑妈陈君合插了一句："长风这孩子是个心里有数的，你看从小就知道把媳妇带回家里。老二年纪也不小了，上上心啊，我看林家那个姑娘不错，跟你挺有夫妻相。"

陈奕安对着姑妈微笑："我和她不熟。感情的事，强求不来。"说完离席去陪李皓行玩乐高了。

程诺和陈长风一齐看向陈奕安离开的背影，对视一眼，在对方眼里读出熊熊八卦之火，但都没作声。

陈长风知道姑妈这是心里还憋着点不顺意，故意让陈奕安也吃口玻璃碴儿呢。他很想替弟弟出头，可今天这场合容不得他撒野。

有裂纹的亲情也只能慢慢修复了。

从爷爷家离开，李柚柚问陈长风和程诺："你们俩还有没有事，没事的话就回家，晚上王姨包海鲜饺子。"

陈长风今天推了所有工作，确实没事，可他本来想去程诺那边腻歪腻歪的。

他还没说话，程诺就替他回答了："没事！"

陈长风看见后面出来的陈奕安，也点了点头，跟程诺一人抓着陈奕安一只胳膊，三个人上了一辆车。

陈长风开车，程诺在后排"审问"。

陈奕安坐在后座上如坐针毡，抓着安全扶手几次想下车。

程诺先是旁敲侧击，看他根本不买账，索性就直接问了："你跟林夏到底怎么回事？你瞒着别人也就罢了，我俩你都信不过吗？"

陈奕安觉得程诺跟他哥学坏了，她以前多有分寸的一个人，现在也没边界感了。

陈长风从后视镜看弟弟一眼，会读心术似的，正色道："奕安，这不只是你的个人感情问题，还关系到公司的发展。林夏现在是我们的合伙人，她如果跟你有什么恩怨纠葛，很有可能会影响到我们的合作。"

陈奕安："编，你接着编。"

陈长风："啧，怎么是编呢，哥什么时候骗过你？"

陈奕安："你没少骗。"

陈长风急了："哎哎哎，我看看谁的良心大大坏了！"

程诺从后面拍拍陈长风："你专心开你的车，别说话了！"

她又靠近陈奕安，叹了口气："唉，实话跟你说吧，其实是柚柚姨让我探探你的口风，她说林家最近总来家里，又提出联姻的事，也说林夏看上的就是你。柚柚姨本来是要一口回绝的，可是怕你们真有什么感情，被她给破坏一桩好姻缘。"

陈奕安："没什么感情，破坏吧。"

程诺："真的啊？那行，一会儿回去我就跟柚柚姨说，下次林夏再来跟她说喜欢你，就让她别演了。"

陈奕安："嗯。"

虽然他这么说，但程诺从他这两句话里捕捉到了他一闪而过的犹疑和抿唇——微表情太多。虽然她不是心理学专家,但程诺觉得还是看出来点猫腻,他跟林夏绝对没有"不熟"!

程诺适可而止,不再逼他说更多,只是到了陈家下车以后,跟陈长风咬耳朵说小话,觉得陈奕安可能在林夏那里吃了亏,不知道是爱而不得还是虐恋情深。

陈长风点点头,用陈奕安听得见的悄悄话跟程诺说:"那我以后在公司也不给她好脸色,替奕安报仇!"

陈奕安沉默。

比起在老宅吃饭,还是在自己家里待着更舒适。不过程诺早就跟陈长风约法三章,即使现在陈家人都知道他们的关系了,但在人前还是要保持点距离,不要太亲密,不然她总觉得别扭。

陈长风嘴上说得好好的,可经常坐着坐着就贴到她身边去,手有时候也不自觉就搭在她肩上或是腰上,被她瞪一眼再委屈巴巴地拉开距离。

他们小情侣打打闹闹的时候,陈奕安坐在李柚柚身边,给她剥橙子,状似无意地打探:"林家的人最近还经常来家里吗?"

李柚柚:"啊?没吧,我最近都在你外婆那边,家里也没人啊。"

只看他妈妈的表情和语气,陈奕安就知道程诺说的话是子虚乌有了,根本不需要再问什么。

他有点恼火,转头看到沙发上正在用脆薯条当积木玩抽抽乐的那两人,瞪了程诺一眼。

嫁狗原来真的会变"狗"!

从陈家离开,陈长风拉着程诺送她出门,他倒是想直接开车送她回家,顺便留宿。

但程诺很警觉地掐算着,她爸可能这两天会来,让他老老实实做人,别去她那边缠她了。

初夏的夜晚有星星,树枝上的喳喳鸟叫得起劲,陈长风牵着她的手,到了车门前都不愿意松开。

程诺晃了晃他,他提起爷爷说的那套要送她的公馆:"明天我就陪你去看吧?"

程诺点头，乔安娜给她接了个综艺，不出意外的话她应该很快也要忙起来了。

陈长风又挑起话题："你那个综艺没什么恋爱剧本吧？不需要你跟谁炒 CP 吧？"

程诺："人文旅行的，又不是恋综。"

陈长风："总之，你不许跟别的男的炒 CP 知道吧？"

她用力地踩了陈长风两脚，把他的白鞋子踩成斑马纹，拉开后车门坐进去，打开车窗冲他比小拇指："炒你个小瓜子仁！"

虽然陈长风没想明白她骂的是什么，但还是感受到了侮辱性的语气态度，眯着眼睛趴在车门窗边，头探进去问她："你是不是故意的，心里其实想让我跟你回家？"

程诺笑着把他的脑袋推出窗外，喊司机开车。

司机走回来，发动车子，跟陈长风点头道别。

车子掉头离开前院，陈长风也插着裤兜在后面跟着车走。

直到车子开出大门，提速上路，程诺回头透过后车窗，还能看到陈长风的身影。

他走出了门外，晃晃悠悠地向着她的方向又走了一段距离，直到完全看不见车尾灯，才返身回家。

睡觉前，他还在跟程诺发信息说话，陈奕安忽然来了他房间，拿他的电脑打游戏。

虽然陈奕安看不见他的手机屏幕，但陈长风当着弟弟的面，羞耻心回笼了一点，不太好意思继续调戏程诺，跟她说早点休息明天见以后，就把手机塞进枕头底下。

他问陈奕安："咋了，有事？"

陈奕安摇头："睡不着，来打两把游戏。"

陈长风："为什么睡不着，因为林夏？"

今天太多次听到这个名字了，陈奕安厌烦地说了句："你们有完没完啊？"

弟弟一向对他很温和，陈长风被顶了这一句，报着嘴不说话了。

陈奕安说打两把游戏，就真的打完两把就退出，关电脑。

他为自己的态度跟他哥道歉，一些只憋在自己心里的秘密忍不住告诉了他哥："你回国那天，我说去同学的生日会，就是去她的生日会。"

这是在说，他们确实早先认识，而且还挺要好。

陈奕安又说："她之前跟我说的是假名字。你要给赵宗岐当伴郎，妈妈第一次提起林家有个刚从伦敦回来的女儿，可以跟你相亲的时候，我才知道她骗了我……嗯，还骗了我一些别的事。"

陈长风听着，感觉这意思是被骗了心？

陈长风真挚关切的眼神让陈奕安觉得不自然，他错开视线，看着墙壁上的挂画告诉他哥："总之我现在非常讨厌她，也不想和她再有什么瓜葛，你们以后不要开我和她的玩笑了。"

陈长风最疼弟弟了，伸出手去揉陈奕安的头发："好，好，是我不对，以后不说了。"

陈奕安"嗯"了一声，起身离开之前，又多说了一句："私事是私事，她的工作能力应该还挺强的，你也别因为我在公事上为难她，影响集团发展。"

"你还挺有大局意识。"陈长风意味不明地说了句，心想：还会替林夏说话，可见也没多讨厌她吧。

第二天陈长风接程诺去看房子。程诺料事如神，他到她那边的时候，程爸也刚进门。

认识那么多年了，这次是以"女婿"的身份正式出现在程爸面前，陈长风忽然有些紧张。

他一紧张，就在跟程爸说明来意以后顺嘴问了句："叔叔要不要一起去看看？"

程爸："好。"

陈长风心里有个小人流宽面条泪。

好什么啊，他本来想跟程诺在新房子里腻腻歪歪的，老丈人跟在一旁他岂不是连牵牵她的手都得谨慎了？一点都不好！

程诺已经换好衣服。她穿着海军领的天蓝色长裙，头发梳成两条拳击毙,真可爱。

陈长风再度后悔自己的多嘴多舌。

他们仨坐一辆车去看房。公馆就在市区中心,附近商业街很热闹,但进入园区又很安静,有种大隐隐于市的感觉。

程爸本想着来看看这附近居住是否安全便利,来了才发现这小洋楼是个历史文化建筑,根本没什么可挑剔的。就这房子,有钱都不一定买得到。

程诺也挺喜欢的,要住人的话,屋里还得翻新装修,这一两年应该没法住。

她站在窗边,看着隔壁公园的草坪和湖泊,满眼绿意真舒心。她跟陈长风说:"以后我们可以去那边划船,骑自行车。"

陈长风答应着说好:"你想去的话今天咱们就可以去。"

程诺看向她爸,程爸没再当电灯泡:"你们去玩吧,我出去转转,买点新鲜肉菜。"

程诺便戴了顶大檐帽遮阳,跟陈长风步行着去公园,买票划船。

工作日的公园,没几个年轻人,大多是老人和小孩。

小船上,陈长风卖力蹬着轮子,程诺手扶着帽檐美美自拍。

他在对面看着,等她把手机放下来开始修图的时候,他才问:"你爸是不喜欢刚才那套公馆吗?"

程诺回忆了一下:"没吧,他应该只是看看我住得安不安全。"

她小时候拍电影出了名,收到过不好的东西,所以她爸对她的安全特别敏感。

陈长风:"那你喜欢吗?"

程诺:"喜欢啊,这么好看,拍照多出片。我本来买了西边一套房子,我看也不用装修那个了,我把钱拿来好好装修这个吧!"

陈长风:"不用,你原来怎么计划的还按你的来,这个你想怎么装修跟我说,我跟设计师来装就好。"

程诺:"一分钱都不让我花啊?看来你是真打算好了分手就把房子要回去。"

陈长风听到了刺耳的两个字:"你再说,我就跳下去淹死我让你后悔。"

程诺:"你穿着救生衣呢,又淹不死。"

陈长风把救生衣两下扒下来,扔一边。

程诺:"你会游泳。"

陈长风:"我不游!"

程诺都不知道他这幼稚的斗气有什么必要性,没事找事硬斗是吧?她哄他两句:"快穿上吧,我胡说的,不分手,我跟你好好的分什么啊,跟你在一起吃喝玩乐多开心,我不分。"

他只听到了最后三个字:"果然还是舍不得离开我吧,哼,女人。"

他的傲娇展现得淋漓尽致,程诺敷衍着"嗯嗯",低着头继续修图。

陈长风却还在思考自己的魅力,问程诺的综艺拍摄会不会进她家里拍她收拾行李出门。

程诺:"不知道,大概吧。"

陈长风:"那到时候我来开门,带着三分凉薄三分讥笑四分漫不经心的帅气,告诉他们小点声,别吵醒我太太。"

程诺听他没头没脑的叙述,皱着眉头抬眼看他。

陈长风继续写剧本:"在他们道歉说不好意思走错门的时候,你走出来,从身后抱着我的腰,慵懒地问一句'老公,是谁呀'。"

程诺被他掐着嗓子模仿女人的声音雷到了,脚下意识抬起来要踹他,反应过来这是在船上,又放下去了。

陈长风很满意自己的设计:"摄制组其实是在直播,这一幕播出以后,直播间直接炸了,你的粉丝也炸了,热搜也炸了,我们公司也炸了,全网都炸了。"

程诺脸上的嫌弃被爆笑取代,她看着他每说一句"炸了"就手舞足蹈的样子,脸都要笑麻了。

她知道他因为工作原因一向紧跟网络热点,可实在不知道他从哪里看来的这段:"这是什么煤气罐王国的童话故事吗?"

陈长风跟着一起笑,没再解释什么。

他们把船划回岸边,顺着草坪翻过了一个小山坡,等着司机来接。

等待的时间里,在一棵很大很大的大树后面,在无人能看到的阴凉里,陈长风把她的大檐帽握在手里,歪着挡住他俩的侧脸,和她接了一分钟的吻。

午后有蝉鸣,还有树叶被风吹的簌簌声,程诺两只手背在身后抵着树干,闻到了帽子上秸秆装饰的清香味道。

把程诺送回家以后,陈长风又去了公司。陈氏重组,他们的发布会依旧以对话论坛的形式进行,前几场新业务的演讲很成功,他要审阅新的稿子,还要跟这次特邀对话的林夏一起对流程。

程爸比程诺回来得还要晚一些,拖了个露营车回来的,里面装着样式丰富的水果蔬菜,还有个纸箱子里装了些日用品,程诺甚至看见了粉色猪猪的眼罩和蓝色狗狗的发带。

她爸永远把她当小孩似的,看到那些可可爱爱的东西就会买给她,也不管实不实用。

程诺一边嘀咕着"太幼稚啦",一边忍不住拆开包装把眼罩顶在脑袋上照镜子。

程爸穿着灰绿色的休闲衬衣,洗了手把衬衣袖子挽起来,去把买来的食材都分切包装好动起来,又清洗切好了最近两天量的菜,装到一个个密封袋里,她想吃的时候拿出来炒一炒就可以,不用备菜。

最后他给她做了一桌晚饭,陪她吃完了又收拾了厨房。

程诺正在从衣橱里找毯子和床单,还没铺,程爸叫她别弄了:"晚上还有航班,我一会儿就回去了。"

他说得好像回个家只要坐十几分钟的车似的。

程诺:"你这么着急回去干吗啊?"

程爸:"有人陪你玩了啊,我要回去陪你妈。"

程诺张嘴,又合上了。

程爸去换鞋,离开前跟程诺说:"不管什么时候,有人欺负你的话立刻告诉我,爸爸很快就能到你身边。"

程诺点点头,嘿嘿笑:"陈长风不敢的。"

程爸哼笑:"我看他也不敢。"

送走爸爸，程诺有些怅然若失的感觉，家里好像一下子太过冷清了。她给陈长风发消息，问他在干吗。

陈长风回她照片，还在办公室，有几个同事抱着电脑在改稿子。

程诺：好辛苦，你忙吧！加油！

同事改好了最后两个话题拿给陈长风看，陈长风大概扫了几眼，让他们先下班，自己又继续顺了一遍。

都忙完，他伸了个懒腰，想起没回程诺消息，又看了一遍对话框。

刚才脑子在工作上，现在才发现问题：怎么了，想我了？

程诺：忙完了？

陈长风：嗯，下班！

程诺发来个开心的表情包：我爸回家了。

陈长风本就往外走的脚步又轻快了几分：收到！你的长风号小飞机即刻起航！

陈君合的再次回归，在公司依旧产生了不小的震荡，分家容易合家难，还有当初那些出走的老将，重返陈氏也显得有些尴尬。

陈长风虽然不至于焦头烂额，但也轻松不到哪里去，一天天拿出八百个心眼子面对不同的人。

唯有在对着程诺的时候，他可以不过脑子地想说什么就说什么。

他说："我好羡慕你啊，出去旅游还能赚钱。你们节目组还缺不缺人，要不给我也报个名吧，我愿意牺牲自己的清誉和你炒CP的。"

程诺躺在沙发上，看着手里讲人文风情的书，眼都不抬地嘲笑他："清誉？你哪有那玩意儿？"

陈长风："也对，嘤嘤嘤，你要对我负责。"

程诺看了眼"嘤嘤怪"，觉得他有点吵："你刚不是说困了吗，快去睡吧。"

陈长风近来留宿在她这儿的次数越来越多了，她的衣柜里现在有一半是他的衣服。

陈长风不困，是疲惫，但是跟她说话很解乏，他不想自己孤零零去睡觉:"你也去床上看呗,反正都是躺着。"

程诺摇头:"去床上就看不进去了。"

她想表达在床上容易睡着,陈长风非要曲解她在床上要图谋不轨:"也是,守着这么完美的男人,怎么忍得住呢。"

程诺:"请自重。"

陈长风的字典里没有"自重"两个字,他把程诺扛回卧室,给她垫高靠枕让她继续看书,自己躺到她身边,抱着她的腰,让她念给自己听她正在看的内容。

她声音平缓,没什么情绪地念着,念完一页他就睡着了。

程诺摸了摸他的眉眼,看来他真的很累啊。

但她又不想劝他别往这边跑了,她觉得他来找她应该是高兴的,反正她很高兴。

在床上看书果然容易犯困,程诺打了个呵欠,把书放到床头柜上,拧灭了台灯,入睡前想着明早要起来,给陈长风做好吃的。

结果她闹钟没响,陈长风比她起得还早,给她做了早饭又留了字条,说晚上要带她去个宴会。

陈长风的应酬,从来没说带着程诺出席过,不是他不想,是担心程诺不愿意。

今晚有个私人拍卖会,陈长风记得之前程诺跟他妈一起去过类似的活动,看了这次的拍品,觉得她可能会感兴趣。

程诺不知道这次的场合隆不隆重,保险起见,她喊了造型师来家里化妆,挑了套分体的套裙,简约大方。

可能是看多了程诺的素颜,她这么精致地近距离出现在陈长风面前时,他被惊艳住,甚至改了主意想跟她出去约会:"小破拍卖会,比我还值得你用心打扮吗?"

这两者有什么可比较的,程诺不懂他的脑回路。

陈长风吃起醋来不分对象,哪怕对方连人都不是。

他整晚都有点酸溜溜的,不过举手牌倒不含糊,最后给程诺拍下一套珍珠王冠和一枚浪花形状的胸针。

现场还有珠宝展台，程诺试戴了一对流苏钻石耳钉，陈长风觉得好看，直接包起来了。

给女朋友买买买的感觉真不错。

程诺都收下了，也没跟他客气。

陈长风喜欢她对自己的"没边界"，觉得她完全不拿他当外人，但又怕他这样显得太倒贴，她不珍惜，于是故意卖惨："浪花，你不要以为我有很多闲钱啊，没有的。我爸那个人你也知道，他抠得很，给我开工资以后就不让我妈给我生活费，我的可支配资产少得可怜。"

"哦。"程诺抱着珠宝盒子，点点头。

陈长风："所以你得珍惜，这可都是我满满的爱。"

程诺对着盒子亲了一口。

陈长风恼怒："我是说珍惜我！你珍惜盒子干吗！"

程诺是故意的，她把后排车座的挡板升上去，才又亲了一口陈长风："之前确实不知道你过得这么惨。"

陈长风："哼哼，对我好一点，可别再想着要跟我分手了。"

他其实只是把这话挂嘴上，心里不是这么想。如果是不触及底线的吵架分手，那多半他可以哄回来；如果她真决心要跟他分，大概是他做了什么不可挽回的事。

陈长风对程诺的喜欢那么多，他想紧紧抱着她，也想让她开心快乐，如果他的喜欢有一天让她不快乐了，他可能也会试着放开她——前提是她真的不需要他了，因为她百分之九十九的情况都是在说气话。

他越想越觉得自己真是个好男人。

回了程诺家，看到她拿出个漂亮的笔记本写写画画，陈长风就站在她身后看。

程诺也没避着他，大大方方地让他看内容，是记录的他今天给她买的东西、时间、名称、特征、价格。

陈长风不知道她记这个干吗，又翻了她前面几页，发现都是自己家送她的东西，大到房子，小到包，基本上价格过万的都记着。

翻到前面，发现这还不是从今年开始记的，是从他回国以后开始的。

他越看越觉得像财产清算，以为她把自己的话当了真。

"你不会真盘算着和我分手了把我的东西都还给我吧？"

程诺赶紧给他顺毛："没有啊，我怕你当家把家业败光了，就先把你放在我这里的东西记下来，万一哪天你破产了，我还能换点钱给你留点底。"

陈长风："哦，换了钱还给我，然后把我一脚踹开，因为我破产了。"

程诺抱住他的脑袋用力闷他，让他闭嘴："我不是也在赚钱吗！你破产了我就多接点活干，咱俩又饿不死。"

陈长风抬起头来眼神灼灼地看她："真的吗？你真的是在替我计划？"

程诺点头。

陈长风没感动，还骄傲上了："你果然早就暗恋我啊！"

程诺把脸搭在他肩膀上，继续刚才的拥抱："你是我最好的朋友啊。你那时候风风火火杀回来，看着又不太聪明的样子，我当然得替你先攒着点家底。"

陈长风听得心里软软的，自动屏蔽掉她言语中不客观的描述。

他收回他之前的"高风亮节"，不管什么理由他都不准程诺跟他分手，他要跟她"锁死"！

为了让"破产保底基金"更加保险，程诺去拍综艺赚钱，陈长风也打起精神把姑妈送他的烂摊子努力解决稳妥，两个人各忙各的，见不到几次面。

陈长风的发布会终于筹备好了，他跟林夏在汇报厅彩排，顺利地排完一遍以后，就收工下班，打算去接刚从外地飞回来的程诺。

林夏喊住他："陈总，方便借一步说话吗？"

陈长风看了眼手表，时间还够："有话你在这儿说呗。"

他们正站在礼堂过道上，舞台和门口还有在收拾的工作人员。

林夏坐到了中间的座位上，陈长风也坐过去，没和她挨着，空了一个座位，看起来挺避嫌的。

林夏："陈总，我怎么说也算你的得力下属，不至于这么防备我吧，陈奕安是把我描绘成什么洪水猛兽了？"

陈长风可不许别人说弟弟一句坏话,脸拉下来:"有正事就是说正事,和工作无关的人和故事我就不听了,我还得去接我女朋友下班。"

林夏:"好,是工作上的事,我想继续进修读研。"

陈长风:"读呗。"

林夏:"我想回英国去读,全日制的,和工作会冲突。"

陈长风皱眉,虽然他把她挖来公司本就是借个风头造点热度,但是这么快就离职的话对公司形象也不是什么正面的好事。

他知道林家不差钱,谈赔偿谈违约金可能林夏还更高兴能这么轻易解决了。

陈长风有点头疼,这公司事情才理顺了点,她又来出幺蛾子。

这事得从长计议,陈长风直接把她也喊上了车,让她跟自己一起去机场,路上再聊聊。

司机开车,他俩坐在后排,林夏讲自己的计划与考虑,也给出了几种还算温和过渡的解决方案。

陈长风都听完了,心里有了些计较,让林夏先下车回去。

林夏不敢置信:"现在?这里?我怎么回?"

陈长风指着机场停车场的出租车方向:"你打车回,我给你报销。快去吧,一会儿撞上我女朋友我还得解释。"

林夏哪里需要他报销车钱,她下了车,恨恨地跺着脚往出租车方向走,心里骂陈长风没风度。

陈长风才不管她怎么想,反正他的风度留给程诺就够了。

等程诺从通道出来上了车,第一时间就闻出来车里有其他女人的香味,她狐疑地盯着陈长风看,当着外人的面没直接质问他。

陈长风却是很老实地坦白:"林夏刚才顺路坐了一会儿这车,跟我说要离职的事。"

程诺的注意力便被他后半句话吸引过去,问起具体情况。

陈长风简单说了说,叫她别管那么多:"睡会儿吧,瞧你那黑眼圈,跟大熊猫似的,我妈看了要心疼的。"

程诺确实挺累的,在外面说是旅游,可是吃不惯睡不好的,要拍摄要赶路,一点都不轻松。

她小憩了一会儿，到了陈家，车一停自动就醒了。

果然，李柚柚一看程诺那脸色，直接赶她上楼去睡觉："心肝哟，你不说我都以为你去挖矿了，不饿就先睡觉，给你留着饭，睡醒了想吃了再吃。"

程诺拥抱了一会儿柚柚姨，打着呵欠上楼去了。

因为陈长风他们回来得晚，其他人都吃过饭了，李柚柚陪着陈长风又坐了会儿。

说起来陈奕安快毕业了，今天终于决定好，想去英国继续学习。李柚柚虽然还是不放心他的健康，但这些年他的身体情况也算稳定了。

"如果他很想去的话，就两年，也不是很久。"

陈长风咬着块烧饼抬头："英国？"

李柚柚："啊，你有什么想法吗？"

陈长风把嘴里的饭咽下去："我没想法，我就寻思英国是不是放出消息下一任国王给中国人了，一个两个都往英国跑。"

李柚柚露出疑惑的表情。

陈长风替弟弟保守了一些小秘密，虽然他也不确定林夏要读研的事跟弟弟有没有关系。

但是从陈奕安的只言片语里，他觉得还是要对这个女的保持警惕，她好像很能调动起陈奕安的情绪。

所以，陈长风跟他妈说："他想去就去呗，你多找点人跟着照顾他，哦，再给他准备一箱速效救心丸。"

李柚柚不疑有他，以为陈长风就是单纯地关心弟弟。

她又问起他和程诺的事来："这话我跟浪花说怕她误会，你多关心一下她，身体第一位的，赚钱没那么重要，别累着自己。"

陈长风："嗯，她有数。"然后又用炫耀的语气告诉他妈，"她怕我把公司搞黄了呢，想先多攒点钱，养我。"

李柚柚："你怎么还挺骄傲。"

陈长风："那可不，她爱我。"

李柚柚："……她的担心可能也不无道理。"

陈长风的演讲,程诺一场都没去看过,这次是他的"收官之作",他想邀请程诺观看。

程诺这一觉睡到早上才醒,腹内空空,大口喝汤,没空理他。

陈奕安替他哥撑面子:"大哥,我也想去看。"

陈长风:"你一边儿玩勺子把去,我跟你姐说呢。"

陈奕安快要对他的"重色轻弟"态度免疫了,勺子把在碗里转得丁零当啷响。

"吃个饭,吵死了。"陈世羽擦了擦嘴,嫌弃地看两个儿子。

大哥二弟立马安静,做一对憨憨熊闷头干饭。

程诺的胃里充实了,精气神也回归身体,她看向陈长风:"行啊,我今天没事。"

李柚柚凑热闹:"我也没事,我能去吗?"

夫人想去看,陈世羽自然要替陈长风应答:"你去的话我陪你一起。"

一大家人都说要去看,陈长风忽然觉得有些压力,就像学年汇报演出请了家长观看似的。

他有点后悔自己光盯着程诺想跟她说话了,应该私下里问她才对。

发布会在下午,一场"新与旧"的辩论,讲陈氏会如何融合老业务与新产品。

程诺对他公司的事并不清楚,他讲的那些高概念她也只是听了个一知半解,但他这样西装革履地在台上侃侃而谈的样子,的确很迷人。

她跟柚柚姨小声交流:"他是不是讲得挺厉害的啊?"

李柚柚想到儿子说的,程诺正在努力攒钱防备他破产,就觉得好笑。她点头,跟程诺夸儿子:"他爸也说他进步挺大的。"

陈世羽怕程诺转述给陈长风以后逆子又要嘚瑟,赶紧补充了句:"你也得看看他起点多低。"

程诺略过了这句贬低,觉得男朋友还是很棒的,目露欣赏地继续看陈长风演讲,心里记着他讲得有趣的地方,回头夸他的时候证明自己认真听了。

271

她余光看见陈奕安，他坐得很端正。程诺看不出来他的眼神看向哪里，是只盯着陈长风，还是也会瞟向一旁的主持人呢？

发布会结束，陈长风还要回公司去，他家里人先带着程诺离开了。

陈长风归心似箭，催促着宣发部门把给媒体的通稿尽快修改好让他确认。

等待的过程中，他又看了几个经销商名单资料，还没等来新闻稿，先等来了狗仔的爆料预告。

这次的主角换成了他。

又是助理拿着照片来汇报，陈长风调侃他快成了"热搜丘比特"了。

助理瞧着老板心情挺好，弱弱地问了句："那还给狗仔发律师函吗？"

陈长风："发啊，告他去，把老子都拍成大鹅了。"

他说的是几周前的一张照片，陈长风记得他跟程诺是下楼去买水果的。照片里是他俩的背影，程诺在吃冰激凌，陈长风在打电话，水果刚刚换到一只手上，正用肩膀和耳朵夹着手机说话。

这照片照得挺清晰，据说是某个路人因为觉得男的帅女的美才拍的，结果最近陈长风经常出现在财经新闻里，程诺也是在热门的综艺里露脸，拍照的路人认出来了他俩，于是把照片投稿给狗仔。

狗仔们昨晚加班又跟拍，这次拍到的是陈长风携林夏去机场，半途林夏下车，陈长风接到程诺回陈家后一夜未出的影像资料。

这也不算什么大事，陈长风可以花钱买断这些底片，也可以说程诺是在他家长大的，他们亲如一家。

但他更想，干脆就这么公开得了。

只是公开这件事的处置权还是在程诺手里，毕竟要影响也是对她的事业影响更大。

陈长风把那张背影图发给程诺。

程诺没觉得他像大鹅，反倒觉得他侧脸看起来挺帅："你这是专门找人跟拍的吗？"

陈长风："嗯，婚礼迎宾素材。"

程诺："吓人，你在说什么鬼故事？"

她三十岁之前绝不会考虑结婚相关的任何事情。

陈长风只是随便开个玩笑,他们之间一切关系的抉择都看程诺心意,包括现在:"狗仔拿到的料,要压下去吗?"

他问的是"压下去",她看到的是"发出来"。

程诺想起他曾经"编演"的摄制组意外直播公开他俩关系的剧本,"全网都炸了"好像是他很期待的效果。

但不是她期待的。

程诺自认撑不起"流量花"的称号,同龄的女演员是不可能爆恋情的,她却没有那么强的事业心。

一方面她工作的半数时间在舞团,拍戏只是吃了自己小时候出道的红利,不算特别专业的演员;另一方面,她从来没立过单纯少女的单身人设,就连她演的角色也都是浓情妖艳的大美人,好像她就应该同时跟几个男人周旋,颠倒一众追求者似的。

程诺对自己现在的状态很满意,有自己喜欢的工作,想挣钱的时候就多跑点通告,想休息的时候也不会因为自己懒惰影响其他工作人员;还有自己喜欢的男人,想他的时候多半能见到他,烦他的时候也有各自的空间。

家人支持,无人反对,朋友祝福。

所以她感觉好极了,不想出现任何变故。但她也知道,她跟陈长风同属于公众人物,总会有眼睛盯着他们,什么样的言论都可能出现,即使他们俩的那点事实在没必要占用公共资源。

她决定先听听陈长风的看法:"他们打算怎么报道?"

陈长风照着手里的稿子念出来:"陈氏公子一车载二女,梅开两度艳福不浅。"

程诺没想到是这么劲爆的标题,细问才知道昨晚也被拍了。

原本的想法被重置,程诺想着,坦坦荡荡地承认,是不是会比被乱七八糟的传闻中伤要好一点。

她默许了陈长风要公开的态度,酷酷地丢下一句:"那你跟我经纪人商量吧。"

陈长风挂了电话心潮澎湃,有种守得云开见月明的快乐,想想当初还要偷偷摸摸地下恋，连身边的人都得瞒着，现在却可以光明正大让所有人都知道了——别管当初瞒没瞒住，就是这么个意思吧。

他跟公关部的人又开了个会，这次狗仔的料先压下去，重新约了一家财经杂志做个专访，把采访提纲里主动添加了感情状态的话题。

路人拍的那张背影图陈长风并没压着，让人写小作文贴图发社交平台，爆料了男女的身份却没给回应，像预热一般，隔两天就发了杂志的专访。

陈长风主动提供了他跟程诺的故事和照片，内容太多，一个版面都放不开。编辑大着脑袋跟陈氏的工作人员商量着把那些内容压缩再压缩，最后只留下一小段总结他们是"少时玩伴，一起长大"的关系，又放了一张陈长风十八岁的时候跟程诺在生日聚会上的合影，两人并排坐着，脑袋靠得很近，陈长风拿着麦克风在唱歌，程诺对着他的脑袋比了个耶。

虽然没有写程诺的名字，但这张照片放出来，谁都能看得出来他说的女朋友是谁。

不知道是不是陈氏的舆情部门出力了，程诺在网上没看到什么不好的言论，甚至她的社交平台都是一片祝福的，连个说脱粉的都没有。

陈长风坐在沙发上跷着二郎腿，语气猖獗："糊咖塌房，无人伤亡。"

程诺对他的"嘲讽"并不以为意，冷笑一声："你也知道配不上我，跟你谈恋爱都算'塌房'啊。"

他俩的这段对话发生场所在陈长风的办公室，屋里还有助理。助理觉得房间的空调有点凉了，大夏天的吹得他后背冒冷汗。

他以为他即将目睹一场情侣热战或冷战，结果他家老板把腿放下来，正襟危坐地看着女朋友，说了句："又不是化学方程式，还非得配平啊。"

助理还没反应过来老板在说什么，老板娘已经骂了一句"白痴"并且笑了。

以为是剑拔弩张，结果是箭在弦上射了个空响。

程诺是来接陈长风下班的，小老板工作繁忙，她想节省点他的时间，亲自开车载他去派对——今天是她生日。

程爸程妈昨天来了这边,早晨给她做了长寿面,程诺知道他们也是担心自己面对舆论会心情不好,想陪在她身边给她鼓励。

晚上程诺定了个派对,没叫朋友,约的都是她身边的工作人员,为最近的"公开风波"给大家增加的工作量表示感谢。

陈长风作为"罪魁祸首"当然也要一起出场。

工作人员们精心布置了会场,也有专门的摄像跟拍,这场生日派对更像是个工作,由程诺和陈长风表演快乐。

有人问陈长风公开的那张照片里,在唱的是什么歌,陈长风推说忘了,大家起哄非要他再唱一遍,一边拍手一边喊:"姐夫!来一个!"

陈长风在一声声"姐夫"里迷失了自己,拿起话筒在点歌机上点了首《海芋恋》,热歌劲舞把今晚的气氛推向了高潮。

大家都拿出手机录像,连程诺也不例外,都在相册里留下了陈长风的黑历史,并且预告了他明天全网都要见到他魅惑的舞姿了。

热热闹闹的派对结束,程诺跟陈长风开车回家。

她忽然开口说:"你当时唱的不是那首。"

陈长风"嗯"了一声,他当然记得。

那是他出国一年以后,已经通过突击学习考上了大学,却在异国他乡更觉得孤独寂寞。

他十八岁的时候,李柚柚带着陈奕安和程诺一起,来到他身边陪他过生日。

欢聚的时刻,他看着他最爱的人们,却觉得由内而外的感伤。那天他只唱了一首《红豆》:

有时候,有时候,我会相信一切有尽头,
相聚离开,都有时候,没有什么会永垂不朽。

他以为他终归远离了年少的喜欢,错过相恋的机会,分别才是人生的命题。

但那时的程诺和现在的程诺,好像都没真正地离开过他,他的风景是她，他的留恋也是她。

"陈长风。"程诺喊他，隔着中间的好多年，问了曾经的他那个精心准备的问题，"我今天涂的是草莓味的唇膏，你要不要尝尝甜不甜？"

陈长风将车停在路口，笑着握拳在嘴边咳了一声："你为什么，总想糟蹋草莓？"

程诺无语。

陈长风："你知道我为什么喜欢草莓吗？我第一次见你的时候，你就背了个草莓形状的小包，一直从里面掏糖出来给我吃，让我别哭闹。"

程诺不记得这事了。

"我喜欢的不是草莓，我喜欢的是你。"陈长风重新启动车子前，捏了一把她的脸，"恭喜你又长大了一岁。"

他曾经写给她的生日贺卡，写着"一岁一喜"，是说每一岁都有一个喜欢她的他。

恭喜你又长大一岁，恭喜你又将获得我新一岁的喜欢，这一岁，会是更多更多的喜欢。

番外一
/盛夏热恋/

程诺跟陈长风的恋情公开以后，网上一直流传着他们感情的各种故事版本，程诺有时候自己也会去搜一搜看一看，看到一些很离谱的子虚乌有的剧情就会和陈长风吐槽。

程诺："这个人说我们在一次婚礼上认识的，小小年纪的你已经展现出了霸总的气质，指着我说'我要这个姐姐给我当老婆'，然后你爸就把我领养回家了？什么玩意儿，这也能编出来？我又不是孤儿，还领养。"

陈长风看到程诺的白眼，拇指按着自己下巴点头："他说得也没错，完美还原了我的心路历程。"

程诺："扯呢。你那时候连我叫小浪花都忘了，还跟你爸说你要找'小跳蛙姐姐'！"

陈长风心里暗骂他爸又来捣乱拆台，就是看不得自己恋爱顺遂！

为了让程诺的搜索体验更加舒心，陈长风让公司的人把造谣的都举报删帖，然后自己提供了一份真实的恋爱经历，供营销号编故事使用。

当程诺发现他在写他们的故事甚至还带点同人小说的色彩时，"瞳孔地震"，拿着小提琴的琴弓戳他脊梁骨，让他脑子清醒一点，不要没事找事。

陈长风："多么感天动地的爱情啊，跟雷峰塔下的千年传说有一拼了。"

程诺："你才是大长虫。"

陈长风："大长虫是什么？"

程诺："蛇。"

陈长风好像忘了是他先提起的白娘子，思绪打着转飞远："你想让我当蛇？嚄，'程天浪'，你的爱好真别致！"

程天浪，是据说程诺还在程妈肚子里的时候，程爸起的创意名字，寓意"成天浪"，不过被程妈一票否决了。

陈长风却很喜欢这个名字，觉得跟他的名字看起来像是情侣号。

程诺也忘了自己刚才在说什么了，他们俩一碰面，就是"没头脑"和"不高兴"，好像开头不论谈的是多正经的话题，最后永远要歪到十万八千里以外。

程诺想来想去，也只能想到让他不要再画蛇添足搞起热度，就把网上的传闻都删帖就行了，保持低调。

"你没听过吗？秀恩爱，分得快！"

陈长风原本还不以为意，直到发现有网友过度解读了他俩的恋爱细节，比如他不喜欢程诺演戏，是大男子主义，是想养废了她把她当成金丝雀，是不顾女性个人意愿和志向梦想。

把陈长风看自闭了，深刻反省自己是不是对女性主义的尊重不到位，并由此引发了和程诺的讨论。他问："你喜欢拍戏吗？"

程诺："还行，有的角色感兴趣，但是最近接到的本子都是一类的，要么是交际花，要么是小妈。"

陈长风："小妈是什么？"

程诺："就是迷人的继母。"

陈长风："可以了，别说了，我确认了，我大男子主义，我不喜欢你拍戏，你不要接这种乱七八糟的角色。去跳舞吧，那才是你真正的舞台。"

陈长风连夜让人把他们感情的议题一压再压，压得跟中国跳水队一样没有水花。

这个夏天好像格外绵长，程诺有些怀念学生时期，能拥有两个漫漫长假，光明正大地停摆，躺在家里度假。

现在当然也可以休息，可是一旦踏入社会开始工作，好像就自发地上足了发条，不敢停歇。

她是个单线程生物,做事情一个阶段只能做一件事,再多一件就会分不出心。不像陈长风,他是那种多线程同时开跑,越忙越有动力赶工,激发出无穷潜力。如果只让他干一件事,他反而会犯起拖延症,一直拖到最后期限了再一把干完。

程诺叫陈长风"花心大萝卜",并公开质疑他是不是藏了六七个女朋友。陈长风还是那样,听话只听自己爱听的,觉得女朋友在夸他会谈恋爱并因此骄傲上了。

陈长风给程诺的外号更多,有时候说她是草履虫,因为草履虫是单细胞生物。

还有阵子给她的备注是"霸王龙",因为霸王龙的手短。

陈奕安看到了,不理解:"浪花姐的手不短啊。"

陈长风:"因为是'你手短短',拼音首字母缩写就是 nsdd。"

陈奕安更迷糊了。

陈长风耐心解释:"就是'你说得对',扩展意思是'我老婆说得都对'。"

陈奕安没听懂,但是他"哦哦"假装明白了。反正即使是三人一起长大,陈长风也还是跟程诺有一套特别的沟通方式,要不怎么他俩走到一起去了呢。

陈奕安的这个暑假过得很悠闲,他没有跟同学们出去毕业旅行,而是充当了他妈妈的司机,每天接送她上下班还有接弟弟放学,好像要在出国之前尽可能多地尽一尽儿子的本分。

陈长风却不满意了:"你这,显得我这个大儿子很不合格了。"

他可是除了工作,有点时间就往程诺那边跑的。

李柚柚故作感伤:"唉,生下你们的那一刻,我就知道早晚有一天你们会离开妈妈的怀抱,去过自己的人生。没关系,都是这样的。"

陈长风:"要不你跟我爸试试,看还能不能生个妹妹?"

李柚柚:"……你爸说得没错,逆子!"

陈长风不知道自己怎么就被老妈打上逆子的标签了。他把这段讲给程诺听,程诺看看自己的日程表,答应他自己空了多去陪柚柚姨玩。

279

或许世俗意义上的婆媳关系真的很难有真心实意的友好，但程诺跟李柚柚还是不一样的，眼前看着长大的孩子，一言一行都有自家教养过的痕迹，优点让人欣喜，缺点也能包容。

李柚柚跟陈长风说过："我如果喜欢浪花，那仅仅是我喜欢她这个人，而不是因为她是我儿子的女朋友。"

陈长风深以为然，并且不断从他妈那里听取教训："男人，别太把自己当回事。"

所以他也从来不敢在程诺面前把自己当回事。

程诺说到做到，再有空闲的时候就跟柚柚姨约着护肤逛街买衣服，如果柚柚姨刚好也在忙的话，她就欢呼一声宅在家里睡觉。

她们的关系好像并没有因为陈长风而有什么改变，柚柚姨甚至还跟她说："万一哪天你和长风过不下去分手了，也别拉黑我们其他人哈。"

程诺便跟陈长风笑称："糟糕，我们变成了那种即使分了手也要一起过年回家吃饺子的关系了。"

陈长风哼哼两声，没说话。

他拒绝讨论一切和"分手"有关的假设，他的世界里不存在跟程诺分手的可能。

可是程诺好像没他那么坚定，她总觉得他们还太年轻，二十多岁就说永远显得不自量力。

程诺说："你只是得到了你从小就想要的东西，执念成真了也就不念了。"

陈长风："你才不是东西！"

程诺："你看吧，得到了就不珍惜了，你都敢骂我不是东西了。"

程诺说这话的时候正躺在沙发上吃葡萄，吃的是剥了皮去了籽的葡萄果肉。陈长风坐在一旁，提供自己的大腿给她枕着，剥皮的是他，去籽的也是他。

然后他还要听她在这儿大放厥词说他不珍惜她。

他一气之下，就气了一下——抽张湿巾擦擦手，用力丢到垃圾桶里。

程诺的脑袋仰起来看他："好哇，还冲我甩脸子。"

陈长风哭笑不得:"大姐,你讲讲道理,我哪敢。"

人家姐弟恋,男的喊"姐姐"多软多甜,到他这里,不愿意承认比自己小就罢了,一口一个"大姐"是有多不熟!

程诺的腿有功夫,"咔吧"一下踢起来,比九十度角还要大,脚踢得高高的,去踢他的脸。

陈长风左右躲,躲不过,干脆就抱住她腿弯。

一般人真撑不住这个姿势,但程诺的柔韧性好得很,躺着也能劈一字马,被他抱着腿也不觉得多不舒服,还在找机会去踹他。

陈长风抱着她的腿咬了她肩膀一口,程诺挣开他的束缚从沙发上跳下来,抓了一把葡萄扔他身上:"浑蛋!"

陈长风笑着抱头躲避,等她不扔了,把散落的葡萄捡起来吃了。这葡萄真甜,吃着这么甜的葡萄居然还能跟他说什么分手的话题,也不知道谁才是浑蛋。

"陈长风!"洗手间里传来程诺的叫声。

陈长风走过去,在门口停住:"怎么了?"

程诺:"你过来!"

陈长风很有礼貌,得了她的允许才推门进去,看见程诺侧着身子在镜子前看肩膀。

陈长风:"什么事?"

程诺:"完蛋了,你刚才给我咬坏了,咬破了!"

陈长风以为自己没控制好力度,走到她身边:"啊?流血了?"

"不是。"程诺一本正经地胡说,"流葡萄汁了。"

陈长风笑得咳了一声,低头寻找她肩膀上的牙印,轻轻亲一口,又转而吻上她的脸。

这个夏天真的又热又长,程诺记忆里好像空调风都是葡萄味的,甜腻又清凉。

是跟没脸没皮的陈长风,一起度过的热恋的夏天。

◆ ....
番外二
/奕安的潘多拉/

    陈奕安的朋友不多,或许是因为他不住学校,下了课就回家的原因,他时常独来独往。
    但他跟同学之间的关系也还不错,只是更喜欢跟家人待在一起而已。
    大三的新春汇报演出,陈奕安作为压轴出场的钢琴王子,再次收获了一大批迷妹。
    观众里不乏外校的学生,夏林就是其中的一个。
    是学姐的朋友,散了场跟着学姐来后台,见到陈奕安的第一面就问:"我们见过的,你记得吗?在伦敦,我是第二小提琴手,当时我就坐在你侧前面。"
    陈奕安之前跟着学校的组织去伦敦游学过,也和结对学校的乐团合作共同演奏过,但是乐团人太多,他又不是爱交际的,实在记不起眼前的这一位小提琴手是哪位。
    他怕伤到姑娘的自尊,没点头也没摇头,温和地说了声:"学姐好。"
    "叫什么姐啊,我也就比你高两届,叫我夏林就好,或者叫我Shirley也行。"
    说到Shirley,陈奕安感觉自己好像有点印象了,因为那时候乐团里总有个笑得特别灿烂的女生,要被指挥老师提醒"Shirley我们该排练了,不要再跟我聊天了,毕竟我是老师,还得上课。"
    眼缘是一种难以描述的感觉,夏林问他能不能加个微信时,他爽快地掏出了手机。
    学姐在一旁打趣他们:"哟哟哟,我们的小王子可是很少这么给面子的啊,我学生会跟他共事了一年多才加上他微信!"

陈奕安有些不好意思:"学姐之前也没问我要啊。"

夏林跟他扫码通过了好友请求后,摆摆手:"好了,今天太晚了我得回家了,寒假我找你玩呀。"

她就像灰姑娘,午夜铃声响起,就要坐上南瓜马车离开。

微信是她的水晶鞋,让陈奕安想找她的话不至于大海捞针。

他点开了她的朋友圈,仅三天可见,最新的一条是她站在机场门口说:耶耶!回家过年!

大笑得夸张,很好看。

夏林说要约他出去玩,之后却再没了下文。陈奕安在心里被她下了个钩子,偶尔点开她的对话框,只看得见系统提示两人成为好友,"现在可以开始聊天啦"。

他看到就跟着默念一句:"现在可以开始聊天啦。"

陈奕安说不清楚自己这种心态是为什么,就是会时不时想起那个女生的笑。

陈奕安最崇拜他大哥,他大哥喜欢浪花姐,虽然他不能喜欢浪花姐,但或许也被大哥影响了,对比自己大的女生更有亲近感。

放寒假第三天,陈奕安刷到了夏林的朋友圈,她穿着轻薄料少的泳衣,从泳池里走上来,手抓着栏杆扶手对镜头笑得露出一口白牙。

那不是游泳馆的泳池,看起来更像是度假酒店的私人泳池,她没有戴泳帽,发梢都湿了,贴在肩上脖子上。

陈奕安那颗不是太强健的心脏跳得有些快,"扑通扑通"的,他好像能听见它。

他给夏林点了个赞。

又想,这样秀身材的照片,夏林那边应该收获了无数的点赞吧,他掩在人群里,能被她看到吗?

陈奕安想多了,这张照片就是仅他可见的。

他点完赞没多久,夏林就给他私发了信息:嗨,你会游泳吗?

陈奕安:会。

夏林:哇,太棒了!那你能教我吗?我感觉我的教练有点凶。

"好"这个字就三个字母,陈奕安按了半天也没打出来,他有些犹豫。他觉得,他可能在打开一个潘多拉魔盒。

夏林:路怡说她也不会,我们想拼团请你当教练哈哈哈!

路怡是介绍他们认识的那个学姐。

有了这句话,就像给陈奕安铺了一层台阶,叫他不必为难。

尽管这有些自欺欺人的意味。

他们约着学游泳的地方就是照片里那个泳池,果然是个度假酒店的私汤。

冬天也还是温热的水流,不太冷。

陈奕安去的时候,夏林正扶着扶手在水里扑腾脚丫,像是学浮水。

她穿的依旧是分体泳衣,陈奕安的眼神不好意思看她的胳膊腰腿,看着房子的墙壁问:"路学姐还没来吗?"

夏林:"哦,她堵车,你先教我吧。"

陈奕安觉得自己不适合当游泳教练,他除了给她展示一下游泳的各种姿势和动作要领外,就不会教了,更不好意思上手去扶她的腰。

他没话找话:"要不要打电话问问学姐到哪儿了?"

夏林:"不用问,她不来了。"

陈奕安:"啊?"

夏林是真的不会游泳,不过水池不深,她扶着池边也能勉强游走到陈奕安身边,一脸狡黠的笑容:"我不那么说的话,你是不是就不来教我了?"

陈奕安被戳中心事,可这样的质问好像更加直白,他无措,不知道说些什么。

夏林拉住他的胳膊:"好了,别磨磨蹭蹭的,教我游泳呀。我不管啊,你教不会我别想走。"

陈奕安就这么被她"挟持"着,继续教她游泳。

水池里的碰触太寻常了,频繁又自然,不自然的只有陈奕安的心跳。

他终于开口中止教学:"今天就到这里吧,我心脏不太舒服。"

夏林"咦"了一声发出询问,然后直接侧耳贴在他左胸口听了几秒,点点头:"好像是跳得挺快。"

陈奕安心跳得更快了，逃回岸上去。

夏林跟在后面爬上去，拿浴巾把自己裹得严实，等陈奕安去更衣室擦干水换回自己的衣服，才问他胸口的那道疤。

陈奕安："小时候做手术留下的。"

他们没有过多讨论这个问题，夏林只是霸道地说："你还没教会我呢，明天继续啊。"

陈奕安当然可以直接拒绝。

可他没想好拒绝的理由，于是只能绅士地答应。他想，潘多拉魔盒果然打开了。

第二天，第三天，他每天中午赴约，除了游泳，也陪她吃酒店的自助餐，玩保龄球，打游戏。

第四天，第五天，他好奇她怎么不回家住，要一直住酒店。

夏林说她爸妈去外地收账去了，家里没人，她住酒店还更舒服些。

第六天，陈奕安被夏林压在沙发上接吻。

这是他第一次跟女孩子亲嘴，有些笨拙地被她啃咬着嘴唇，试探着给予回应。

陈奕安从来不是个随便的人，他自己都想不通怎么会跟夏林发展得如此迅速。

春节才过几天，夏林就要回英国继续上学去了。她好像也没有给陈奕安任何"名分"，甚至过年期间两个人的聊天记录都寥寥无几。

这让陈奕安有些恍惚，不知道沙发上的那个吻是不是他做的糊涂梦。

可她有时候又会隔着时差给他发消息，叫他"安宝"，问他在干吗，说她想他了。

陈奕安在朋友圈里看着她，她的生活丰富多彩，有时在博物馆看展，有时在河道里坐船，有时候去滑雪，有时跟大人物共进晚餐。

她在照片里永远笑得阳光明媚，好像这个人就是没有一丝忧虑。

陈奕安回她：*我也想你。*

夏林要毕业了，忙着论文的事，陈奕安帮不上什么忙，只能做到不添乱。

他都没敢问一句，他们现在的关系算什么。

夏林是在她生日前一天回国的，一回来就攒了个生日会，喊她的好朋友们来欢聚，也叫了陈奕安："这次真有你路学姐，哈哈哈。"

陈奕安倒希望这次只有他们俩。

她生日的那天，正好也是大哥回国的日子，陈奕安还有点愧疚，自己是不是太"重色轻哥"了，于是一直等到他哥进了家门，跟大哥打过招呼以后才出门。

夏林的生日会办在 KTV 里，除了陈奕安好像都是她的高中同学，女生居多，男生只有两个。他们叫她"夏夏"，陈奕安也没觉得不对，以为这是她的昵称。

他几个月没见到她了，再次见她，感觉她还是那样眉眼生动，而且叫他"安宝"的时候好像亲密得没分开过这几个月一样。

从来没人这么叫过他，有点肉麻，可他又觉得喜欢。

他去外面的卫生间，她跟着，推他进隔壁空房间关上门，仰头看着他笑。

陈奕安这次知道主动了，抱着她亲吻，脸红得发烫。

可他们好像还是没有明确关系，陈奕安提过一句，夏林敷衍了过去，说她最近没空谈恋爱，在忙工作。

也没多久吧，有天陈奕安他妈在家里提起来林家有个女儿刚从英国回来，跟陈长风年龄一样，联个姻好像也不错。

陈奕安看大哥的热闹，看着看着就看到了自己身上。

英国回来，叫林夏，和大哥同岁。

还有比这更明显的"巧合"吗？

陈奕安有一点恼火，不知道她为什么这么久都没告诉自己她的真实名字，可是心里已经为她开脱，大概是家境不错，担心被有心人盯上吧。

这是陈奕安第一次感谢他父母为他创造的优渥家庭条件，让他可以理直气壮地告诉夏林，哦，应该是林夏："我们家也挺有钱的，跟你谈恋爱不是图你什么。"

他去林夏实习的公司找她，偏偏那么戏剧性的，他在公司楼下的咖啡厅看到了林夏和路怡，然后他听到了什么呢。

听到林夏亲口承认，追他是她跟好友的一个赌约："你说的'高岭之花'也不高啊，我想想啊，好像是一个星期吧，就摘下来了。"

陈奕安坐到隔断的另一边，光明正大地"偷听"她们的谈话。

说来可笑，听到这里的时候，他还没觉得冒犯，甚至有点理解她们女孩子没有恶意的玩笑，就算开始是一个赌，那也是因为对他有好感才会想下注不是吗？

陈奕安对自己喜欢的人，无条件地宽容。

直到他听到后面，她们在讨论林夏的男朋友……

陈奕安才觉得自己好像是个小丑。

这就是陈奕安的初恋，可能连"恋爱"都算不上，就是一场被单方面戏耍的闹剧而已。

后来，不知道林夏是不是不允许自己看上的男人忽然就对她不贴着了，又来找过他几次，甚至让家里人出面直接商量联姻。

陈奕安却只觉得厌烦，给她发消息说不要再缠着他了，就把她给拉黑了。

再次遇见是在伦敦，他读研。

傍晚出门散步，发现隔壁新搬来的邻居，可真是面熟。

他黑了脸，步都不散了，直接回家。

她却好意思觍着脸在晚饭时来送苹果派，请他多多关照。

关照什么？关上门再也别打照面吧！

林夏是个很有毅力的人，她要什么，就能坚持直到得到。

陈奕安服了跟她的各种偶遇，终于在某个飘雪的午后跟她坐进咖啡馆谈心："你到底要怎么样？"

林夏也露出来委屈的表情："要你喜欢我。"

陈奕安："我不是你的战利品。"

林夏："我回国那时候就已经是单身状态了。前男友劈腿，我觉得

287

丢脸才没告诉别人。"

陈奕安:"但是你让我教你游泳的时候,还没分手对吧?"

林夏:"分了分了!"

陈奕安目光如炬:"分了吗?"

林夏的声音低下去:"快分了……经常吵架。"

陈奕安:"就是还没分。"

林夏无言以对。

陈奕安:"我不能接受任何对感情的背叛。"

他走了。

当晚又收到林夏的消息:我发烧了。

陈奕安没回她。

可晚上总睡得不踏实,最后他还是给她发了条:退烧没?

十一点多,往常这种时候她应该不会睡,今天却没回他。

陈奕安想起白天见到她就觉得她穿得不够厚,大家都是中国人,关心一下同胞总没问题吧。

陈奕安套上羽绒服,顶着风雪出了门,去了隔壁。

门敲了有一会儿,里面才传来问询声。

林夏给他开了门放他进屋,自己又跑回去披着毛毯瑟瑟发抖:"冷死了。"

陈奕安看她脸色红得不正常:"你吃退烧药了吗?"

林夏:"吃了,刚吃的。"

陈奕安:"不是早就烧了吗,怎么才吃?"

林夏:"我想着等你回我的,你要是不理我,我就直接烧死得了。"

陈奕安有些生气:"你是不是有病?"

林夏:"对啊,我发烧了。"

陈奕安冷笑一声:"发烧不一定会死人,但很大概率会烧傻了,智商降为0,你继续'作'吧。"

林夏是在"作",她就不信陈奕安真不管她。

她披着毯子撞进他怀里,眼睛因为发烧红红的,看着像只兔子:"我知道自己错了,我真的知道了,我以前也没这样过,也不能全怪我,你也有原因吧，你太讨人喜欢了，谁把持得住啊？"

什么强盗逻辑？

陈奕安："嗯，所以我不会跟你在一起，你的自制力太差了，说不定哪天又看见别的男的，又把持不住，再劈一次腿。"

林夏斩钉截铁地说："不可能。不可能还有男的比你好看。"

陈奕安补充了一句："不光自制力差，还很肤浅。"

林夏不知道说什么了。

她人还在他怀里，他虽然冷冷地一直在骂她，却并没有把她推开。

好像还有戏。

林夏坐正身子："陈奕安，亲亲我，亲够了我就不烦你了。"

陈奕安皱眉，听到这荒谬的言论，觉得她果然已经烧坏了脑子。

可她亲过来的速度太快，他都还没来得及拒绝，嘴上就软软烫烫地贴上了两片。

陈奕安的心脏病好像又犯了，乱、快、疼、痒。

怎么会有这么坏的女人呢？

这种女人就应该，就应该……应该把她怎么样，陈奕安也不知道。

他陷入挣扎又快活的漩涡，想要立刻停止，又想永远沉沦。

他早就知道，潘多拉魔盒一旦打开，后果就不是他能控制的了。

可他好像，又打开了一次，从他敲响她的门那刻开始。

番外三
/春风十里/

今年的天气格外诡异，倒春寒倒了几波，已经是四月的光景了，楼下那片往年早就盛开的樱花如今却只星星点点地冒花蕾。

程诺躺靠在琴市家里的飘窗上，手里拿了本现代诗集，看着窗外的阴云和和雾里的远山，打了个呵欠。

音响在随机播放着音乐，歌手唱到"把所有的春天都揉在了一个清晨"时，她恰好看到了那句"春风十里不如你"。

这样肉麻的诗句，竟让她蓦然想起一个讨厌鬼。

恋爱几年了，陈长风好的时候确实很好，可时不时就要嘴欠一下。哪怕他在外人面前已经是成熟稳重的上市公司老板，在程诺身边时依旧是那个会搞突然袭击骗她喝藿香正气水的讨厌鬼。

程诺一想起他来，书就看不下去了，伸了个懒腰坐起来，掏过手机看消息。陈长风在过去的两个小时里给她发了十七条有六十秒那么长的语音。

这如果是陈长风的助理看到了，肯定要头皮发麻地先转文字看个大概，再点开语音条听听语气和确认有没有遗漏。

但程诺没看文字也没听语音，她气死人不偿命地回了条：哦。

陈长风的回复立马跟来：你同意了？

程诺本来想回完消息就继续晾着他的，可是他回复得太快，手机还没从她手里扔出去就被她看见了，好奇心也被勾了起来。于是她点开那些带着红色点点的语音条，听他又说了什么废话。

这次她回琴市，是跟他吵架以后跑回来躲清闲的。

起因说出来都有些莫名其妙，是程诺订了一家餐厅要跟陈长风去吃饭，刚好赶上餐厅做活动，预订时表示会送程诺一个草莓熊蛋糕，程诺正在减肥周期里不吃甜品，而那家餐厅离罗可妮家很近，巧的是罗可妮很喜欢草莓熊，于是程诺便跟陈长风说吃完饭可以把蛋糕顺路给罗可妮送过去。

陈长风不知道吃的哪门子飞醋，硬说自己也喜欢草莓，为什么程诺想的是送别人而不是留给她。

程诺表示他断句有问题，是草莓熊的蛋糕，不是草莓的熊蛋糕，这个草莓熊蛋糕跟草莓没关系，是巧克力做的，他又不喜欢吃巧克力，她当然就没想着给他。

就是很简单的一件小事，可程诺在减肥期碳水摄入不足，心情就有些烦躁，觉得陈长风的态度很不友善。

因为陈长风说："你可以选择不要那个蛋糕，也就不用送了。"

程诺："你嫌麻烦的话，我自己去送就好了。"

陈长风觉得她这话说得不讲理："你的事我什么时候嫌麻烦过？我只是不喜欢你对别人那么上心。"

程诺："我对你不上心吗？我对你不上心的话我会带你去吃我觉得好吃的餐厅吗？"

陈长风："那是你喜欢的餐厅，我也是陪你去吃，而且你已经带三个人去吃过了，甚至连陈奕安都比我先吃过。"

程诺："因为你工作忙啊！我想去的时候你都在开会或者出差，所以我才喊别人。"

陈长风："所以不要说是为了我上心，明明是你自己想去吃，我不在就随便找替代品。"

两个人脾气上来了，吵架吵得毫无逻辑，怎么气人怎么说，他们太擅长把对方惹毛了。

程诺冷笑一声："对呗，我从来只考虑自己的感受，不对你上心，吃东西也是只想着自己，出去玩也是有人陪着都行，反正你在我这里是轻易可替代的。"

陈长风听到她这句气话，气焰被压下去不少。他倒是能屈能伸，直接道歉了："对不起，我刚才那话不是真心的，你对我很好。走吧，去吃饭，吃完给罗可妮送蛋糕。"

　　他们的这番争吵发生在出家门之前，程诺已经不想去吃饭了，她摔门而出，走了两步看着家门口的大草坪又觉得阳光刺眼，返身回去和陈长风撞了满怀，把他推出去，自己回了家反锁了门。

　　陈长风在门口台阶上坐着，心情不悦。

　　他得承认，除了吃程诺的飞醋之外——当然不是吃罗可妮的醋，是有媒体发的关于程诺和一个偶像歌手的绯闻引发的妒忌，公司最近也一堆麻烦事。

　　他才心烦了没一会儿，就有公事电话打过来要他去个突发的重要决策会议。

　　陈长风长长叹了一口气，敲敲家门，跟屋里的程诺说自己要去公司，晚上换家餐厅带她去吃饭。

　　程诺没回他。

　　等陈长风忙完了，再回来哄女朋友的时候，才听阿姨说程诺下午收拾了行李回琴市了。

　　这些年程诺跟她爸妈经常互相两地飞行，对于她突然回家这事，程诺爸妈都没觉得太意外，挺高兴地给她做了海鲜大餐。程爸给她剥壳，程妈贴心地在一旁替她计算卡路里，要她没有心理负担地大快朵颐。

　　她每道菜都少吃了一些，吃完还喝了杯热的可乐姜茶，无糖的，但很甜。

　　程诺感慨这世界上再没有哪个男的能像她爸对她这么无底线地好了，就连陈长风也不及程爸的一根头发。

　　她在温馨的家庭氛围里平复了坏心情，睡到快中午了才起床，吃了几口爸妈留的早饭，窝在飘窗里发呆、听歌、看书。

　　现在，她要听陈长风发给她的长语音了。

　　第一条陈长风就简明扼要地念了一段纲要梗概，大致意思是说接下来的内容是关于他和程诺的婚前财产公证及离婚财产分割,并强调了此举不是因为他认为他们有离婚的可能性,只是替她争取权益最大化。

接下来的语音都是他在念那个协议内容。确实如他所说,这是一份对她更为有利的协议,如果离婚了,她能分得的财产可能比她拍一辈子戏赚的都多。

程诺说不清楚自己听完以后是什么心情,她就觉得陈长风果然脑子不好:你立了一个这么有利的离婚协议,不是在鼓励我跟你离婚吗?

陈长风好像猜到她会这么说了,洋洋自得地回答:要离那也得先结啊,这样可以增加我求婚的成功率。

程诺:你什么时候求婚了?

陈长风:刚刚,你不是都答应了吗?

程诺:我没有答应,"哦"仅仅代表知道了,不代表同意。

陈长风:那你考虑考虑。

有他这样求婚的吗?程诺原本平静的心又翻腾了,心里对着陈长风大骂特骂,回他的消息却装得平静:行,等我考虑好会通知你的。

她发完这条,是真的把手机丢出去的,丢得老远,"咚"一声砸在门口的地板上。

恰好程爸特意回家给她做午饭,碰见了女儿发脾气的一幕。

程诺不想让爸爸担心,可也实在没心情解释,沉默着转过身上了床,被子一拉蒙住脸,她看不见世界也就当世界看不见她了。

程爸弯腰把手机捡起来,放在床头柜上,也沉默着走出卧室,给太太打了个电话,让她回来陪陪女儿:"浪花不想理我。"

程妈心态平和地让他先做饭,还点名了自己喜欢吃的菜,没多久就回了家。

她回来的时候,程诺还蒙在被子里头,只露了半张脸在外面,闭着眼睛也不知道是睡着了还是在想事情。

程妈是个事业型的女强人,只有跟女儿说话时才会用那么温柔的声线。她说:"浪花,妈妈要做一些贺卡,你能来帮我吗?"

她问完,程诺就睁开眼了,把被子拉开,露出噘着的嘴巴,"嗯"了一声。

293

做手工贺卡，是属于她们母女俩特有的相处方式，也是程诺最喜欢的家庭活动。小时候程诺遇到开心或者不开心的事情了，程妈都会跟她一起做贺卡，在制作的过程中自然而然地就会聊起那些让她情绪起伏的事情。

她们去书房，桌子上已经摆了很多工具，有白卡纸，有超轻黏土，有一把干花，还有一桶带沙的贝壳……

"刚才开车路过沙滩的时候挖了一些，还没清理，我们先来看看有没有能用的吧。"程妈拎着小桶去淋浴间，把桶里的沙子倒进盛了水的大盆里，用耙形的小铲子扒拉着，看有没有好看的贝壳或者海螺。

程诺在一旁帮忙，她直接用手捞，捏出来一片形状完整的贝壳，用小刷子刷脏东西，"唰唰"声里，她终于愿意开口："陈长风跟我求婚了。"

程妈没有说话，只是点点头表示自己听到了。

程诺又带着不满的语气抱怨："但他选择了糟糕的时机和糟糕的方式，搞得我的心情也很糟糕！"

程妈不给面子地笑了一声："确实像他能干出来的事。"

程诺听了，手一用力，把个本就不结实的小贝壳捏碎了。

她继续找贝壳，继续骂："我真的要气死了。谁要跟他结婚啊，好像我非他不嫁一样。"

她东一句西一句的，简单把最近吵的架都盘了一遍，最后握了一把亮晶晶的小贝壳用毛巾擦干，拿回书房去做贺卡。

超轻黏土她最喜欢的是蓝色和白色，两种颜色混合卷成海浪也是她擅长的。程诺许久没做贺卡了，手指却还带着记忆，很快就做好浪花边框贴到卡纸上，再往上塞刚才挑拣的小贝壳。

"你这个，要送给长风吗？"程妈问。她们以前做贺卡，通常是做给"当事人"的，只是有的送出去了，有的没送出去。

程诺鼓起腮帮子："送我爸！"

程妈也开始做卡片了，她喜欢做干花类型的："那他可太幸福了，要同时拥有两张贺卡。"

程诺一直觉得她爸妈感情好得不得了："为什么你跟爸从来不吵

架呢？"

"也吵啊，不当着你的面吵罢了。"程妈觉得女儿的问题很傻，主动送了个"大瓜"给她，"年轻时候不止吵架，还分手呢，兜兜转转分开了十年，后来又阴错阳差走到一起了。"

程诺从来没听她妈说起过分手的事情，八卦之火燃了起来，可任她怎么问，她妈都不再分享往事了，只是问她："如果是你，舍得跟长风分开吗，十年，或者更久，可能一分就是一辈子了。"

妈妈的话让程诺心里忽然就沉重了，她嘴硬地说："又不是没分开过，他之前不是出国念书了好多年吗？"

但她在心里已经否定了自己的话，不一样的，那时候他们还没在一起，只是好朋友，而且那时候只是异地又不是决裂，如果真的分手了，恐怕他们没有可能继续和平当朋友。

她越想越觉得难过，手上沾了颜色也没注意，把贺卡都糊脏了，就如同她此刻混乱的心情。

她跟程妈说："我只是跟他吵架，也没要分手啊。"

她又说："但也没要跟他结婚！"

程妈已经做好了自己的那张贺卡，又抽了张白卡纸："那他听起来有点可怜，我来给他做一张卡片吧。"

"他哪里可怜！妈你不要胳膊肘向外拐！"程诺愤愤。

程妈挠头："好吧，那你来做吧，做一张丑丑的邀请卡，邀请他来你心里的愤怒派对。"

尽管程诺已经二十七岁了，尽管她觉得程妈还在用和小孩对话的那套话术很幼稚，但她依旧非常受用地开始制作丑丑的邀请卡。

真的很丑，用色十分大胆，野兽派画风和抽象派黏贴，要是有人收到一定能感受到程诺心里的怒火。

而她的收信人，还没收到这张邀请卡，就已经出现在了她家门外。

对于陈长风的突然造访，程家三口都有预感似的，没有一个人表现出意外。

程诺把她刚做的邀请卡送他，当着她妈的面就问他："陈总怎么有时间来看我了，搞得我耽误你工作很不懂事似的。"

陈长风："原来你是在怪我太忙了对你关心不够吗？"

他说完，露出一副"你超爱"的贱笑，看得程诺气不打一处来，作势要踹他。

陈长风灵巧地躲闪开，等程妈离开书房去帮程爸做饭了，他霸占了程诺身边的空位置，也开始做贺卡。

程诺问他是要做给谁的。陈长风拉着她的手掌按在调色盘里，用她的手在白卡纸上印了个掌印，接着自己同样也沾了满手颜色在她的手印上按了下，组成了一颗爱心，又像是两只手牵在一起。

他很满意自己的杰作，转头跟她说："送宾客的，结婚请帖。"

程诺冷笑一声，起身去洗手间洗手，丢下一句："你自己结去，我没答应。"

陈长风没有跟上去，只是用湿巾擦掉手心的颜料。等程诺回来的时候，就看他捏着那张贺卡甩来甩去的，加速风干。

程诺怕他脑子一抽明天就拿回去扫描印制请帖，好心提醒他："喂，你别犯蠢啊，这上面有咱俩的指纹，万一被有心人拿走做坏事，你哭都不知道找谁哭。"

陈长风露出恍然大悟的表情，借着台阶就下，凑到她身边搂着她的腰，脑袋搭在她肩上假哭："还是老婆聪明！嘤嘤嘤，没有你我肯定让他们吃得骨头渣都不剩啊！"

程诺知道他前阵子刚经历了挺严峻的一场商业战，也知道他故意这么说是在装可怜，但他力气太大，她推不开他，只好任由他抱着卖了会儿惨。

陈长风看她没反应，意识到这招没用，松开手弯腰歪头仰视她的表情，恶人先告状："你是不是厌烦我了，你外面是不是有别的'狗'了？"

程诺："不要扯不相干的人。"

陈长风："你慌了你慌了，你心虚啥，我都没说是谁呢，你就维护他！叫张熙是吧，上个月跟你一起去吃饭的小歌手，我的平替！"

程诺气笑了："你真好意思给自己贴金，还平替呢，不平哈，人家比你还高三厘米。"

他俩还在斗嘴,程妈来房间敲了敲门:"先吃饭吧,吃完了才有力气吵。"

程诺冷哼一声,跟着她妈走,陈长风跟在他们身后,神色郁郁。

程爸已经摆好了饭菜,看到这两人的表情,也不劝和,甚至算得上幸灾乐祸地问女儿:"浪花啊,咱们家还有空房间给客人住吗?"

程诺还没开口,陈长风先扯着长腔服软了:"爸,我睡沙发就行,地铺也可以!"

程爸不领情,还想落井下石几句,被程妈踢踢脚,甩了个眼神过去让他别添乱。

吃完饭,陈长风就像程诺的小尾巴似的,跟着她又进了卧室。他不敢造次,拖了张椅子老实坐好,在过去的那一个小时里又想了新的对策:"你喜欢长颈鹿啊?"

程诺一脸问号。

陈长风在自己腿上比画:"你喜欢的话,我可以试试去做增高手术?就是有点疼哈,要把腿先锯断……"

程诺听明白了,他还在记仇自己说那个歌手比他高的事。她翻了个白眼:"那么麻烦干吗,你想断腿的话直接去找我爸就行。"

他这么胡搅蛮缠的,程诺心里的气其实已经消得差不多了。陈长风多会看她眼色啊,顺势又聊起结婚的事。

程诺皱眉:"你认真的啊?"

陈长风也皱眉,又装小媳妇样子:"你这话说的,难道你只是跟我玩玩?"

程诺感觉头大,又觉得结婚好像也不错,反正他俩就是相依而生的藤蔓,早就分不清彼此。

她打了个呵欠,拉开床头柜抽屉,在他陡然放光的眼神里拿出个暖宝宝贴到衣服上:"再说吧,我困了,先睡了。"

陈长风眼里的小火苗熄灭了,咳了一声,骂自己想太多,钻进被窝去给她当人形电热毯。

程诺是真的困,窝在他怀里没一会儿就睡着了。陈长风却很精神,想到程诺算是默许的那句"再说吧",满脑子都是求婚和婚礼的仪式,越想越睡不着,索性爬起来跑去书房,继续做他的"请帖"。

他用颜料描画他和程诺的手掌轮廓,一笔一笔,细致用心。

半开的窗吹来一阵春风,卷着几片花瓣落入窗台。

陈长风抬头,看到早春晴朗的阳光,随手把窗边的花瓣捡起来贴在未干的颜料上,拾笔在卡片上写下:

　　　你同我长大,我共你白头。

　　　　　　—全文完—